给我翅膀

Donne-moi des ailes

Nicolas Vanier

[法]
尼古拉·瓦尼耶
—— 著 ——

吕如羽
—— 译 ——

上海译文出版社

飞机追着目标，直直飞向闪着光亮的黑曜岩山体，冲进那道骇人的大裂谷。托马暗自咒骂了几句。这是地狱之谷，逃生的机会只有二分之一。在他身后，米格战斗机发射出的一串串子弹离他愈来愈近。他猛地拉起操纵杆，躲避开岩石嶙峋的巨大峰顶，之前他已撞上过那里。

　　两旁令人眩晕的岩壁仿佛正在彼此靠近，然而这是视觉上的幻象，只要将视线聚焦于最为平缓的悬崖，幻觉就会消失。只需想象，这里是一块起飞坪。幸好，台风战斗机立刻反应过来，它的能量护盾吸收了绝大多数敌方导弹的火力。托马并不后悔装载上这块护盾，即使等离子屏障的性能明显下降了。要是没有它，格鲁尔人的战斗机早已将他炸得粉身碎骨！但这也无法扭转局面，若是托马继续如此近距离地遭到轰炸，迟早会被后续战斗机命中。

　　一道三千千米深的峡谷劈开了约尔星球的黑石山脉，因此，战斗机不得不以两马赫的速度飞行——非胜即死，托马心头一颤。他稍稍减缓速度，好让追赶者确信能够将他拿下；然后，他按下按钮，机身旋转一圈，向方圆五十千米扫射，那是他的钻枪的最大射程。岩石被粉碎成无数黑色细末，一时间，驾驶舱外一片昏暗。余光里，他瞥见一场爆炸的刺目亮光，接着，他发现自己回到了初始位置，正以更加稳健的速度飞行。

黑曜岩山的一道山脊炸裂了，台风战斗机受到冲击，机身处于稍许颠簸之中。爆炸的山脊很小，他甚至没有及时探测到，险些因此失去了一侧机翼！他小心翼翼地重新攀升到大裂谷的边缘，确认机身没有受到严重的损伤。在他的上方，约尔星球的天空洒满紫红色的光芒。正值黄昏时分。他需要在被无人机发现之前结束战斗。方才，趁他搏命之时，格鲁尔战斗机群已然将他甩在后方。

重新追上目标需要多少时间？

屏幕上正闪动着些什么。一个黑点，两个……三个。

是超音速飞行器！

托马的速度更快。他将自上而下猛攻，就像猎鹰扑向兔子。

"托马！"

他的心跳漏了一拍。现在不行！目标清晰地出现在他的激光瞄准镜中。如同恶魔之眼，它们在绿屏上闪烁着亮光。再有十秒钟就……

"托马！我叫你的时候你要回答！"

这声音令他分神，而此时的分神太过危险。他咬紧牙关，发出哀叹。太晚了！不过是半秒钟的不留神，他就进入了雷达监测区域。无人机立刻开始以光速追捕他，那是他无法匹敌的速度。空对空导弹猛烈地击中了他，将他的护盾炸得粉碎，在那一刻，他几乎能真切地感受到冲击带来的晃动。

他盯着自己的血条，因失望而颓丧至极。他差点就要成功了！

"托马？"

"我刚刚被炸了！你就不能等两分钟吗？"

突然，眼前一片漆黑——不是黑曜岩那种闪耀着光的黑色，而是屏幕熄灭后的暗无光亮。托马怒不可遏地起身。母亲拔了路由器！

他冲出房间，飞奔下楼，每一步都重重地踩在阶梯上。

"你不是来真的吧？你为什么要这么干？我就要升到五级了！"

"你说呢？"

"妈妈！"

他生生咽下马上就要冲口而出的脏话。母亲还穿着雨衣，眉头紧皱，嘴边挤出一个冰冷的微笑。当她摆出这副模样的时候，他还是闭嘴为妙。

"'妈妈'，然后呢？"她严厉地说。

在这时候，尤其不能顶嘴。他一言不发，只是耸了耸肩膀。

"你今天过得好吗？"

她这么问就是为了激怒他，于是他立马开始发作。

"当然不好！你刚把我这一天都毁了……"

"是嘛！那……"

"那什么？"

"那我呢，我这一天可是棒极了！我结束了一场特别精彩的会议；你多关心我呀，真是暖心极了……而且你还这么热情地迎接我！"

这一回合，他可算是"大获全胜"！他甚至没来得及补救就看到朱利安出现在厨房门口。"完美先生"用责备的眼神看向他，他套着围裙，挥舞着手中的木汤匙，就像老派的小学教师在挥舞教鞭。

"不应该这么对自己的妈妈说话。"

托马真心希望自己能保持沉默，以免激化眼前的局面，但话在嘴边，不吐不快："你说得对，这是我自己的妈妈，而你呢，你不过是个新来的。"

朱利安走到葆拉身旁，用鼻子蹭了蹭她的头发。她的脸上荡漾起无比幸福的微笑，而托马讨厌这种笑容。这样的她看起来就像是那种傻女孩，和中学里的帅小伙约会，翻来覆去就那么一句话："我恋爱了！"

"来吧，亲爱的，放轻松，白汁小牛肉做好了。我再给你倒杯酒，然后你好好给我们讲一讲。"

尽管完美先生无趣得很，但托马不得不承认，在转移母亲的注意力这件事上，他是个中好手。这一次也是一样。原本，母亲会因为他买游戏光碟或是他糟糕的成绩喋喋不休一个小时，而托马得不断地为自己辩解，这下，那些来来回回的争执戛然而止了。

餐具已经放好，热气腾腾的炖锅也在桌子中央摆着了。朱利安倒了两杯酒，葆拉和他凝视着对方，相互碰杯。他似乎挺享受扮演"贤良主妇"的角色。托马不太明白，这是因为他谈起恋爱就是这样，还是受母亲的影响——其实，托马对此不是太感兴趣；

但有时候，他挺希望这位"亲爱的"能够卸下面具，显露出某个羞于承认的缺点，或是什么恼人的怪癖，比方说会给极右翼投票之类的。要是在电影里，他应该是个有着服务癖的精神病患者。但也很难相信这就是完美先生的毛病。到现在为止，他们认识多久了？一年？他在心里飞速计算着，而母亲品着酒，终于放松下来，心满意足地舒了一口气。十个月了，差不多十一个月，而他还是像个大傻子一样亲吻他的母亲！他搬进他们家也快有四个月了。

白汁小牛肉入口即化，美味极了！托马狼吞虎咽地吃着盘子里的食物，同时留心不让鼻子沾到汤汁。但他不会乐意说出"好吃"二字。在他的耳边一些声音嗡嗡作响："新软件""疯子才会干的工作""学生"……他突然觉得很累。这也合理，整个周三下午他都在屏幕前度过。如果母亲问起来的话……

"托马，下个月，你去你爸爸那边待三个星期。我刚刚和他聊过了，他同意了。"

"什么？"

"我的工作太忙了，那套会计系统的新软件更是把我搞得筋疲力尽；而且，你从去年七月起就没见过他了！一起过复活节假期对你们俩是件好事；另外，你脸色差得像一张白纸，乡下的空气会让你振作起来。这是个完美的解决方案。"

"但假期才十五天！上学怎么办？"

"你可以请一周假，这应该让你开心啊。不是吗？"

"妈妈！"

"'妈妈'什么？不要给我演好学生那一套，托马。你的成绩糟糕透了，你应该好好想想自己以后的方向！"

"我已经跟你说过了！我想干游戏这一行！"

"就算干这个你也得先拿到高中毕业证书！"

"不管怎么说，我这一学年已经搞砸了……"

"这我知道……然后呢，你想说什么？"

"重修……"

托马低声咕哝，母亲以为自己听错了。

"你愿意留级一年？"

"我想重修一遍，再选一次科目！我生在十二月，差不多比别人早读了一年；而且，你总说最重要的是做自己喜欢的事情……"

"别想要说服我；我说的是真正的热爱，而不是在电脑屏幕前虚度光阴，然后在饭桌前冒出来，眼睛红得像得了白化病的兔子一样。"

"没错，这就是我喜欢的事！"

"行，这事儿就先这样。但你复活节还是得去卡马尔格①。"

"凭什么，我可以自己一个人在这里待着！"

"不可能！到目前为止我对你已经够宽容了，不能再这么下去了！初中最后一年挂科，已经够糟了，不过还能补救。但如果继续放任下去，你的未来会被自己彻底搞砸！我了解你这个家伙，

---

① Camargue，位于法国南部阿尔勒市罗讷河三角洲两股支流间，全球最重要的湿地保护区之一。

我是不会让你整个假期都粘在屏幕前的，而且与此同时，我会整天被困在办公室里。就这么决定了，你去你爸爸那边。"

"你不能强迫我!"

"是吗? 你真的这么觉得吗?"

两个人相互打量了一会儿，各自在心里揣摩着对方有多坚定。

"你可真是走大运了，卡马尔格是个极漂亮的地方!"

朱利安佯装热情地加入了这场争吵。作为一名优秀的计算机老师，他习惯与那些冥顽不灵的学生打交道，但这偏偏让托马越发恼火。

"那里的一切都棒极了：大海、火烈鸟、沼泽地、公牛、马……如果我是你的话，我会开心得不得了!"

"是啊，太棒了! 只可惜你不是我!"

"托马，你再说一句这样的话，就离开这张桌子。"

她的语气生硬冷冰。葆拉讨厌别人当着自己的面攻击她的"亲爱的"。

"好吧。"

托马知道，他输了。与其再这么继续斗得一败涂地，他宁可回房间去。在楼梯角落，他毫不掩饰地把路由器重新连上。他了解母亲。在他离开之前，她会避免和他起新的冲突。其实，她一点都不在乎他要不要重修一年。她只想好好地和她的完美先生你侬我侬!

在厨房里，葆拉怒气冲冲，她的眼里闪着泪光，双手抱着头。

"我不知道在他身上我是哪里搞砸了!"

"没有，亲爱的……没有。托马只是个孩子，他正在这个世界中找寻自己的位置，而他周围的一切都发生了变化。"

"不，朱利安。他并不'只是个孩子'，他是我的儿子，而我已经完全不认识他了。从前，他充满了好奇心，总想去探索一切，而现在，他就像个偏执狂，眼里除了该死的游戏手柄以外什么也看不见！"

"会过去的。"

"是，或许吧，等他长成了大人，还长满了胡子，而到时候他的老母亲只会有满腔的悔恨！"

在自然历史博物馆的进化大展馆里，一队非洲动物列队走向未来，而在离这不到三百米远的地方，克里斯蒂安·勒塔莱克拉着滑轮行李箱，拎着皮质公文包，手忙脚乱地努力追上梅纳尔教授的步伐。后者在玻璃橱窗间左右穿梭，速度快得惊人，似乎是在拿他取乐。这可不是个好兆头！见鬼，他要是停下两秒钟别跑，认真听我讲就好了！这位学者冷静不下来。要是没有鸟类种群研究中心的支持，他简直不敢设想自己的计划接下来会怎么样。胜负在此一役。克里斯蒂安四十五岁了，他看起来并不像个科学家。自从离开巴黎，他身上的"野性"有增无减，他焕发出的青春活力和斑白的两鬓形成了鲜明的对比。两个男人一路小跑，穿过这个对公众关闭的展厅，这里到处是动物骨骼和鸟类标本。几个学生在他们路过时抬起头认出馆长，赶快向他问好。当他们走近办公区域，克里斯蒂安再次向他请求。

"我全都准备好了。鸟群会跟随我驾驶的超轻型飞机，沿着一条安全得多的新路线飞行。我已经仔细研究了每个步骤，相信我，行动大概率会成功！"

在推开秘书处的门的一刻，梅纳尔转身朝向他，这是自他们在博物馆入口见面以来的第一次正面相向。

"大概率，是吧？很不幸，这可还不够，考虑到您的雄心壮志……"

"等等！我没有表达清楚！其实，我几乎可以确定能取得重大成果！并且，我们谈论的是一个物种的存续，而不是某个绵延不绝的鸟类分类项目，这是我们的责任……"

"亲爱的先生，行行好……别再唱高调了。我已经跟您解释过，但我再跟您重复最后一遍。政府已经停止了有关资助。官员们有别的更重要的事要处理，尤其是失业问题和国家安全事务，我能向您保证，您那些野生鸟群排在他们操心榜单的末尾。"

"因为对这些先生来说，一个濒危的物种无关紧要？如果我们继续行务实之名，而对自己造成的破坏置之不理，整个地球都会走向绝境！我们会加速自己的灭亡；罔顾生态保护的经济发展只会自取灭亡，您很清楚这一点！"

"既然您看起来并不像是听懂了，我就说得再明白一点。您的远征行动并没有在委员会的审议中获得足够的支持。我们中的一些人认为，您并不能为成功提供强有力的保证。"

在珍妮·戈德朗的办公室——她是梅纳尔的秘书——还有一位年轻女士等在那里。她抬起头，被这场突如其来的冲突吸引了注意力。两个男人忽略了她，喋喋不休地激烈争辩。在上司疾步走向自己的办公室之前，珍妮拦住了他。

"您下午两点要会面的客人到了。"

看到他疑惑的神色，她又不快地补充了一句：

"是来拍照片的。下个月展览会的报道。"

"哦，太好了！我们这儿差不多聊完了。"

梅纳尔很高兴能有个借口缩短他们的谈话，他将学者领进自己的地盘，但一直站着，暗示时间紧张。在半开的门外，两个女人竖起耳朵听着，生怕错过一点谈话内容。

克里斯蒂安明白，自己现在要孤注一掷了。他尽力慢慢地讲，但没想过这样会让自己看起来更为居高临下。

"梅纳尔教授，我可以自己想办法解决资金问题，我只想请您盖个章。您的批准是必不可少的，您知道的；至于其他环节，我相信……"

对方再也无法忍受他的固执己见，打断了他。

"见鬼了，我的老朋友，现实点吧！您清楚地知道程序，您需要完成基因测试、病毒分析，完成所有这一切，我才能像您说的一样，给您'盖个章'！"

"但您可以提前……"

"然后将鸟类种群研究中心的声誉当成儿戏，就为了完成您那些碰运气的实验？您知道，即使在行业内部，这种方式也受到众多批评，很多人认为它干预太多！无论怎样，即使您的项目对于二十来只鸟可行，但要拯救一个有三百只鸟的种群，就得反复进行多次这样的愚蠢行动，更别说想要拯救整个物种了！"

"这已经会是一个巨大的进步，证明这是可行的！接下来，只要和欧洲其他国家开展合作……"

"证明！您是开玩笑吧！您要我说实话吗？您的奥德赛之旅就是个白日梦，完全是在胡闹！我不相信，我也不会为了这种荒唐事白费力气！我已经批准了您的无薪休假，因此不得不把研究工作交给那些不够称职的人做，因为，尽管您成天异想天开，在工作上确实没得挑；但现在，您已经闹够了！好好休假，放平心态，不要再拿您的那些鸟来烦我了！"

梅纳尔几乎是恶狠狠地甩出了最后这些话，边说边带着一种恶劣的快乐。

虽然被粗暴地拒绝了，但克里斯蒂安感觉到一种奇异的如释重负。这是馆长第一次明明白白地暴露出他的厌恶之情。没什么好争辩的了，他得自己想办法，从此以后都是。从某种角度而言，他获得了自由，因为，无论这位对领导言听计从的小官僚说什么，他都不可能眼睁睁地看着自己保护的那些鸟儿死去。

在走出办公室时，他撞到了那位女访客，他道歉，但并没有注意到女孩脸上的微笑。下午两点的会面，记者，他想了起来。珍妮向他示意，让他等一等。门一关上，秘书就赶紧来安慰他。

"我给您来一小杯咖啡吧，克里斯蒂安？"

"不用了，谢谢……"

他犹豫了一下，想到要一无所获地离开，突然沮丧至极。

"哦，好吧，不管怎么说，我很愿意来一杯。"

他很感激珍妮。这是个胖胖的女人，五十多岁的日子过得有滋有味。她非常能干，说话总是和蔼可亲，对人不吝鼓励和关怀。只有她能够缓和与馆长会面以后的凄惨气氛。

"不要太在意……他有时候就是脾气不好。"

"梅纳尔？我烦得要死不是因为他……不好意思，珍妮。不是直接因为他；只是……即使没有经费资助，他只要签个字……"

话说到一半，他的目光停留在塞在钢笔和修正带堆里的印章上。当然是这样！珍妮不仅是一位完美的秘书，她还负责分拣和审批各种文件；因此，她顺理成章地拥有这枚"最高印章"！

她假装什么也没注意到，轻声问他：

"是关于您的那些大雁，对吗?"

"我想您是最了解情况的……"

"其实，您上个月提交计划的时候，我翻阅了一下。"

"哦！是这样。"

"我很喜欢您的计划。"

"如果做决定的都是像您这样的人，我亲爱的珍妮，那这个世界一定会更加美好。"

"您真客气，但我在自己的岗位上待得很舒服……我想，我现在得去给自己煮杯咖啡了。至于您的那杯，看来您只能在火车站喝了，我不想耽误您的时间……我们下回见……"

她站起身来，双眼闪着狡黠的光，离开了办公室，往储物间走去。她挥了挥手，像是在向他道别……又或是在催他加快动作。

克里斯蒂安打开公文包，心怦怦直跳。材料就在那里，夹在一个天蓝色的文件夹里。里面万事俱备、井然有序。他只需要盖上一个章，盖上"鸟类种群研究中心已批准"的字样。

如果这件事不会演变成一场灾难的话，他要给他的守护天使献上一大束鲜花，他一边暗自发誓，一边迅速地将文件放回原处。

在梅纳尔办公室的门后，交谈的声音越来越近。他赶忙溜出去。

"先生！"

尽管有珍妮的帮忙，但克里斯蒂安还是忧心忡忡。刚才的举动并不能真正解决问题，更何况，他可能会在行业内受到谴责。谴责他什么呢？伪造批准？违法使用印章？这么做值得吗？或许吧……接下来，他还有一点时间。当然了，他得想出一些新的举措，如果还想在公务员队伍里混的话……

"大雁先生！"

他转过身，惊讶不已。在梅纳尔办公室撞到的女孩正急急忙忙地向他跑来。他注意到，她穿着一身花里胡哨的奇怪衣服，头发乱糟糟地夹起来。如果她是一只鸟，他在那一瞬间想道，她会是一只彩纹戴胜。

"您在和我说话吗？"

"我可不确定，在这个行业里，还有没有另一位鸟类救星！"

她抬了抬下巴，向玻璃后的那些鸟类骨架示意，然后又热情昂扬地讲了起来。

"其实，我觉得您的计划非常棒。和您一样，我也对那些不接地气的决策者很反感，他们天天对地球的命运夸夸其谈，却除了装模作样什么都不做！很不幸，我们的社会从来不采取措施有节制地开发自然资源，只会无限制地浪费！如今，乡间鸟类数量的锐减成了时髦话题；但只是说说而已，尽管口口声声说要'思考对策'，却没有人真的提出建议。而您呢，至少您提出了一个解决方案！并且这是个绝妙的主意！"

"您在门后听到了？"

"不仅是这样。我还在杰出的梅纳尔教授那儿得知了一些更详细的情况。从他给我做的简介看来，您似乎把他惹得恼火极了！我想，我甚至应该已经掌握了您计划的主要内容。"

在满脸惊愕的克里斯蒂安面前，她挥舞着一个袋子，上面贴满了各个环保组织的贴纸。绿色和平、世界自然基金会、南极特别保护区、No Logo①、蜂鸟运动、Écolo J②，还有其他他不认识的标志。

"迪安娜。我是一名自由记者。全职环保主义者……"

"这一点……我想我已经注意到了。"

女孩欣然一笑，她似乎一点也不在乎自己有些滑稽的形象。

"目前，我在为博物馆内刊工作，他们要我拍一张梅纳尔的照片。"

"好的。我了解了。"

"哦，我向您保证，这只是为了糊口，我的工作并不总是这么刻板！"

"我并没有在担心这事。"

克里斯蒂安挤出一个微笑。他感到晕头转向，甚至有些恶心。正常情况下，他们俩一定能够相谈甚欢，但这会儿，他身心俱疲，

---

① 加拿大作家娜奥米·克莱恩（Naomi Klein, 1970—　）所著图书，该书探讨全球化的弊端，剖析跨国公司品牌策略。
② 青年环境保护组织。

沮丧不已。他原本对于和馆长的会面期望很高……他们走出博物馆，来到布丰路，这里有去往里昂火车站的 91 路公交车站。尽管拉着个很重的行李箱，现在他成了开路的人，而迪安娜在后面努力追赶。

"听着，我知道现在大概不是最好的时机，但我很希望能够帮助您。"

"帮助我？我想您刚刚已经看到我一败涂地了。"

"您不会就这么放弃了吧？您的大雁怎么办？"

"我的大雁？您知道什么？关于它们您又了解多少？"

"我知道您有可以拯救一个物种的计划；我知道每二十分钟就有一种植物或是动物在地球上消失，也就是说，每年会有大概两万六千个物种灭绝，还有很多……而考虑到我们所知甚少，事实一定会加倍严重！我知道，四分之一的动植物会在二〇五〇年之前消失；最后，我知道是人类导致了六分之一的物种灭绝，但他们更关心的是高峰期的交通堵塞和上一场足球比赛的结果！"

讲完这一串连珠炮似的话，迪安娜的脸涨得通红；或许因为羞愧，或许还带着些许怒气，克里斯蒂安突然被她的热情触动。

"见鬼！如果这都不算信仰，我不知道还有什么算得上。您一直都这么激动吗？"

一辆公交车到站，打断了他们的谈话。他抬了抬下巴：

"我得走了。我的火车……"

女孩在包里翻了一会儿，最后拿出一张朴素得惊人的名片。"迪安娜·蒙热隆，记者。"

"给您。不管您相不相信，我真的想要帮助您。给我打电话吧!"

他点点头，急急忙忙地上了车。

"对了，您还没告诉我您的名字呢!"

"克里斯蒂安·勒塔莱克。"

"我等您的电话，克里斯蒂安!"

车门关闭，他不需要想方设法回答些什么了，不用搪塞，也不用说谎。

为什么最积极的人，手中却最没有权力？

圣罗芒的农场坐落在一片沼泽旁，位于一座几乎是荒无人烟的狭长半岛上。在这儿，静滞的深色积水泛着微光，映衬来自广袤天空的光亮。草丛蔓延至盐沼地上，这是卡马尔格的典型草原地貌，在浮桥边，一间黑色木棚朝向农舍。那是一座两层的木头塔楼，被一圈同样高度的铁栅栏围了起来。不到三百米之外，在起伏的沙丘后面，地中海向远方延伸。在这块浅浅冒出水面的荒原，并没有多少植物能够生长，只有盐角草丛和一些不知名的蓬乱野草，还有成片暗绿色的柽柳，就像被一阵阵微咸的风吹得褪了色。农舍外墙抹着一层介于黄色和橙色之间的粗灰泥，面向西北，好躲避密史脱拉风①的侵袭。在芦苇编成的挡风屋檐下，这个阴凉的角落摆着一张不太规则的方形桌子，边上是一把长凳和三把椅子。进门便是厨房，里面有几张大工作台，上面的搁板满当当地堆着香料、广口瓶、细颈瓶和各式工具，以及细心地贴了标签的一组盒子，还有几块小石板，上面用粉笔写着"小心进水""关灯""全有机"。厨房的地上铺着锃亮的小方砖，隔壁的客厅也一样。客厅面积不小，因此被分割成三个空间。首先是壁炉所在

———————

① 法国南部及地中海上干寒而强烈的西北风或北风。

的角落，那里摆着一张老旧的人造革沙发，上面放着几个柔软的靠垫，还有一张矮桌、两把椅子和一把扶手椅。然后，在窗户边上，是一张双人办公桌；桌子的一边放着有关迁徙计划的文件，另一边是个缝纫角，摆着一台缝纫机和一堆粗布。桌子边的双层架子上，老旧的座钟居高临下，滴滴答答地走着。最后，在房间最深处，有一张充当备用办公桌的桌子，上面堆着几件用橡皮筋绑在纸板上的衬衣、许多卡片、各种草图和路线图，还有一张画满了图表的图纸。边上，楼梯通往二楼的房间。

每天早上，克里斯蒂安会打开百叶窗，凝视他的地盘，他喜欢这么叫这座位于卡马尔格的农场，并不是因为他继承了这块地方，而是因为他觉得，自己属于这片水土。沼泽从水陆交错之处起蔓延，直至视线尽头，就像是被广阔天空所隔断。在北边，还依稀可以辨认出过去的牧场，那里有一片芦原，湿地的沟渠水流从中穿过，水中灯芯草与芦苇的嫩苗已经露出头来。这片水生植物为无数鸟类提供了栖息之地：紫鹭、麻鸭、鸤鹈、火烈鸟、水秧鸡、红骨顶和白骨顶、鹬、大苇莺和山雀、白眉鸭、赤嘴潜鸭、大白鹭，更不用说还有许许多多的野鸭。这是一片小小的天堂，克里斯蒂安在这儿顺利地开展着自己的计划……为了他保护着的那些生物，他在与葆拉分开后离开了巴黎，为了它们，他放弃了自己过去的生活，与儿子远隔万里……都是为了那些小白额雁。

今天早上，他三两口匆匆喝完一杯咖啡。昨天，他收到了制造孵化暖箱的材料，他计划在比约恩带着鸟蛋来之前把箱子做好。

巴黎之行已经被归置到坏回忆的抽屉里。现在，他心意已决，拒绝任由梅纳尔这个蠢蛋破坏自己的计划。自下火车那一刻起，不过呼吸了几口掺着咸味的空气，他就又重拾信念。克里斯蒂安是一个固执的梦想家，常常忘记讲求实际。因为这一点，前妻也曾斥责过他无数次。

他拿起平常用来记录鸟鸣声的磁带录音机，启动一台老旧的割草机——它之前被放在杂物间里，他前一天确认过，还能正常运行——然后，他按下录音按钮。接着，他开始拼装孵化暖箱。他选择把它放在厨房，而不是木棚里，以便监控鸟蛋孵化的全过程。他工作了一整个早上，只在关割草机的时候停了片刻；当发动机接连不断的轰鸣声停止后，这里显得反常地安静，只有一只黑鸢的叫声划破寂静。将近下午两点，在吃了一小块培根面包、喝了半升水后，他固定好蜂窝状的栅栏，这儿将是鸟蛋的栖身之地。

他刚刚结束工作，就听到熟悉的雷诺 4L 的声音，只好出门探看。他被不速之客弄得有些心烦，小心翼翼地将门关上，向热拉尔·比雄走去。这位邻居总是随时不请自来，在他家喝杯掺了烧酒的咖啡，抱怨市长、政府，或是那些"把一切弄得乌糟糟"的城里人。这位从前的采苇人刚过六十五岁，看起来却要再老十岁。热拉尔辛苦惯了，受不了退休后的无所事事，并且对于将其取代的机械化采集大为光火。每当酒精和愤怒混合在一起上了头，他便又千篇一律地念叨起那令人怀念的青春时代："我们曾是河道之王，相信我，年轻人，懒人和懦夫都干不了这一行！即使是我们中间的高手也会在河道迷宫里迷路！一阵雾气或是稍一分心，你就会在那些该死的芦苇里转晕了头！还有淹死的人、被流沙吞没的可怜小伙子、落水的布杜①……我告诉你，想丢掉性命不一定要去深海！"

今天，老头子坐在车上，脚都没有下地，像是马上要离开；他满脸通红，一副怒气冲天的样子：

"你简直永远都想不到！"

"啊，我今天不怎么有时间，热拉尔……无论如何，你好呀！"

克里斯蒂安不加掩饰地看了眼手表，希望这次串门能早点结束。比约恩应该快到了，而且，自从在违法边缘游走过那么一遭，他恨不得能够就此隐姓埋名、不再被任何人惦记；但他的尝试是徒劳的，对方假装不懂他的暗示，自顾自地讲了下去。

"那些滥人！他们投票通过了排水方案。"

突然，一阵焦虑袭上他的心头。

"你在说什么？"

"在说他们的工业区，就在这里，在沼泽里！你听明白了没有？他们想要排干这里一半面积的水，用来造仓库和不知道什么东西！表面上看起来，这是造福公众的事……哪怕他们想造在边缘地带也好，但不是的，这些蠢蛋决定把混凝土倒在湿地当中，倒在鸟和鱼的嘴巴里……呸！你想我直说吗？这里不再会是一片沼泽了，而将是一个臭泥塘！"

"他们不能这样！不能对动物这样！"

---

① 1932 年上映的电影《布杜落水遇救记》（*Boudu sauvé des eaux*）的主人公。在电影中，布杜两次投河自杀。

"你觉得呢，他们会不好意思吗？我告诉过你，市长是从马赛突然被空降过来的，他就是个废物！听好了，我不是为了你才说这些，只是这个下流家伙，张口闭口'经济开发'，实际正在把保护区周围的一切都填上混凝土！"

"冷静点，热拉尔，一定还有办法的……"

"这头儿开得真糟糕，但我很希望是这样。"

一辆表面有些坑洼不平的沃尔沃在泥土地上颠簸着开来，停在了比雄的雷诺车后。这位先生突然平息了怒火，假装和蔼地指出：

"瞧，你有客人来了。"

"没错。我得去看看。"

卡马尔格人一动不动地在原地站了片刻，眉头紧锁，然后故意大声叹了口气，要是克里斯蒂安此刻有兴致与他周旋的话，多半会因此而忍俊不禁。

"好吧，如果你有约了的话……但可别说我没和你提前讲过这事！"

"不会的。行了，别担心了，咱们会找到个好办法来阻止他们做蠢事的。"

热拉尔耸了耸肩，不再客套，转身就走。与比约恩擦肩而过时，他完全视若无睹，但这一点都没有影响到挪威人的心情。比约恩瘦得几乎皮包骨，一件印着鲸鱼画像的宽大 T 恤晃晃荡荡地罩在身上，工装的衣袖垂到胯部，笨重的皮鞋没有系鞋带。很难根据如此装扮猜测出他的年龄，其实他已经将近五十岁了。

"这老头儿你是跟农场一起找到的吗?"

"说来你或许不信,这是跟我走得最近的邻居,从前是个采苇人,并且以自己卡马尔格人的身份为傲。"

"采苇人?"

"大家是这么叫他们的,就是那些割芦苇秆的人。在这里,这就跟荣誉勋位差不多,何况现在只剩一小撮用镰刀收割的人了。见到你真好啊,老伙计!"

二人张臂相拥。自二十年前第一次合作起,他们便结下了真正的友谊,这份友情在一次次共同经历艰难和希望、辛苦和守候后历久弥坚,在一趟趟结伴前往印度洋岛屿或是圣皮埃尔和密克隆群岛①的田野考察中愈发牢固。

"快给我看看吧!"

"等不及了?"

"急不可耐!我知道这很蠢,但……你能想象吗?我们就要开始一场冒险了!"

"我知道,来,咱们去看看。"

他们走向那辆老旧的沃尔沃。在后备厢里,在毯子、绳子和油罐中间,放着两个崭新的车载小冰箱。克里斯蒂安急不可耐地打开第一个冰箱,看到摆在里面的是两箱啤酒,失望地叫了一声。比约恩哈哈大笑。

"你这儿什么都没有,我想着咱们得庆祝一下。等会儿……"

---

① Saint-Pierre-et-Miquelon,位于北大西洋,法国海外领土。

他把箱子推到后面，拉出第二个冰箱，打开盖子。只见鸟蛋排列在泡沫蛋托里。克里斯蒂安激动万分地俯身察看。在过了糟糕透顶的几个星期之后，这是他第一次感到心潮澎湃。他拎起箱子，急匆匆地就要开始工作。

"走吧！"

"轻点儿！不然咱们只能吃煎蛋了。"

"你总是开这些破玩笑。"

"没错。"

"一共有几个蛋？"

"二十个，和你想要的一模一样。"

"也就是说，非常完美。"

"那么咱们绝不能搞砸，对吧？"

"最好不要……"

克里斯蒂安又激动又紧张。人工孵化不仅需要全神贯注，还需要一些运气。或许他本来应该多准备一些蛋来确保行动顺利进行。但从另一个角度来说，他感兴趣的不只是科学实验本身，而是希望见到孵出来的小雁，他拒绝将这些蛋看作普普通通的"实验材料"……

"厨房里什么都准备好了。"

房间里散发着一股醋的气味。比约恩将蛋托放在一块光滑的油布上，克里斯蒂安在此之前就已将这块布钉在了工作台上。在墙边架子上，一切都已各就各位，只待小雁诞生；上面摆着谷物称重秤、尖嘴测量钳、电子天平、几个标着"小雁护理"的盒子、一些摇粒绒边角料、不同大小的细颈瓶和各式器具：温度计、剪刀、钳子、橡皮筋、粉笔、海绵……克里斯蒂安最后一次检查了熏蒸室，甲醛和高锰酸钾的混合液已经准备就绪。

"看看这个神奇的小东西吧。"

比约恩将一个鸟蛋举到工作台上方吊灯的灯泡前。透过蛋壳，可以清晰地看见正在发育的小雁体内的血管网。克里斯蒂安探身接近，辨认出胚胎的心脏，它正一下一下跳动着。

"太棒了。我们准备给它们做熏蒸消毒吧？"

"好的，这样我们可以去喝两杯啤酒。"

"不可能！在把它们放进孵化暖箱前都不行。"

"你这是迷信！"

"可能吧，但也是出于谨慎。"

"你平常可没这么难搞。"

"我不想搞砸这一把，老兄。"

"别担心！"

二人开始小心翼翼地刷洗蛋壳，这是防止细菌感染必不可少的步骤。比约恩眼光很好。这些鸟蛋个头饱满，颜色都是漂亮的乳白色，个个完美无瑕，连一丝裂痕都没有。刷洗完毕，克里斯蒂安和比约恩就把鸟蛋转移到熏蒸室里，它们要在那里放上二十分钟，然后再在孵化暖箱里待上二十七天。

在克里斯蒂安最后一遍检查装置时，二人有一搭没一搭地聊起天来：比约恩的新女友，几天后到来的托马，还有他给母亲造成的忧虑。

"那你呢？你也会担心你的儿子吗？"

克里斯蒂安不知如何作答。事实上，他羞于承认，自己其实并没有好好想过这个问题。

"我说不好……你知道，我跟他一样大的时候也是那样。"

"你这可让我害怕了。"比约恩开玩笑道。

克里斯蒂安佯装轻松。其实，在这个关头迎接儿子是最糟糕的时机，但他并没有提出反对意见，因为不想重新激起和前妻的矛盾。他看了看自己的旧手表。二十分钟到了，消毒完成。

他们把鸟蛋转移到蜂窝状栅栏里，然后启动暖箱，让它开始旋转。暖箱上有四个读数，分别指示温度、湿度、日期和旋转次数，孵化暖箱每两个小时转一次。一张表格上写着："暖箱温度：37.3℃；湿度：43％。"

"这一回，是真的开始了！"

透过玻璃，可以看到鸟蛋在缓慢地转动，被加热灯的红光照亮。

"我忘记最关键的事了。"

克里斯蒂安取来录音机，放在孵化暖箱边上。他按下播放键，割草机的轰隆声响了起来。他把音量调到5档，陷入沉思。应该能行！

在他摆弄录音机时，比约恩拿来了啤酒。他手里晃着一瓶，面带狡黠地喊他：

"这下可以喝一杯了吧？还是你有别的活儿要干？"

"喝一杯，但我更想来杯红的。"

"你可真是个装模作样的法国人！"

"那你在喝酒这件事上还真是没有国籍、来者不拒！"

克里斯蒂安去旁边的储藏室翻找，取回一瓶他为此类场合准备的邦多勒葡萄酒。片刻之间，他们身旁的一切都奇异地交融在一起：窗外照进来的金色日光、在舌尖冒泡的啤酒、身上的疲惫和完成任务后的心满意足。比约恩的问题突然将他拉回现实：

"你有批准文书吗？"

"为什么问这个？"

看到伙伴的神色，他急忙拉开放计划书的抽屉，觉得自己的反问过于唐突。从巴黎回来以后，他再也没有碰过那些文件。这是最后一次改变主意的机会，他的脑海中瞬间闪过这个念头；然而，在抓起盖着自然历史博物馆官方印章的三张纸时，他的手还是连抖都没抖一下。

"好的。我去看看情况。"

在独处的几分钟里，克里斯蒂安站着一动不动，目光空洞地望向院子，其实什么都没看在眼中。他也可以放弃行动，重新起草一份文件，再尝试一次，但即使一切顺利，也要耗上一年的时间。一年！梅纳尔还在任，即使他不在了，多半也会是个差不多甚至更糟的人……他受够了一直向全世界妥协。比雄说得对，"蠢蛋"太多了。那些只操心自己前途的官员、恬不知耻的老板，还有那些冷漠的人，他们对一切都听之任之，只是因为这么做更简单。他们正在毁灭的是这个地球。

比约恩回来了。他一脸严肃，坐在厨房的桌边，拿起一个邮差包似的大皮包，从里面取出一张纸、一个印章和一支笔。

"我现在得向你摊牌了。你看，我之前并不确定你能够说服他们……你完成了几乎最难的一步！"

"希望是这样……"

"这里是你那些小东西的护照，要带它们飞出申根国，这些是必不可少的。"

"谢谢你，老板。我知道了。"

挪威人皱起眉头做了个鬼脸。

"约翰森见到我时可不会给我好脸色……"

"是吗？别担心那些了！最重要的东西在这儿，在边转边加热。"

"你说得对！"

他们又为彼此倒上一杯，二人举杯相碰，脸色认真。

"干杯！"

"干杯①！"

初次祝酒时的轻松已然不见，比约恩不再像刚才那般活泼。但克里斯蒂安想要和他多聊一会儿，或许是想吐露心事。如果有谁能够听他说话，又不对他横加指责，那非这位朋友莫属了。

"你晚上想留在这儿吗？"

"不行，我还有一堆事要做。并且，我得为旅行做准备。另外，我女朋友还在等着我呢。"

---

① 此处原文为 Skaål，为挪威语中的祝酒词。

"好吧。"

比约恩察觉到他的不安，试探着问道：

"你在这儿不会觉得太孤单吧？"

"不会。我也没什么时间想这些。你知道的，托马要来待三周。"

"葆拉呢？你们俩现在还好吧？"

"一直都没有不好，我们只是对生活的看法不同……对我们的生活。"

"这其实挺蠢。我喜欢你的妻子。"

"前妻。并且，要是我没弄错，她已经找到新欢了。"

"那就太糟了。"

"这样更好。"

在心底深处，他并不是如此确定，但他不愿多想。比约恩的来访让他体会到友情的珍贵。等到一切结束，他会跟他好好聊天。

他们最后一次拥抱，相互拍了拍背，为很快能够再见而心中欢喜。

那辆老旧的沃尔沃远去，保险杠上用红色涂着"绿色环保"几个字。克里斯蒂安想到了马可·奥勒留的话："愿我有力量承受不可改变之事，愿我有勇气改变可改变之事……"

改变可改变之事。正是如此！

正如每次要见前夫时那样，葆拉此刻百感交集。她感到既酸涩又焦虑，这或许是因为在她心中，还残留着一丝对他的旧情。但一想到近几年来的一地鸡毛，愤怒便会占据上风。他远离了他们原先的生活，这场远走是如此荒谬。而更让她不安的是托马的痛楚，这孩子觉得自己被父亲抛弃了。她无意识地看了眼汽车的里程表，心中暗自计算：自早上从家里出发起，他们已经开了超过八百四十七公里。

她只来过农场一次，那是克里斯蒂安刚获得这份遗产的时候；可以说，那时，她便预感到，这个地方将会拆散他们。在午后的这个时刻，阳光在芦苇丛间闪闪发光，风吹过，芦苇摇曳，仿佛水波荡漾。然而，尽管景色动人，尽管还有一只鹰在天空中盘旋，她却被扑面而来的一片静滞和无尽孤寂所淹没。她心绪纷乱，于是深吸了一口混杂着青草和海盐气味的空气，将手臂伸出窗外，撑开手指，感受潮湿的风。在看过巴黎的黯淡之后，这里的一切都显得不像是真的。她沿着沼泽边缘的泥土路开着车，被这里无拘无束的野生景象所震撼。在这里，他应该会觉得如鱼得水……或者应该说，如鸟在天！她忍住笑意，然后轻叹一口气，心头又涌起几分怨恨。朱利安转头，迅速看了她一眼。她更希望他能不参与这件事，但他想要来，大约是为了宣告主权……男人都是这样：先是不顾一切地追求你，然后再为理想牺牲掉你……不是所有人都这样，你这么想不公平，朱利安可不是个那样的逃兵！她告诫自己，为自己的所思所想感到些许羞愧。

在小树丛的拐角，三个工人突然出现。其中两个在打木桩，另一个穿着便服，将某个固定在三脚架上的东西对准沼泽的方向。

"他们在那儿干吗呢？"

儿子的声音还是气鼓鼓的。对于这趟卡马尔格之行，托马始终没有原谅她。

"我觉得他们是测量员。他们丈量土地，为了圈出一块地，或是之类的工作。"

"还有很久才能到吗？"

朱利安插话道：

"马上就到了。看那个家伙！"

的确，在路的尽头，在一座有着金色瓦片屋顶的农舍不远处，有个身影正张着双臂绕圈走。他看起来就像是一个穿着不合身的棕色粗呢长袍的僧侣，或是个东歪西倒的稻草人，头上戴着顶足足大了两倍的风帽。

"那个傻子是谁？"托马惊讶地喊道。

当少年认出自己的父亲，惊呼变成了连声抱怨。

"妈妈，我才不要跟他一起待三个星期！"

"托马！"

"怎样？你不觉得他疯了吗？"

"年轻人，这是最后一次警告！"

克里斯蒂安——在院子里动来动去的人的确是他——停下他那奇怪的旋转。看到他一脸窘迫，葆拉明白了，他也没承想会被他们如此撞见。他想要掩饰自己的尴尬，于是将双臂张得更开，做出夸张的欢迎手势。

"你们来了！我没想到你们这么早就能到！"

"还不如承认你是忘了我们今天到吧。"儿子咕哝着下了车。

他想显得强硬冷漠，却无法真的无动于衷，重新见到父亲无疑在他心中激起一阵痛苦的喜悦。但他的心中充满对父亲的怨恨，因此不会退让半步。你说这是一个天堂！但这里全是风沙，方圆一公里内连一家店都没有。

"我真高兴……来吧，儿子！你又长高了！"

托马还没来得及抗议，就被举到空中。一瞬间，他似乎放弃了挣扎……但只是一瞬间。

"放我下来，我不是个小宝宝了！"

"没错，你重了不少。很快我就要举不起你了。"

"得了吧你。这件破衣服又是怎么回事？"

"我一会儿跟你说。葆拉，你都好吗？"

他转向前妻，假装刚刚才看到朱利安，似有似无地点了点头。

"欢迎来我家。"

"克里斯蒂安，我给你介绍一下，这是朱利安。朱利安，这是克里斯蒂安。"

两个男人握了下手，同时上下打量着对方。为了缓和气氛，葆拉指了指他这一身奇装异服。

"你是出家了，还是说这是什么当地服装？"

"不是，这是为我的计划穿的，我一会儿跟你们讲。进屋吧，你们应该渴了。"

"你还真是跑到了天涯海角……"

"没那么夸张。而且，住在这儿还有什么可抱怨的呢！"

尽管他满脸欢喜，但想到为这个"天涯海角"付出的代价，还是皱了皱眉头。

"当然了……对了，我们在路上碰到几个土地测量员。有新邻居吗？"

"别跟我提这事。得在那些人造成无法挽回的破坏之前阻止他们。来吧，我们去喝一杯。"

"朱利安，托马，你们把行李拿出来吧。"

一进门，外面的亮光和屋内的昏暗形成的鲜明对比让他们一时间看不清东西。一股石子和金属碎屑、咖啡和蜡油的混合气味扑鼻而来。在一台奇怪的设备旁边，什么东西发出令人不快的轰鸣。葆拉不自觉地走向客厅，好奇地探寻克里斯蒂安的小世界。她只能认出极为少数的几样旧物，比如一把扶手椅和三幅版画。在两个书架上，摆的全是关于鸟类和旅行的书。至于那条十字绣挂毯，应该是他继承来的东西。屋里还有几个箱子和一些旧工具。她无需近看，就知道那些东西全部都已分门别类地摆好，就像是出自最严谨的档案管理员之手。尽管家具都很朴素，房间却很温暖，有人气，她的心头闪过一丝悔意。在窗户边上，是一台座钟，钟摆来回摇摆，发出沉闷的声音。座钟边上是一个抽屉柜。克里斯蒂安没有在墙上挂画，而是钉了三张地图：两张是当地的——一张是三角洲和周边河流的地图，另一张是自然公园地图——还有一张欧洲地图，上面插着许多小旗子。

"看来还是一如既往地怪。"

葆拉自言自语道，留克里斯蒂安自己去琢磨话里的责怪意味。

"你知道我的，这样我能更好地工作。"

"是啊，抛开一切、从零开始，是能……"

她咬了咬嘴唇，清楚现在不是翻旧账的最好时候。

"你想喝可乐还是红酒？"

"红酒，谢谢。"

克里斯蒂安走向厨房。托马倚在冰箱前，正要喝完一瓶苏打水。父亲开红酒时，他便回到客厅，瘫在沙发上，拿起手机。葆拉耐下性子，小心翼翼地问道：

"你的行李呢？你不把它们搬到你的房间里吗？"

"那边没灯。行李在厨房里。"

"你喜欢这里吗？"

"哪里？这片荒野吗？"

"真好笑。"

朱利安端着几杯红酒进来，他把自己那杯递给葆拉，同时向她眨眨眼。他想要显得和颜悦色，但葆拉已经足够了解他，知道他此刻并不自在。他没有坐下，而是站在地图前，好维持自己的风度。克里斯蒂安跟在他后面，手里拿着一盘肉。他脱下了那身僧侣服，看起来精神饱满，脸晒成了古铜色，神情泰然。她都忘了他有多迷人……朱利安站在他身旁，显得好像矮了几厘米。

"这里的无线密码是多少？"托马表示担心。

"我把路由器给烧了。"

克里斯蒂安做了个抱歉的表情。

"你把它给怎么了？"

母子二人目瞪口呆地转头看他。他装作若无其事的样子，继续说道：

"'烧'不过是个说法；其实我就是把它给关了，网络信号对那些蛋不好。"

"蛋？你都在说些什么啊，爸爸！"

"我不是说煎蛋的蛋，是我的鸟蛋。这是我的计划。"

"你的计划！那我呢，要是没网的话，我干什么？"

"如果要打电话，你可以爬到外面那座塔上。"

"哪座塔？那个木头做的东西？"

"是的。不管怎么说，我准备了一堆玩意儿，你不用担心。"

"玩意儿！我不是在做梦吧！我们开了一万年的车来到这里，然后你呢，你给我准备了幼儿园小孩才玩的玩意儿！我已经十四岁了，我得跟你说，看起来你好像已经忘记了这种琐事。我可不是你那些该死的小鸟，我需要无线网！"

说着最后一句话，他冲向楼梯。只听见门砰的一声关上，就像是一发子弹射中目标。

"正如你所见，十四岁，可不是闹着玩儿的。"葆拉讽刺道。

她感到如释重负，这一次，自己可以置身事外了。并且，要不是她和托马之间的对峙已经持续了好几个月，她甚至会觉得眼前的状况挺搞笑的。克里斯蒂安则面色轻松地打着圆场：

"他在成长，会好起来的。"

"恐怕这个样子得持续好几年。在此期间，你得负起责任来。"

"听着，葆拉……"

"在你说出什么蠢话之前，我得跟你讲好，不管发生什么事，你都得留下他。你的儿子需要管教，我不只是在说这个学年挂科的事！学习方面，我只能认命了，但你已经一年没跟他真正一起过假期了。他需要你，就算他还是怨恨你。"

"我当然会留下他！我只是希望……我现在忙着……"

"你总是忙着做这个那个，克里斯蒂安。我猜这件事和你那件装土豆的麻袋有关系。"

"是的，是和我那件粗布袍子有关系。穿着它，大雁才能把我和其他人类区分开来。"

"就凭那件僧侣服？你是在给我们翻拍圣方济各的电影吗？"

"这块布可以'抹掉'人的轮廓，而且，因为我是唯一一个穿这种衣服的人，大雁可以立即将我辨认出来。如果我穿着正常，雏鸟便没法认出我，尤其是我不想它们把我和那些猎人搞混。它们是大雁，需要跟人类保持距离。"

"它们现在在哪里？"

"还在孵化。"

"所以，如果我理解正确的话，那些未来的雏鸟应该把你当作它们的爸爸。"

"没错。这正是我的目标。"

"但是，既然那些蛋还没有孵好，为什么你要穿着这件鬼东西走来走去？"

"为了习惯。"

"这是你……您第一次养大雁？"

朱利安有些突兀地插话，因为他觉得自己似乎变成了透明人。克里斯蒂安静静地盯着他看了一会儿，然后开口：

"'你'就行了。咱们之间不用称您吧？"

"行。"

"有关你的问题，答案是肯定的。这些大雁是一个濒危物种。我的计划是在它们长途迁徙的过程中保护它们免遭危险。"

"我不理解……你是想扮演爸爸的角色？"

"和其他物种不同，迁徙对于大雁来说并非与生俱来的本能，雏雁跟随着父母飞行，从而辨认路线。这样独立以后，它们就能够在秋天重新飞回筑巢的地方，好在那里过冬。事实上，每一个迁徙物种都有自己的专属路线和移动模式，它们或是成群飞行，或单独行动，路途分段或多或少，甚至，有些物种还有着固定的出发和到达日期。"

"而你打算教它们学习一条新路线？"

"是的。它们过去飞的那条路线如今已经行不通了。如果放任它们陷入险境，这个物种会消失的。"

"这简直是疯了！你要怎么做到这点呢？"

朱利安兴致勃勃，方才的尴尬已烟消云散。

"我研究了一条不那么危险的新路线，我想要教会它们飞这条路线。但关键问题在于，它们要跟随我。"

"怎么跟？在陆地上吗？"

"不。在空中。"

"我不明白。你怎么能做到给一只大雁指路呢？"

"来看看吧。"

在厨房里，克里斯蒂安给他们看正在转动的孵化暖箱。鸟蛋沐浴在红色的微光之中。发动机的声音奇异地在他们耳边轰隆作响，朱利安花了好一会儿，才明白这声音不是源自设备本身，而是来自录音机。他走向前去，十分着迷于眼前的景象。葆拉在一边站着，心中涌起一阵非理性的骄傲。她明白，自己的反应是荒谬的；她总向自己的新男友抱怨克里斯蒂安，但如今看到他如此热情洋溢，她不禁回想起自己曾经是多么爱他……自然，也同样想起了自己是为何离开他。

她认出了他的旧录音机，不管他们去哪儿，他都要带在身边，甚至浪漫的周末约会也不例外。

"我猜，这个噪声也是实验的一部分吧？"

"没错。我想让它们适应一台旧割草机发动机的声音。"

"让鸟蛋适应？"

"胚胎对噪音很敏感。这样的话，雏鸟就不会觉得不习惯了。"

"因为你打算乘割草机旅行？"

朱利安打断了她，声音里有抑制不住的激动：

"是超轻型飞机吗？你会和它们一起飞？"

克里斯蒂安点了点头，显然很高兴能引起这般反应。

"正是这样！我找不到更好的方式来给它们指路了。"

"这简直太疯狂了！你不觉得吗，葆拉？"

"是疯了，就是这个词……"

其实，在她看来，这场行动十分危险；但他们此刻天真的狂热有些令人动容。并且，这真的重要吗？她不用再忍受和克里斯蒂安一起生活的种种不便，而且，要是运气好的话，年底时，他们的儿子会开开心心地回到她的身边。

在大约是为他准备的房间里，托马成功捣鼓出一台天线。他先是原地打转、胡思乱想了半个小时，只要没人喊他，他就不下去。最后，他倒在床上，打量他的未来"监舍"。墙纸是艳俗无比的花朵配蓝色方格，而且应该已经贴了有一万年了！他不知道自己生气是因为网络的事情，还是因为觉得被当成了小孩，从一方被抛给另一方，却没人征求他的意见。就好像他不能独自生活似的！总之，母亲受够了他，就把他推给父亲，而父亲满心只想着他的那些鸟。在他能回忆起的时光里，事情一直如此：她负责循规蹈矩的日常生活，而他则为了保护自然四处浪迹。

不过，冷静下来后，他还是注意到了父亲花的心思：墙上贴着三张演唱会海报，说实话，挺可悲的，但至少，父亲努力了。

自然，不过是些老歌手：鲍伊①，卢·里德②，菲尔·科林斯③。在印花床罩的下面，床单是旧的（粗布料上绣着首字母 SL），但干净整洁，铺得很仔细。父亲把口袋本科幻小说摆在书架上，将画册和几支炭笔放在书桌上。看得出，他已经预见到托马对于没有网络这件事的反应。然而，他弄错了，托马搜到了信号。他把手机绑在一根从柜子里找来的木棍上，然后，他跨出窗台，把木棍固定在百叶窗的缝隙里。稍微一搜寻，他便找到了一个免费无线信号，或许住在这儿的乡巴佬并不在乎要给自己的网络加密。

他喜出望外，输入电脑密码。屏幕亮了。能行！他挥拳欢庆。父亲无法再禁止他玩游戏，尤其是在不知道自己已经解决了网络问题的情况下。现在，只需要考虑如何给他的苹果手机充电。

"托马?"

厨房里传来喊声。他看了一眼时钟：自己在这个房间里已经待了两个小时。在关掉手机之前，他给死党路路发了条信息："到鬼屋了。这里怪可怕的。保持联系。"

"快下来，还是你决定就永远隐居在那里了?"

葆拉似乎十分高兴，而且迫不及待地要走。想到她要将自己留在这里，托马厌烦极了，尽管从某种程度上来说，没和父亲交谈就离开会更糟。就好像他在哪里都是多余的。

他粗暴地关掉手机，拆下天线。最好保存电量；并且，谁也

① David Bowie（1947—2016），英国歌手。
② Lou Reed（1942—2013），美国歌手。
③ Phil Collins（1951—   ），英国歌手。

不知道会发生什么，他希望把自己的装置藏好，以防父亲坚持帮他拿行李上来。既然现在已经被困在这儿了，这就是他的房间，是他的领地，没有人能不经他同意就进来。

他拖着步子走下楼。

"托马，我们走了！"

母亲应该听到他的脚步声了，催促着他快点，一如往常。

"我到了啦。"

一走进厨房，所有人的目光便聚焦在他身上。母亲不高兴地皱着眉头，朱利安带着他那假模假样的微笑，还好有他的父亲，向他做了个心照不宣的小鬼脸，正如他们过去生活在一起时那样，他们曾三个人一起生活，然后却出了岔子。

"你喜欢你的房间吗？"

"还行吧。"

"可真是热情洋溢啊！我希望接下来的三个星期你不要一直赌气，那对你爸爸来说可不妙……"

葆拉打住了，意识到说教并无用处。如今卸下了最大的烦恼，她已经觉得轻松多了。

"好了，小伙子！看看你的周围，这里简直棒极了！我希望你能够享受在这里的时光，好好透透气。这里有自行车，你甚至可以找个邻居一起划船，而且，你爸爸有个了不起的计划，你会喜欢的！"

"谢谢，妈妈，我不需要一份这里的使用说明。"

"当然了，我在想什么呢！你当然已经准备了一堆好事儿要做……"

她的语调渐渐尖酸起来。在事态急转直下之前，朱利安插话了：

"再见，托马，玩得愉快。"

他不知应该如何告别，有些尴尬地向托马伸出手来。男孩突然起意，走上前拥抱了他，假意上演一场温情戏码，其实不过想要传递一个信息："我谁都不需要，特别是一个为了事业跑到千里之外的父亲！"

"亲爱的宝贝。"

葆拉趁机拥抱了他，在他耳边悄悄说了一句"你会想我的"。他感到十分尴尬，挣脱妈妈的拥抱，然后低着头往后退去。

"好好照顾他，克里斯蒂安……管大雁的时候也不要忘了他。"

"当然了，别担心。"

他笨拙地拥抱了她，然后退后，生硬地向朱利安告别，对刚才儿子的那一幕心怀嫉妒。

"再见，保罗。"

"是朱利安……"

葆拉向他瞪大眼睛，但他不在乎，就好像他突然想要结束这一切，好好跟托马单独待在一起似的。

"好了。快回去吧。"

父子俩看着汽车远去，在昏暗的天色里消失不见。

"为什么他们不留下来睡一夜？"

"我想他们更希望清清静静地回去。他们能在路边找到旅馆……"

看托马没再说话，克里斯蒂安若无其事地开口试探：

"他看起来人挺好。"

"谁？"

"保罗。"

"哈！真好笑。"

"朱利安，是吧？你跟他合得来吗？"

"还行吧。"

"不管怎么说，我真高兴你来这儿了，布布。"

"布布？啊好吧，行……"

托马十分沮丧，拖着步子往回走。他父亲可一点儿都没有就此罢休的意思，笨拙地继续这个话题：

"你不记得了吗，以前我们叫你布布？"

"我三个月的时候？"

"不是啊。一直到你四五岁的时候都这么叫。"

"爸爸，说真的，你能不能记住我已经长大了。我已经不吃糊糊了，不再画土豆小人了，我是个正常的青少年！"

"而且你玩游戏，我知道，托马，你妈妈已经跟我说过了。我们弄点吃的吧？"

"啊，我们还得自己做饭？"

"是的，就和史前时代一样。自制牛排和土豆。还有沙拉，你得去洗一下。"

"沙拉……你是说真的吗？"

"再加点香草油醋汁。"

爆炸损坏了飞机尾翼，触发尖利的警报声。托马正正降落在一个几乎被丛林一角遮掩的平台上。预计修理时间是三十秒。在他头顶，喷气式飞机正在猛烈地发射曳光火箭弹，阻止他冲回天空。他已经用掉了九条命中的四条；如果他还想去圣山，不能再拖延了。圣山里藏着圣杯系统，那是格鲁尔战斗机的控制中心。他在思考自己的战略选择。如果谨慎一些，最好重开，那样可以满血复活，还能有更多胜率，因为他已对航线中的陷阱十分了解；但要想打败路路，他一关都不能输了。

方才查看的时候，他的朋友还有七条命，并且已经通过了地狱之谷。十五，十四，十三……尽管有护盾，但随着时间一秒一秒过去，他的危机感越来越强。这个平台的景致太美，没法成为一个好的藏身之所。这是个定时陷阱……

他还是在犹豫。七，六，五……突然，巨大的棕榈树丛裂开，一群直升机出现在他面前，战队有大炮护体，一齐瞄准敌舰——一秒之内，他们就能将对方包围，并且燃烧起熊熊大火。

在离修理时间结束还有两秒时，屏幕突然闪亮，黄色字幕出现："游戏结束。"

少年咽下了一句脏话。只剩三条命了，这一局基本是没法通过了，除非撞大运。但考虑到他这会儿的倒霉状况，大约是走不了运的……

他啪地合上笔记本电脑，开始烦躁地四处乱挠，愈发感到挫败。他已经累得无法思考。前一晚，他睡得很不好。先是觉得太过安静，当你习惯了城市的喧嚣，一片寂静反倒让人觉得仿佛失去了听觉；然后，他被一只巨大的蚊子叮了一口，根据那嗡嗡作响的地狱之声来判断，它一定是战无不胜的那种；更不用说，墙上还有那么多讨厌的小虫子爬来爬去。

他来到窗前，悄悄瞥了一眼外面。父亲在木棚前忙着。从托马所处的位置望去，能看见几个拆开的数米长的纸板箱和地上的一排金属棍子，还有一个看起来像轮子的东西。其余的物品都被墙给遮住了。

他在犹豫要不要下楼。今早吃饭的时候，克里斯蒂安提议一起去木棚里干活，但他很有原则地拒绝了，尽管他其实对那个地方很好奇。但如果他从第一天起就显得很积极，父亲会以为他已经原谅了自己，就好像什么都没发生过，他们的生活如常。就连现在这样，父亲都已深信，人人都爱卡马尔格……说到底，他压根不在乎我在想什么。他不是非要搞砸这个假期，只是希望父亲能多少显露出一丝悔意。今天早上，这位先生做咖啡的时候还在吹口哨呢。他给托马端上一碗热可可，"专为你准备的，布布"，就像这样能逗乐他似的。接着，当托马拒绝跟他一起去干活时，他只是耸了耸肩，一副"没问题"的样子。

"那就做你喜欢的事儿，我不会逼你。"

"那妈妈呢？她的指令你不管了？要呼吸新鲜空气，要读书，要两个人在一起！"

"妈妈现在不在。我们已经是大人了，可以做我们想做的事，不是吗?"

放任自流，这便是父亲的策略。因此，托马决定开始消极应对，尽管他简直太想知道木棚里正在进行着些什么了。看看父亲能坚持多久吧，绝不能太快让步，他应该等待……

突然，从沼泽那边传来电钻的轰鸣声。克里斯蒂安放下手头的工具，开始大声吼叫，好让自己的声音压过噪音。

"不是吧，天哪，这些人还真是一点时间都没浪费!"

这一回，他有了个好借口! 托马锁上门，飞奔下楼，想知道是怎么回事。父亲风风火火地冲进厨房，十分气恼。

"他们会听到我的声音的，这些白痴，我跟你发誓，他们会招来所有人的唾骂的!"

"你看起来不太开心。外面发生了什么?"

"那些疯子工人。他们什么都不在乎!"

"他们在造什么?"

"一个工业区，或者别的混凝土造的什么鬼东西。"

"哇哦! 在这里吗?"

"正是这里!"

"不管怎么说，来点现代的东西也死不了人，不是吗?"

"你和我，是死不了，但是动物们会!"

"要是能让蚊子别吵……因为在这点上，我可是受够了。"

一提到蚊子的事，他立马又觉得痒了起来，开始抓挠自己。

"而且，那边还有只老鼠，真的。它穿过我的房间；然后，我听到它在跑，差不多跑了一小时！"

"一只老鼠？"

"应该是一只仓鼠。"

"得弄清楚。等等……"

克里斯蒂安急忙走向客厅，疯狂地翻着书架，一副兴奋异常的模样。他抓起一本书，打开，在儿子面前挥舞。

"是它吗？"

"或许吧……"

"你确定吗？"

"呃，爸爸，对不起，我可没变身成小小自然学家……另外，它跑得飞快！"

"妈的！"

"不过长得很像。"

克里斯蒂安喜笑颜开。

"太棒了。儿子，你是个天才！"

"那你跟妈妈说一声吧，她觉得我是个大蠢蛋！"托马立即回应道。

"一言为定。我先走了。"

"为什么？"

"我得打个电话。过一会儿我要用望远镜窥探敌情。你想加入吗？"

"认真的吗？爸爸！"

"哦，好吧，开玩笑都不行了吗？"

克里斯蒂安不太希望托马听到他的谈话。最好是谨慎一点，即便他正在努力拯救这一方野生自然。他抓起手机，跑到他戏称为"瞭望塔"的地方。尽管从这座哨塔上可以看到沼泽，但实际上它是为了指示风向而建造的。在塔尖上，固定着一个风向袋，这对他练习驾驶超轻型飞机非常有用。

珍妮·戈德朗。他特意存了她的电话号码。三声等待音后，对方接起电话。

"梅纳尔教授办公室，请问您是?"

"珍妮，我是您最喜欢的那位学者。至少，我是这么希望的……我是克里斯蒂安……"

"勒塔莱克先生，真高兴接到您的电话，您都好吧?"

"都好。其实，如果不是要面对现在这个烦人的状况的话，可以更好。我长话短说：我住在一片靠近保护区的沼泽旁，然而，今天早上，工人们包围了这个地方。他们计划建一个工业区，而且，据我所知，他们将排干一半的湿地。"

"看来您是个麻烦收集家!"

"可以这么说吧……我想到一件事，博物馆里有原仓鼠吧?"

"是的，当然了。"

"请告诉我，我知道在这方面您是问不倒的，如果一个濒危物种样本在某地被发现，但此地有建筑项目的话，可以让工程停滞多久?"

"本来是三个月，但刚刚调整为六个月，好给省长足够的时间调查物种是否列入名录。"

"您能帮我个忙吗？可以给我寄一点原仓鼠的粪便吗?"

"克里斯蒂安……"

"别急，我给您解释一下……"

"可别解释了！我宁可什么都不知道！我明天给您寄一份样本。"

"您真是个仙女。"

还没来得及再大加感谢，他听到一声轻笑，然后便是电话忙音。秘书咯咯笑着挂了电话。里应外合的感觉显然让她非常开心。

克里斯蒂安抬起头，发现儿子在梯子下面。他在梯子上欢快地招呼他：

"我要去买点东西，你跟我一起去吗?"

"不太想去，不了。"

"随你。顺便说一句，我把你的玩具放在客厅柜子里了。没记错的话，我找到了摩比玩偶、你的蜘蛛侠，还有变形金刚。"

"太棒了，我高兴极了！积木呢，你没找到吗?"

"得了，小伙子，别赌气了。我们得在一起待三个星期呢，我们会玩得很开心的!"

"是是，当然了。好，我回房间了。"

"我得去一个小时。你最好还是出去透透气，你白得像张纸一样。"

"好了爸爸，那一套词我熟着呢。"

托马在客厅里晃来晃去，像个游魂一般无所适从。他不太想把自己关回房间，去格鲁尔的星球拼上最后一击。无论怎么样，路路都会把他打得落花流水。

他端详起插满旗子的地图，看着上面的河流三角洲和细得无从分辨的沟渠。太蠢了！他百无聊赖、脑袋空空，最后只好打开柜子，拿出自己的旧玩具。他记得自己曾经花上几个小时搭建乐高城市，然后用变形金刚把它们全部毁灭。那时，他还以为，爸爸妈妈会一生相爱。父亲本应把这些旧玩意儿扔掉的……他把玩具放了回去，故意乱塞一通，然后走到书架前面。在一排排鸟类学著作里，他突然看见一本书破旧不堪的书脊，好奇心驱使他将它抽了出来。是《尼尔斯骑鹅旅行记》。封面上，一个男孩骑在一只鸭子背上。或者是一只鹅？扉页有一行手写笔迹："克里斯蒂安·勒塔莱克，一九六五年。"想到当年才八岁的父亲，他的心弦莫名被扣动。他先是翻了几页，读了几行，然后整段整段地读了下去。故事里的确有一只鹅，或者更确切地说是一只公鹅，它驮着小尼尔斯跟一群大雁一起完成了长途迁徙。一个挺俗套的童话故事。以前，他很喜欢这些故事。从某种角度而言，童话故事便是他那些电子游戏的前身，不是吗？

他把书放回原处，伤心至极。没有人可以强迫他留在这里……他决定给母亲打电话，但他没有回房间，而是爬上那座木塔。这里是有网络，但没有一个可以让他好好对着屏幕玩的地方。在如此糟糕的环境里，他怎么能够打赢游戏？他也不知道自己到底要如何辩解，只是被一股冲动所驱使；但号码一拨通，他便听见了语音回复："我现在不在，请……"他的脑袋一片空白。哔声响起时，声声抱怨喷涌而出：

"妈妈，是我……你不能就把我扔在这个破地方。求求你了，这里真的什么都干不了，待在这里跟死掉没什么两样！其实，这不是爸爸的错，是这个地方的问题，你明白吗？给我回电话吧！"

他凝视了沼泽片刻，希望能够驱散心中的不快。电钻声已经停歇，可以听到芦苇丛中吹过的阵阵风声。在水中的暗色倒影之上，芦苇沐浴在日光下，随风轻轻摇摆。少年无法判断，眼前的景色究竟是让他高兴还是让他痛苦，想必是两者皆有吧。在这里，无边的日光如同无际的寂静一般，太多太多。在这一片全然平坦的土地上，有太多光，太多天空，让人觉得在这世界上孑然一身，愈发孤独。

他下定决心要走出此刻的消沉，便走下梯子，来到木棚前。门关着。父亲特意上了锁。真是奇怪。他原本以为，在乡下人们并不会在乎有没有锁门。或许，他只是在修理割草机。事实上，他们之间什么也没有谈，没有谈到他的计划，也没有谈到他想让自己做的事情。这是他自己的错，托马很清楚这一点；然而，他还是忍不住埋怨父亲。他本可以告诉我的……

他拿一个空木桶当脚凳，将它拖到窗户下面。往里看去，他发现了曾令他那般着迷的东西，一句粗话脱口而出。

那似乎是一架超轻型飞机的骨架。一扇白色的机翼被绑着固定在墙上。驾驶室部分差不多已经组装完毕。说是驾驶室，其实，不过是一个看起来无比潦草的铁笼子。安在副驾驶座正后方的，他猜是发动机螺旋桨，看起来就像一台巨大的电扇。他兴奋得浑身一颤。为什么父亲什么都没跟他说？相反，还给他塞了一箱旧乐高！我是在做梦吧！

这下他犹豫起要不要再给妈妈打个电话，告诉她刚才只是一时冲动。或许，他能在这儿过个还不错的假期。他想象告诉路路这事时，他的朋友会作何反应。自从踏进农场以来，他头一次感觉好了起来，对未来的日子感到兴奋。一架超轻型飞机……运气好的话，父亲还会需要他的帮忙。这是父亲欠他的……

发动机的轰隆声让他赶紧从脚凳上跳下来。他草草将木桶推回原位。他一点都不想被父亲发现自己对他的事情感兴趣，这是原则问题，事关尊严。总之，原先的冷战计划并不太高明。而三个星期的时间，也不是那么糟糕，尤其是当他可以成为飞行员的时候。

面包车一颠一颠地开到院子中央，克里斯蒂安满脸笑容地下车。

"瞧，你终于决定出来透透气了！"

"是的，稍微走了走。我们什么时候吃饭？"

"做好了就吃。"

"我们不能点个披萨吗？求你了……"

"不能，但我们今晚可以自己做一个。我去买点面粉。午饭我准备了番茄、蜜瓜和火腿沙拉。可以吗？"

"很好……我敢说你都没想过甜点吃什么吧。"

"水果。"

"太过分了，爸爸！"

他勉强装出几分沮丧之意，好显得没那么轻易就向父亲让步。

外面风太大，于是他们来到屋内。一坐到桌前，二人便各自陷入沉思。借着割草机的轰隆声，托马假意发起挑衅：

"你就没别的音乐吗？老听这个可太烦人了。"

"我都已经听不见这声音了；两天之内，你也不会再注意到它的，等着瞧吧。"

"吃饭的时候也必须听着吗？"

"是的。要让大雁习惯这个声音；如果你昨晚没赌气跑开，就会知道，这是用来'培育'它们的。你至少记得这一点吧？"

"是的，爸爸，雏雁跟着科学家飞的事，你至少跟我说了三百遍；但我不懂，这和割草机的噪音有什么关系。你又不是要在环城路边'培育'它们，这不合逻辑。"

"相反，这非常合乎逻辑。但我们一件事一件事来，首先，我希望你给我讲讲你的生活。"

"我的生活？什么啊！"

"通电话的时候，总得想尽办法才能从你嘴巴里抠出几句话，现在你在我的手上了，我要好好利用这个机会。"

"你想知道些什么？我的成绩单怎么样？"

"当然不是了！比方说，我不知道，你周末都干些什么？"

"好吧，就正常那样，随便晃晃，见见哥们儿。"

"你和马修还是朋友吗？"

"当然不是了！都是一万年以前的事了，我不是小孩了，你知道的……"

"好的，抱歉……那你和你的新哥们儿一起都干什么呢？"

"那你呢，你整天在那个棚子里干什么呢？"

克里斯蒂安抑制住笑意。与其长篇大论地给托马宣讲自己的计划，不如等托马自己提问。他知道，儿子迟早会问出口的。

"我在制造一个秘密工具……"

"是吗？是什么？"

"猜猜看。第一个字母是赶马的口令①。第二个是……"

"行了行了，得了吧，烦死了，你从来不认真……我累死了，上楼了。"

"等等，小伙子！为什么我一开玩笑你就生气？我知道看着父母分开不会好受，但已经一年半了！你希望我们一整个假期都在吵架吗？我可不想。"

"我没这么说。只是……"

"好吧。我带你去棚子里看看，我会向你解释一切。我想，你会很喜欢我的'秘密'……"

不等男孩回应，克里斯蒂安便站起身来。不是个小男孩了，是个敏感的少年，他在内心修正自己的说法。他有些想念从前的托马，因为一点小事就咯咯直笑，可以毫不设防地挨着他入睡，不会摆出一副冷酷的样子……但是，显然，那已经是过去式了。

---

① 超轻型飞机原文缩写为 ULM。赶马的口令，即"吁"，与字母 U 谐音。

如今，他不再真正了解自己的儿子，并且意识到，自己并没有怎么关心过儿子的新生活。他们只有三个星期的时间，或者说，他们没有时间比试谁先向谁让步。

托马犹豫了几秒钟才跟上父亲的脚步。他有些厌倦这样斗气了，毕竟父母离婚又不是世界末日，况且老斗气也挺没劲儿的，就像原地打转。

他走进木棚，克里斯蒂安忙活了一会儿，把轮子从机器上拆下来。

"给你介绍一下，这是我的新交通工具。"

"太酷了！你真的要开这个走？"

"带着我的雁群，是的。我正在建立一条穿越欧洲的新迁徙路线，这条路可以让它们避开原来要经过的区域，因为那些区域现在对这个物种来说太危险了。如果一切顺利，我们将在八月从挪威出发回到法国，雁群将在法国过冬。"

"你说的是那些在孵化暖箱里转着的鸟蛋吗？"

"是的，你看到的所有东西，发动机、我那身'奇蠢无比'的衣服，或者这架超轻型飞机，都是大雁'培育'计划的一部分。我会把它们养大，就好像我是它们的爸爸一样，这样它们就会跟着我飞。"

"你说的这些不会有点太疯狂吗？"

"要是听那些官僚讲的话，当然是了。但到底什么是最荒谬的？是想要训练一群鸟穿越整个欧洲，以求拯救这个物种，还是借口为时已晚，事不关己地看着世界走向毁灭？这件事迫在眉睫，小伙子，我们不能再继续浪费我们的资源，我们所有人都必须开始行动；不管是日常点滴，还是做出什么英勇举动，总之，只要齐心协力，我们就可以做到！我一直认为，人要有梦想，梦想和吃喝一样重要，但如果从来不去实现，那梦想又有什么意义呢？当然了，我没法替别人说话，但对我来说，是时候把信仰付诸实践了，如果我因为种种原因放弃拯救这些大雁，我会怨自己一辈子的。你知道，当我老了，回望人生，我不想有任何遗憾，不想对自己说'为时已晚'。"

克里斯蒂安眼睛闪亮、双臂张开，越谈他的计划，整个人便越是激昂。他看起来像个先知，托马心想。他突然意识到，卡马尔格为父亲注入了多少生机。父亲找到了自己的道路，他生来便属于这里，属于他的鸟群，在这里，他可以尽情追梦。在巴黎，在他们位于第十五区的公寓里，他曾生活得那样压抑。

一种既羡慕又悔恨的奇怪感受袭上他的心头。知道自己要的到底是什么一定特别棒……托马不想流露出内心的困扰，假装在仔细观察这座木棚。角落里放着几个架子，上面塞满了纸板和盒子。一张工作台横亘整面墙的长度，各式工具整齐地悬挂在上面。大概有上百把钥匙，托马心想。木板上散乱地钉着各种说明书和表格。他零星辨认出上面的只言片语，例如"飞机攻角""涡流""机翼前缘"等等，还有附带注释的草图。

"你想要帮忙组装一下吗？"

克里斯蒂安指向一个至少三米长的包裹。

"那是什么？"

"浮筒。"

"干什么用的?"

"我想把超轻型飞机改装成水上飞机。在挪威,我们会从一座湖上出发,接着,我计划沿着海岸线飞行。"

"你真的会开飞机吗?"

"当然了,我有执照。但一开始,这可不简单。来,到那边看看。"

他把托马带到浮桥上,指着一堆半掩在岸边草丛下的废铜烂铁。托马看出这是一架飞机的残骸——扭曲的轴、被撞裂的机翼……

"这原本是你的?"

"是的,是我的第一架超轻型飞机!"

"摔得很惨吧?"

"可以这么说。一阵侧向风导致着陆失败。"

"你没事吧?"

"几乎没事。"

他的脸不由自主地皱成一团。托马知道,最好等一等再问出那个已经在嘴边的问题,他们刚刚重聚,但他控制不了自己。

"你可以教我吗?"

"教你什么?"

"开飞机。"

"你必须到十五岁才能通过考试……"

看到儿子垂头丧气的样子,他带着一丝狡黠补充道:

"如果你向我证明你靠得住，那也许我会给你亮几招……我还可以带你兜一圈。"

"真的吗?"

"真的。前提是我不再在你的脸上看到这种臭脸色，并且你能稍微迈出房间走走。行吗?"

"我保证!"

"那么，首先，我们把这些浮筒拿出来。"

迪安娜强压着一腔怒火。她刚刚在电脑上写了一篇颇为尖刻的文章，内容有关新农药宣布上市的消息；然而，她清清楚楚地知道，她的文字将被篡改，甚至被整段删节。这是她的错。只需要五千字的篇幅，她却写了三倍长。同时，她永远都不懂，那些人宣称自己是真正的记者，却成天转载法新社的通讯稿，这有什么意义。他们把人当傻子，最后还谁都看不起，这太荒谬了！

她当然可以修改她的文章，但今天，她已经筋疲力尽。她厌倦了条条框框的束缚！迪安娜越来越不能忍受这个行业的种种限制，不能忍受对独家热点的追捧，也受不了借口吸引"普通"读者，而将新闻内容全方位简化。

她将目光转向办公桌上方贴着的一张地球照片。这张照片是她的护身符，从上班的第一天起就装饰着她的桌子。她还记得自己当初发现这片新天地时的喜悦，她是那样急不可耐地想要走访实地，进行调查……那一切似乎已如此遥远！三年来，她费神费力地写作，大声疾呼环境保护的紧迫性。在这三年时间里，她承受着政治或经济版面同事的居高临下。即使是社会新闻，只要足够血腥，也能排在她的文章前面。

文章有理有据，十分严谨。甚至有些过分严谨了吧？她给文章取名叫《新农药·老套路》。尽管标题够吸睛，但她深知，接下来的内容对读者来说过于复杂，总编辑不会欣赏的。

电话响起。她犹豫片刻，在电脑上按下了"发送"。让他们自己处理吧！

她决定接起电话，她咽下一声叹息，因为心事重重一时间没反应过来对方是谁。是某位勒塔莱克，什么自然历史博物馆……她正想按套话打发掉对方，却突然记了起来。是那位满腔激情的学者，还有他那不可思议的奥德赛之旅！

"克里斯蒂安，您都好吗？您的计划进行得还顺利吧？"

"在稳步推进中，谢谢您。您的记性可真厉害啊！"

"您的抱负才真是厉害！我能为您做些什么吗？"

"是这样，我重新考虑了您的提议。"

"是吗？"

她的好奇心被激发起来。她记不太清自己都和他说了些什么，大概是劝他不要放弃吧。

"您对濒危物种的话题感兴趣吗？"

"您的大雁吗？"

"不。是一种野生仓鼠。"

"啊！我希望您有充足的理由……"

"我有。而且，我不是要抢头版，只需要一篇小短文来说明情况就行了。"

"我不能给您打包票，但可以试试。"

"我给您解释一下：我住在卡马尔格的一个沼泽边上，有个建筑工程在这里动工，这件事太荒谬了，不应该发生在大自然里。幸运的是，这片湿地中生活着一种受保护的啮齿动物；我有证据证明它们在这里出没，因为在这里发现了它们的粪便。因此，省政府理应下令暂停工程，这样我们就有时间组织抗议活动。只需要在打地基前叫停就行了。"

"所以，您需要一点宣传造势。"

"要是媒体报道了，他们就不得不回应。"

"我明白了。"

迪安娜难掩内心的失望。有几秒钟，她还希望他打电话来是为了请自己跟进那场冒险行动的启动。她思忖片刻。

"我不能保证您要的文章一定发出来，但我会尽全力去做。同时，我只有一个要求……"

"请讲。"

"如果您开始了您的奥德赛之旅，请记得告诉我，行吗?"

"可以！而且，不应该说'如果'，而是'当'……您很快就会听到我的消息，迪安娜。在这之前，我会发短信告诉您相关细节，包括地点、物种，还有原仓鼠的几个特征。这样行吗?"

"地点就够了，我知道这种动物。我马上着手报道，我会跟您保持联系。"

"谢谢，您太棒了！"

女记者面带微笑挂断电话。她挺喜欢这位克里斯蒂安，而且，他突如其来的电话像是一个积极的信号，照亮了她这段时间以来的灰暗心情。她曾感到疲倦、怀疑和沮丧，但现在这一切都不重要了。她必须奋起战斗，而不是顾影自怜。

她打起精神，做了一番调查，开始敲打键盘：

"又一次，一个值得怀疑的城市化项目正在危及生活在卡马尔格沼泽里的生命。原仓鼠属的唯一当代物种，即欧洲仓鼠，生活在亚洲和我们国家西部地区的野外，然而，如果二〇〇九年那份惨不忍睹的统计数据是可信的，那么这一现状不会继续太久。尽管采取了各种保护措施，甚至进行了重新引入物种的尝试，原仓鼠现今仍被认为是欧洲最为濒危的哺乳动物之一。集约化农业、城市化、湿地侵占，这些生态劫难的罪魁祸首……"

一个小时之后，她坐在了总编办公室。她的报道简明扼要，并且十分吸引眼球，足以登上本日的环保新闻。她重读了三遍，小心翼翼地改正打字错误和有失优美的重复。只要稍有一点运气，这篇文章就能通过。她的心怦怦直跳，并不只是为了一篇通讯稿在紧张。这一次，她决心不再任由别人打压自己。

弗朗索瓦·卢杰抬头看向她，然后皱起眉头、面露难色。三秒钟过去了，还是一片安静。这下糟了……当他开始说话，他的声音出人意料地温柔，与严苛的评判形成鲜明的对比。

"说真的，迪安娜，谁会关心一群野老鼠？你必须得停止你的漫漫远征了，不然的话，最后会走不下去的。小题大做的环保主义已经不再是当下热点，人们关心的是另外的事情。"

"哦，是吗？您喜欢的是什么？弗拉芒维尔①的那些糟心事？"

---

① Flamanville，诺曼底大区市镇，建有弗拉芒维尔核电站。

"比如说，是的，即使那些事已经变成了年年出现的陈词滥调。听着，那些要保护的湿地，那些身上插着树叶去游行的各种协会会员，坦白说，都已经没有市场了！在法国，环保运动是一种政治！"

怒火潮水般涌上她的心头，那是一种从远方袭来的冰冷怒火。她越听总编指责自己如何激进，胸中怒火便越是强烈。都是她自作自受，不管是在总编办公室还是在咖啡机旁，都是迪安娜自作自受。她就该受着那些几乎不加掩饰的批评，人们批评她文章的立场，甚至批评她的单身，"因为你无处不在的病态强迫症把男人赶跑了"……

反驳脱口而出。和总编相反，她的声音十分尖锐，甚至有些严酷。

"不好意思？不是不尊重您，弗朗索瓦，我想您没弄明白现在发生的是什么。全球变暖的后果绝对是可怕的，大多数你们这样的政客都认为还有五十年的时间。但事实上，我们已经被逼到了墙角，如果到未来再努力，只会是徒劳，现在只有一个办法，那就是进行彻底的改变！地球上的生物多样性正在崩溃，因为物种灭绝率高得夸张！三分之一的鸟儿消失了，这一切还在加速；我不知道您是否意识到了这一点，但如果不做任何改变，情况会变得更糟……"

"不重要，不管你怎么说，还是不行。省省口水吧，我清楚得很。我还有工作要做，有这家报社要管理。说到这个，你今早那篇文章，简直是莫名其妙！我修改了一些，但其实整篇都得重写。

你让我很失望，迪安娜，我希望你能赶快回到正轨，因为坦白说，你已经开始把我惹烦了！"

在他的破口大骂结束之前，年轻女人已经站起身来。她机械地伸手拿走自己那篇有关原仓鼠的文章，一言不发地走出门去，连一句礼貌性的"再见"都没说。自一开始便埋在二人之间的反感在此时彻底爆发了，没有任何借口可以缓解这样的冲突。不过，也好……她并没有感到害怕，而是觉得有些空虚，也觉得有些轻松。

她不加思考地推开编辑室的门。尼古拉和他的三个同事（名字不重要，职责都一样）正在研究今晚要印刷的版面。他们兢兢业业地工作，好让新闻可以准时准点出炉。这是她的文章混入大部队的唯一机会。她镇定自若地递上稿子，脸上努力保持平静。

"喏，明天要发的。"

"呃……这有点太仓促了吧，老板批了吧？"

"你觉得呢？你觉得我会忤逆陛下吗？"

"好，我们会搞定的。"

他转向一个胡子男，他正全神贯注地在电脑前打字，就像是一个伐木工人在做针线活。

"迪米特里，尽快帮我把这篇文章的字体调成 Calibre，然后塞进第六版或者第七版，行吗？"

后者表示答应，眼睛都没抬一下。这也太简单了……

"太棒了，我该走啦。回头见！"

"下一次记得早点给我……"

"没问题！"

迪安娜赶快溜到走廊上。最好不要耽搁太久；如果卢杰看到她在这儿，那就完了。

回办公室之前，她先去了一趟厕所。她浑身发热、脑袋发晕，就像喝醉了一样。为了让自己冷静下来，她哗啦啦放着凉水，扑湿太阳穴和绯红的双颊，然后深吸了几口气。镜子里，她的双眼闪着热烈的光芒。她拼命忍住神经质的傻笑，脑海里浮现出一个疯狂的想法……

负责讣告板块的劳伦斯气喘吁吁地从走廊进来，看到她这副模样感到十分疑惑，停下脚步。

"你看起来心情不错啊！不要告诉我你涨工资了？"

"比这更棒，我辞职了！"

"你什么？"

"我走了。不干了。结束了。自由万岁。再也不用忍受我们亲爱的总编大人的脸色了。你不知道我有多开心！什么鬼东西！早知道我刚才应该甩门的！"

"拜托告诉我，你是找到了别的工作？"

"没有。你是第一个知道的。好吧，其实是第二个，因为我刚刚单独做了决定。"

她抬了抬下巴，向镜子示意，然后转身离开，不给自己留改变主意的机会。

她的办公室里没什么私人物品。在柜子深处，她翻出一个大包，够塞三本杂志、地球照片、马克杯，还有一个写满草稿的旧本子。接着，她取下五个画框，里面是用红色叉号划掉的照片：犀牛、佛罗里达黑豹、印度食鱼鳄、哥斯达黎加变异小丑蟾蜍和赛加羚羊。这些动物全都因为人类活动而走向灭绝。"这是我的备忘录。"当被问到为什么要用这些可怖的图像当装饰时，她总这么说。

她收拾完了。剩下的所有东西，也就是最关键的东西，都在她的电脑里。

她最后向四周扫了一圈，感到无动于衷，或者说是空空如也。她曾经那样坚信自己能够做出改变！这一事无成的三年……

通往大老板办公室的走廊两边都是玻璃，一边走，迪安娜似乎看到了第一次走这条路的自己。那天，她的心也是如此怦怦直跳。她还不知道应该怎么讲，她想要微笑，但嘴巴无比干涩，连咽口水都做不到。

看到迪安娜出现，秘书挑了挑眉毛。迪安娜不理她，推开橡木大门。瓜达尔的办公室视野广阔，可以俯瞰巴黎所有楼房的屋顶。一位意大利设计师设计的架子占据了房间的一整面墙，上面展示着他从旅行中带回来的艺术品。有印加帝国的石雕像、标枪、面具和源自中国某个古老朝代的花瓶，声势浩大，阵仗浮夸，她却因此平添了几分勇气。

她进门时，阿尔伯托·瓜达尔从扶手椅上稍微起身。认出她是谁后，他重重地坐了回去。他听说，这个姓蒙热隆的小姑娘很能搞事，卢杰在上次的会上甚至为此抱怨过一通。一闪而过的惊讶转换成和善又带着几分傲慢的幽默调调，这是他与员工打交道时的惯用模式。

"哟，迪安娜，我还以为你此刻在坦桑尼亚拯救狒狒呢！"

"我还真去过，不过是在两个月前。我本来不用去的，不用跑这么远。"

"不好意思？"

"狒狒……"

她张开双臂，似乎要围住整间办公室，也围住面前这个男人。

"说到底，这些装腔作势的东西是为了什么？取悦公众？假装谴责某个你事实上赖以生存的体制？"

她抓起五张被打了红叉的照片，放在大惊失色的瓜达尔面前。

"这些照片，是给你的礼物。"

见他想要回应，她用一个手势制止。

"我必须这么做。它们会和你的那些孤品很搭的。"

离开办公室时，她知道自己已经把作为正式记者的饭碗彻底给砸了。很疯狂，但是必须疯狂。

走在街上，尽管肩上背包沉重，但她大口大口地呼吸着，那是春天的空气。

在勒塔莱克家，父子俩其乐融融地和谐相处了一个星期。早上，他们改装超轻型飞机或大众面包车，在往返挪威之前，这辆车得彻底修整一通，还得换上新装备。然后，简单吃个午餐，再小睡一会儿以后，克里斯蒂安会在插着小旗的地图上一站一站地介绍这趟旅程，并详细说明自己确定这条路线的原因。他还会解释为何选择"旅行者"二号（这是他给自己的超轻型飞机取的名字），因为这是一种坚固、可靠并且易于维修的全地形交通工具。然后，他还会借机讲解一些驾驶过程中的具体问题，例如驾驭风的方法和在这次旅程中要采取的预防措施，比约恩会在地面为他们提供支持。他想与托马分享的不只是技术数据，而是这次旅行的重要性以及它的方方面面。他常常会延伸开来，聊一些环保话题。这些话题并没有让男孩感到厌烦，而是深深地吸引了他。

　　"你看，小伙子，我们总是哀叹水灾越来越来势汹汹，总想用蓄水池和现代科技去治理洪水；但我们忘记了，因为到处都铺上了柏油马路，土地被盖得严严实实、无法呼吸，结果便是接连发生的涝灾和旱灾，因为水不再能浸透土地，而是泛滥在表面，从而引发灾难。然后，我们会惊讶于大自然的残酷，但那是为了让人类别再继续愚蠢下去！你觉得我为什么要坚持给这些大雁改道？

要是走旧的迁徙路线，它们几乎没有任何存活下来的机会了。前有捕猎者守在战略要地进行大屠杀，后有光污染和中途落脚的湿地的干涸或退化，在种种威胁的夹击之下，它们的领地如驴皮①一般与日俱减。"

"但它们为什么不从别的地方走？"

"因为对于一些成群结队旅行的物种，例如大雁、鹤或者天鹅，迁徙并不是一种本能，而是后天习得的。是父母告诉雏鸟如何辨别方向、在何处歇脚。在第一次旅行中，雏鸟会记住每个休息站的位置。而对于捕猎者来说，这便是天赐良机，他们只需在那里等着，然后便能满载而归。就算没有他们，还有不断扩张的城市，有丝毫不顾及生物多样性的工业区。对于在北欧筑巢的小白额雁来说，情况就更糟了！近些年，它们在全球范围内的数量骤减百分之九十五，在法国，几乎已难以觅得它们的身影。过去一年，我们只统计到七只野生小白额雁；一个个体数量为七的种群，你能想象吗？阻止它们消失的唯一希望是重新引入种群，尤其是要带它们找到新的迁徙路线，避开过去的危险区域！"

克里斯蒂安的情绪被点燃了，托马也越来越理解父亲的投入。在激昂的演说和推特上的推文话题之外，他发现了将这个男人和土地紧密联结的特殊纽带。

将近傍晚时分，当疲倦袭来，他们会出去走走，或是一头扎进冰冷的水中游泳。在大部分时间里，他们并不多言，只是静静

---

① 典出巴尔扎克小说《驴皮记》。在书中，主人公获得了一张可以许愿的驴皮。随着他愿望的实现，驴皮会逐渐缩小，而主人公的寿命亦随之变短。

享受着二人共度的时光。这次临时安排的假期与克里斯蒂安的日常生活迥然不同，他几乎快忘了自己担心着的那些伪造文件。孵化的时间接近了，他一天一天地数着日子，却不再那样急切……他不仅因为可以两个人一起行动而感到快乐，他还觉得，自己正在找回儿子，或许还在治愈些许过去的分离留下的创伤。托马的变化是如此迅速！短短一个星期之间，那个从巴黎来的萎靡少年已经焕然一新。

　　而在葆拉这边，她并不相信克里斯蒂安所说的话，坚信他是在美化情况，以免让她担心。但她的确发现，在怨天怨地了几天之后，托马不再提要回家的事，甚至也停止了对网速的大肆抱怨。然而，不变的是，他依然不愿意敞开心扉，对于他每天的生活，葆拉只是有个模糊的概念。

　　这天早上，父亲在木棚里忙活的时候，托马前往两公里外的邻居家买食材。除了养着几只下蛋的母鸡外，科琳娜还有一个菜园，并且非常乐于出售多余的自家产品，自从孩子们离家以后，家里的食材有了大大的富余。住在沼泽边的人们便从中受益，以低得不可思议的价格购买她家的食材，或是用别的方式交换。

　　男孩发现，他很喜欢在隐没于盐角草、勿忘我和海马齿丛中的小径上随意走走、四处逛逛。他从来不会耽搁太久，因为父亲还指望着他做许多事；但在这样短暂的散步中，他感到，自己正在亲近这片土地。这儿在他眼中曾只是一片空虚和寂寥，现在却焕发着不可思议的野性生机。有时，是天空中低低飞过的粉红色火烈鸟令他惊叹；有时，是一只懒洋洋地盘旋在沼泽上方的鹰让他着迷，它正窥伺着自己的猎物——不过它究竟是鸢、秃鹰，还是雀鹰，托马分不清，他不是没有问过克里斯蒂安，但面对这儿种类繁多的鸟类，他总是晕头转向；有时，是动物飞逃的沙沙声让他警觉——那是一只蜥蜴，还是鼩鼱？还有时是三只蝴蝶在日光下随意飞舞，令他目眩神迷。

在回去的路上，他拖着步子慢慢走，背包甩在肩上。今天，除了鸡蛋以外，科琳娜还给了他番茄、萝卜、香草和两棵上好的生菜，却没有要求任何回报。"我之后会和克里斯蒂安算的，不用担心！"父亲会很高兴的。他是物物交易和农产品直销的拥护者，从不错过任何赞美这些做法的机会。而托马则半信半疑。在这里，自然是更容易了，因为你也没有太多选择……无论怎样，他还是很喜欢这种新奇感，甚至，与外界几乎失联这件事也不再那么困扰他了。

一片薄雾笼罩天空，而密史脱拉风很快会将薄雾驱散；然后他们便可以去游会儿泳。要抓紧鸟蛋还在孵化暖箱里的时间，破壳后，他们就得一直照顾雏鸟了。"这是为了培育。"克里斯蒂安反复讲，但托马对此表示怀疑。他的父亲对大雁的"沉迷"丝毫不亚于他对电子游戏的感情！这让他想到了那件按自己的身材缝制的僧侣服。衣服差不多就要做好了，如果运气好的话，他今天下午就能试穿。他心里暗暗觉得有趣，但不是可以把照片发到社交媒体上那种。那还不如给他判个死刑呢！如果不幸被朋友们看到自己身穿那件棕色粗布袍子的样子，他们会一直嘲笑他到明年。

留级已经够他受了……

他吸了一口潟湖略带咸味的空气，加快脚步。他的皮肤开始泛出古铜色的光泽，母亲会喜欢的，她总是说他的脸色白得像张纸。如果没有那些讨厌的蚊子，这里的一切几乎是完美的……他还有两个星期的时间，但真正的大事才刚刚要开始！托马多么希望可以把时间像橡皮筋一样拉长。他心想，要是夏天能再回来一趟就太好了，路路甚至可以和他一起来……只要想到伙伴离了手机、睁着那双猫头鹰似的迷迷糊糊的眼睛的样子，他就想大笑一场。但他马上想起来，这个计划并不能成真，因为父亲到时候会在挪威。见鬼了！真不凑巧！

当农场进入他的视野，他远远听见一阵雷诺车尖锐的隆隆声打破宁静，立即往木棚冲去。

克里斯蒂安正在给他的超轻型飞机平衡两边的装载。听到托马进门闹出的大动静，他一跃而起。

"老头子来了！"

"热拉尔？"

"我想是的。"

"好的，谢谢，托马。你做得很对，最好是尽可能久地保持低调。不然，一传十，十传百……"

他小心翼翼地关上木棚的门，正好看见雷诺车冲了下来。汽车刻意侧滑了几米，正正停在院子中心。比雄满脸喜色地从车里出来，嘴角咧到耳朵根。尽管克里斯蒂安明白他为何而来，但情愿装作一无所知。

"你好，热拉尔！你看起来很开心啊，是在庆祝什么好事呢?"

"你绝对想不到！工程被叫停了！我跟你说你都不会相信的……"

"还是说说吧……"

"那些搞混凝土的混蛋，他们挖到了个东西，一个让他们没法再随意动工的东西，老天爷啊，不是那种墓葬，也不是在这里发掘过的双耳瓶文物。"

"这可把我弄糊涂了……"

"你就可劲儿猜吧！是仓鼠的粪便！想想吧，这是什么运气！要是咱们那些牛粪马粪也能把他们赶走，那我再给他们点儿，我可把话放这儿了！好了，不开玩笑，我和几个同伴本来还讨论着去请愿的事儿呢，停工来得正是时候！瞧，报纸上都写了!"

他用颤抖的手指着迪安娜答应写的那篇小短文。采莘人嫌克里斯蒂安读得太慢，继续慷慨激昂地讲了起来。

"这事儿太疯狂了，他们说，有种野生仓鼠就生活在这里，有个协会接到了电话，说有人好像瞥见了这种仓鼠；他们立马就派了个人来查实，果不其然，这人发现了动物的粪便，就在去沙丘的路上！我不是这些环保人士的粉丝，但这次，我要向他们脱帽致意！你能想象吗? 这事儿已经报到省长那儿了，他签了决议，要求停止工程……决定停止的决议！不过要我说啊，我从来没见过这种小动物，但它们简直是圣母马利亚，只要那些混蛋一直被拦着，我就像感谢圣母马利亚一样地感谢它们！你想想啊，这个运气简直是……"

他打住就要脱口而出的粗话，向托马眨眨眼，然后热情澎湃地揉了通他的头发。克里斯蒂安不擅长假装惊讶，只好不停地大声喊"太棒了"，但他其实也可以保持沉默，因为比雄已经被自己带来的消息乐晕了，别的什么都注意不到。

"我要去酒馆找其他人了，大家要喝酒庆祝一下，然后商量下一步的策略，绝对不能再被蒙在鼓里了！你想一起去吗？"

"今天不行，我说好了要陪儿子逛一会儿的，不过替我干上一杯！"

"一杯哪够啊！行，那我走了！再见！"

话音刚落，老头子就吹着口哨转身走了。他登上那辆雷诺车，做了个华丽的原地掉头，然后一溜烟地开走了。

"我晕！他觉得自己是在 F1 赛道上吗？这位邻居先生！他是不是有些奇怪？"

"瞧你这说的！他在这里可是个人物，是个百分百的当地人！"

"话说回来，叫停工程这事儿……该不会是你鼓捣的吧？"

"你为什么会这么想？"

"我不知道……那天，我跟你说有只老鼠，然后你给我看了一只小动物，是一种仓鼠，不是吗？"

"哦，是吗？"

"你怎么把它们给引诱过来的？"

"引诱？"

"你把它们搞到手了呀，你在想什么？"

"我在想我已经跟不上你这套词儿了。"

"这很正常，爸爸，你是老年人那一队的。"

"好吧，我是老年人，你有兴趣迁就一下老年人吗，要是你还想坐着超轻型飞机兜一圈?"

"说真的吗? 那让我做什么都行!"

"什么都行?"

"什么都行!"

"那就先去切番茄，做油醋汁，摆桌子……我手头的活儿干完就去找你。"

"这可太过分了!"

"你刚怎么说的……什么都行? 是吧?"

尽管一被叫去帮忙，托马就装出一副嘟嘟囔囔不高兴的样子，但其实，被当作可以独当一面的人来对待是一件非常不错的事情。并且，在这个铺着参差不齐的陶土地砖的旧厨房里，他感觉非常自在，比在巴黎的公寓里可要舒服多了。在那里，他能做的只有全速吃饭，并在葆拉坚持的时候清理一下餐桌。父亲说得对，割草机的轰隆声不再打扰他，他几乎已经注意不到那个声音了。每隔一会儿，他就看一眼孵化暖箱。有时，克里斯蒂安会拿出一个鸟蛋放在灯下，好让他观察胚胎的发育情况。自然，这只不过是些未成形的胚胎，但因为老听父亲讲小白额雁的事，他觉得自己越来越迫不及待。要是他能在回巴黎之前亲眼看见雏鸟破壳就好了……是挺傻的，但想到要离开，他便心烦意乱，而随着在这里的时间越来越长，这种感受也与日俱增。

开始准备沙拉之前，他先回了趟房间拿耳机。克里斯蒂安不喜欢他戴着耳机出去逛，他说大自然本身便已足够美好，而且，戴着耳机是对自然缺少尊重。于是，在干活和讨论旅程的间隙，托马并没有多少时间听音乐，到最后，他也不太想着这事儿了。

他选了父亲前天给他推荐的歌单，红辣椒乐队①的放克摇滚《无法停止》在耳边骤然响起。他一边切西红柿，一边随着节奏摇摆，一个人在厨房里自得其乐。他倒了大约一杯的橄榄油，随意放点小葱、欧芹和罗勒，再加一点点醋。然后，他顺手抓上两个盘子和餐巾，再随意洒上几把盐和胡椒。当他走到孵化暖箱边时，一个想法在他脑海中闪过。父亲还在鼓捣他口中"只需要一分钟就能搞定"的东西，至少得一刻钟才能弄完……他关掉录音机，掀开暖箱的盖子，然后摘下耳机，将一边耳机按在一枚蛋上。一开始，什么都没有发生，但过了片刻，蛋壳似乎在兴奋地颤抖，仿佛正跟着鼓点微微抖动。他被眼前的场景逗乐，稍微提高音量，把耳机拿开一些。

"小蛋蛋，你喜欢是吗?"

鸟蛋现在左右摇摆着，就像是跟着节奏在律动。托马心想，放克摇滚或许不是最应景的。可他还没来得及动手切歌，就已经太迟了，蛋壳在他眼前裂开了一道缝!

"见鬼了!"

---

① Red Hot Chili Peppers，美国摇滚乐队，成立于 1983 年。

他松开手，孵化暖箱的盖子啪的一声脆响重新合上。你这个蠢货在较什么劲啊！因为他那愚蠢的主意，自己刚刚把父亲呵护的宝贝给弄坏了一个！

几秒钟里，他脑海中浮现出一个星期以来了解到的一切：鸟类的灭绝、捕猎者的残酷屠杀、在法国发现的七只小白额雁……如今，就因为他的好主意，这个物种的存续变得更加岌岌可危！

他觉得自己就要崩溃了，拔腿向屋外冲去。克里斯蒂安正吹着口哨穿过院子，看到他面如死灰的样子，马上紧张了起来。

"怎么了？你切到自己了？"

"爸爸，对不起……有个鸟蛋……我想被我弄坏了。"

"什么？你确定吗？"

克里斯蒂安咽下一句粗话，冲向孵化暖箱。他用专业的手法拿起有裂缝的鸟蛋，全神贯注地研究起来。

"你做了什么？"

"我想给它听我的音乐。"

"你的音乐？我不太明白……"

托马指了指掉在地上的耳机。

"给它换换……割草机的声音？"

"不是，我在胡思乱想！"

克里斯蒂安没有把时间花在指责托马上，而是拿起一块抹布，在水龙头下迅速打湿，然后小心翼翼地擦拭蛋壳，寻找血迹。接着，他把鸟蛋重新放在灯下，好烘热裂缝的地方。

看到他的冷静态度和精准手法，男孩安心了一点，脸上恢复了些许血色。他看起来是那样抱歉……

"很严重吗?"

父亲没有回答,而是向他展示一把锋利的小刀。接着,他用做外科手术的手法,在蛋壳的裂纹上刺了一个小洞。

此刻,就在旁边,细小的响动吸引了他们的注意。第二只鸟蛋开始晃动,这一次,没有音乐。

"爸爸,这只也是! 快看!"

克里斯蒂安见到他一脸沮丧,爆发出一阵大笑。

"没事的,它们只是到破壳的时候了。我们要做家长了!"

"不是吧,你不能因为想安慰我就这么说!"

"你那个摇滚乐的点子我们一会儿再说……现在,帮我把录音机打开,然后我们去穿上我们那套衣服!"

"现在? 我那件都还没做好呢! 必须要现在吗?"

"是的,小子! 我晚上就能把衣服上的风帽缝好,从今天起,只要跟小白额雁接触,我们就得穿着,行吗?"

"在外面也要穿吗?"

"在哪儿都要穿! 你必须得习惯。来吧,别担心,我不会出卖你的! 一张照片都不会发到网上!"

"哈哈! 真好笑。说得好像我是因为这个似的……"

"哦,我想我已经开始了解你了,极客先生!"

克里斯蒂安特意关上了门窗,以免有风吹进来。他俯身看被取暖灯照亮的孵化暖箱,低低发出声音:"嘎……嘎……嘎……"

他时不时地按一下手边的自行车喇叭，那是他在旧货店里淘到的。他解释道，这是个必不可少的装备，可以让他不用大声嚷嚷就被听到。他希望雏雁能熟悉这些将在训练中一直陪伴它们的声音。训练在它们刚出生的几天里就会开始。

克里斯蒂安长袍裹身，风帽半遮着头。他看起来真是奇怪极了，托马心想，当然，自己也没好到哪儿去。想到有可能被人撞见，少年心中既兴奋，又有些尴尬。无论如何，反正他是不可能给雏雁唱摇篮曲的！

克里斯蒂安好像听到了托马的腹诽，示意他过来。

"你想试试吗？"

不等回答，他便把自行车喇叭递给他，儿子连忙摇头拒绝。

"别犯傻了！快看！"

透过蛋壳的裂缝，小鸟的嘴巴四处乱啄，想找到一条出路，克里斯蒂安轻声鼓励着小东西。男孩屏住呼吸。他喉咙发干，看着小家伙如此不屈地战斗着。

"加油，继续啊，很好，嘎嘎嘎嘎……"

小鸟似乎能够听到他的声音，因为鸟蛋震颤的幅度更大了，第二道裂痕渐渐出现。

"来！"

克里斯蒂安把儿子的手拉进孵化暖箱里。

"拿起来。"

蛋热热的，在颤动，或者说搏动。托马脑中一片空白，他手中拿着的是一个生命，这种感觉是如此奇特，他僵在那里，不知如何动作。

"帮帮它……把它想象成你的那些恐龙魔蛋。"

"别开玩笑了，爸爸！我都一万年没玩那个了！"

他低声说道，手中蛋壳的轻轻跳动让他不知所措。

"帮它出来……动作要轻一些，就像这样……"

克里斯蒂安剥开一小块蛋壳，小鸟的样子显现出来。它因为挣扎已经很是疲惫，在里面发出微弱的叫声。

"试试吧。"

托马一片一片地剥下碎片，不敢把蛋壳整个弄破。小鸟时不时地发出叽叽喳喳的声音，它抖动着全身，仿佛想要把自己撑大，然后，它因为筋疲力尽停了下来。它蜷缩着身体，似乎是被挤在了一个太过狭小的外壳里。一片接一片的蛋壳被剥下后，它终于出现了，浑身黑漆漆、黏糊糊的。托马皱起眉头，不是出于厌恶，而是因为害怕自己会伤害到它。父亲误解了他的表情，试图开个玩笑哄他。

"你以为呢？你出生的时候也是这样：又黏又皱，就像条老沙皮狗似的。"

克里斯蒂安拿起一小块摇粒绒，递给托马，因为儿子温柔的动作放下心来。

"把它包起来。静电会破坏雏鸟绒毛里的角蛋白……拿着，包上它吧。"

"你不想自己来吗？"

"你做得很好，而且它比你想的要强壮。来，试试。"

80

从蛋壳里整个出来以后，雏雁呼吸着空气，它的双眼半睁着，脖子似乎撑不动脑袋。托马动作轻柔，小心翼翼地将它包裹在摇粒绒里。

"能感觉到它在暖和起来吗？现在可以把它拿出来了。"

"我让它贴着我？"

"是的，你可以向它吹气，但轻一点儿。"

看着儿子把小鸟贴向自己的样子，看到他满脸认真、全神贯注的样子，克里斯蒂安不禁莞尔。

"你是第一个关怀它的生物。"

"所以，这就是你所谓的'培育'计划？"

"没错。这意味着，从技术上来说，你是它的爸爸……"

托马吓了一跳，把雏雁交还给他。

"不可能！你是它的爸爸！我可不会带着它到处走……"

"有这么夸张吗？你弄得好像要在学校里大张旗鼓地到处宣讲似的！'大家好，这是我的大雁！'"

"你的玩笑太烂了！"

"好吧……那就说，我是它的爸爸，你当它妈妈吧。"

"你拿我寻开心呢！"

"不，我认为，对于一个原本啥也不在乎的小屁孩来说，你做得已经非常棒了。"

托马脸红了。他轻轻拍着雏雁小小的身体，惊讶于它的腿和喙的大小，鸟喙的顶端圆圆的，让他想起了童年时用过的剪刀。它身上的黑色绒毛十分茂密，让人分不清是皮毛还是羽毛；它的爪子很大，几乎是半透明的。

"好了，在其他鸟破壳之前，你先把它放到暖和的地方去。"

克里斯蒂安找来一个衬着绒布的鞋盒，放在另一盏取暖灯下。

"放这里面，然后咱们等其他鸟破壳。"

"要很久吗?"

"我觉得不会，但有的时候，懒一些的鸟需要两三天才能出来。别担心，我们很快就会有事做的。现在，你可以帮助咱们的二号小家伙。"

"咱们要给它们取名字吗?"

"当然了! 就让你来拥有这个殊荣吧!"

"真的吗?"

"你都已经开始用音乐给它们做洗礼了，不是吗?"

他眨眨眼睛开起玩笑，让儿子知道自己没有责怪他。

"那我怎么知道它们是雌是雄?"

"前三个星期都没法知道。你就随性来吧……"

托马的脸又红了。担起这个责任有种奇异的感觉；从某种程度上来说，他似乎拥有了影响这个小东西一生的能力。此刻，它伸着两只脚蹼，脖子上只有稀稀拉拉的毛，嘴巴像动画片里画出来的似的，一副四不像的样子。但是，突然之间，一个名字浮现在脑海，当然是它了。

"阿卡①，它叫阿卡。"

---

① 《尼尔斯骑鹅旅行记》中一只大雁的名字。

“哦，儿子，你看了《尼尔斯骑鹅旅行记》!”

“瞟了一眼……那本书落在外面……”

“别不好意思，托马，我取不出比这更好的名字给我们的小冠军了!”

雏雁蜷在暖和的小角落里，发出微弱的叫声。

“我敢打赌你同意了，阿卡! 另外一只，叫普利多尔吧?”

“普利多尔? 这是谁?”

“一个过去的自行车手。他在环法自行车赛中总是第二个到达终点。”

“那我们怎么做到叫对每只鸟的名字呢?”

“不用担心，咱们好好地养它们，自然就会弄明白。”

超轻型飞机停在池塘的水面上，沐浴在傍晚的金色阳光中，仿佛是一只巨大的蜻蜓。它看起来是那样地弱不禁风，好像有一阵风吹过就会飞起来。克里斯蒂安面向正西，发动机器，然后将油门踩到底。飞机从水面掠过，姿态从容美妙。他将操纵杆推到底，起飞了。太棒了! 机翼—机身的重心正正地在最中央。到达三百米的高度，在机身稍微颠簸片刻后，他开始在农场上空绕圈。到达木棚正上方时，他给自己找了个乐子，操控飞机做俯仰的动作，假装是在鞠躬致意。托马穿着那身粗布袍子站在院子中央，他挥舞着胳膊，抬头看着父亲，嘴巴张成“O”形。自从被叫上帮忙，他的热情从没有过半点消减，即便是在辛苦地打扫卫生，或是学习有关“旅行者”二号的技术知识时，也是一样兴致高涨。

克里斯蒂安不由得觉得奇怪，自己竟然担心过他们是否能够相处融洽。他觉得幸福得几近无忧无虑。真可惜，小伙子很快就要走了，他多想留他在身边啊……

他又往上升了一些，在视线尽头，出现了一身影。热拉尔正伫立在他的农舍前，抬起胳膊遮挡阳光，看着他的一举一动。克里斯蒂安挥了挥手，对方却没有反应，没认出天上的是他。既然秘密马上就要揭开，那他就得告诉热拉尔，以后再也不能穿"便衣"来了，更不能再搞突然袭击。他会在通往农场的必经之路的栅栏上留一套袍子，放在显眼的位置。自然了，老头子会在附近的每家小酒馆满口脏话地传播这个消息……克里斯蒂安兴奋地意识到，这一次，行动真的开始了。奥德赛之旅，他心想。是谁这么说的？是那个女记者迪安娜……

在天上，空气寒意逼人，即使披着他的粗布袍子也一样。下一次得再多穿些。早上，托马什么也没说，但他满脸写着想要一起飞的渴望。还得再等几天，克里斯蒂安想要自己先熟悉熟悉浮筒。并且，雏雁需要有人在旁边照看，至少在刚出生的那几天。

超轻型飞机飞过连绵的沙丘，沙丘边上便是深蓝色的大海。在远处，海鸥随着上升气流盘旋着飞行。真美啊，一切都是值得的，他满心欢喜地想着。低低铺洒在大地上的阳光让他想要往前直冲，向远方飞去，但他不想让儿子一个人待太久。尽管看起来已经是个大小伙子，托马其实不过是个柔软敏感的小孩。只需几只小鸟，他就会卸下心防。

克里斯蒂安在空中一个人笑了起来。他已经有一年没有如此快乐过了。

　　小鸟的外表已经不再黏糊糊，而是长出了金黄色的绒毛，看起来就像是丝绸做的小球一样。托马每天一睁开眼就去看它们，而且一天比一天起得早，甚至在夜里爬起来，希望尽量在离开前多看看它们。还有一个半星期，可恶的十天！从小鸟破壳起的每个早上，在套上已经成为他的第二层皮肤的袍子时，托马都会计算自己在卡马尔格剩下的日子。楼下，在他用纸板搭的围栏里，他的宝贝们听到他走近的声音，都急不可耐地叽叽喳喳叫了起来。一被放出来，小鸟就纷纷拥到他的身边，爬上他的腿，想找一个最舒服的地方待着。他将它们一只一只地捧起来，给它们呼呼，抚摸着它们的皮肤，轻轻哼着"啊嘎嘎嘎"；这滑稽的摇篮曲现在已经变得很自然，就好像在学校里好朋友之间打招呼的"嘿，哟，哥们"一样。

　　阿卡非常好认，它比其他的鸟都要大，绒毛的颜色也更深，介于灰色和黄色之间。男孩忍不住感到骄傲，是他把阿卡从蛋壳里接了出来。它是他最喜欢的一只，是他的小鸟。尽管他避免在父亲面前流露太多情绪，但他还是很难接受，分别的时刻就快来了；他必须承认，自己对农场的喜爱在与日俱增，尽管这里的网络信号一塌糊涂，但他已经开始计划，很快就要再回来。毕竟，在这里，他更喜欢的是和雏鸟亲昵玩耍，而不是参与虚拟战斗，等回到巴黎，他会有大把的时间坐回屏幕前。回程仍显得距离此刻的生活如此遥远，或许是因为他已经沉浸在鸟妈妈的角色里。

父亲是对的，把它们区分开来并不难，普利多尔和宝可梦是两个大懒虫，水手生性好斗，杰克和碧昂卡形影不离，萨图宁很胆小，老被他的小宝贝阿卡欺负。他可以对着它们看上个好几个小时，它们或是相互挤来蹭去，或是试图爬上纸板边缘，或是睡眼蒙眬地打着瞌睡，小嘴藏在羽翼未丰的翅膀里，而翅膀就像蒲公英的绒毛一样蓬松。

这天早上，还没到六点钟，他就躺在地上，给小鸟充当垫子。它们在他身上蹦蹦跳跳、叽叽喳喳，或是三三两两地蜷在他的脖子边。

"你都已经起床啦!"

父亲愉快的声音把他带回现实。太困了! 他假装半睡半醒，嘟囔了句"早"。

克里斯蒂安也穿上了他的袍子。只要小鸟在室内，他们就不能穿别的衣服。之后，等这群小东西长大些，可以待在木棚边的篱笆里生活的时候，便不用这般严格了。但在小农场里，这已经成为自然而然的事，就像是细心家长的条件反射。在旅行途中，比约恩开着面包车的时候，他们必须更加严格地遵守这项规定。克里斯蒂安已经可以想象，当他们穿着这身衣服下车吃饭或者加油时，会引起路人怎样的反应。

"它们超级可爱，对吧?"

父亲狡黠地眨了眨眼。男孩小心翼翼地站起来，假意放松地耸耸肩。

"我承认……"

为了消解眼下的尴尬，他又不假思索地说：

"你在蛋里都吃过些什么呀，阿卡？你不觉得它跟别的鸟都不一样吗，爸爸？"

"是的，没错。"

鸟类学家聚精会神地盯着小鸟看了片刻。这只小鸟因为被从身上拿下来看着不太高兴，牢牢站在男孩的脚上，因为没有别的更好的栖息地。

"阿卡，我不是你的小摇篮，去别的地方玩吧。"

托马忍着笑意，想要在小鸟面前树立起自己的威严，但其实，他可是心花怒放。雏雁开始顺着他的小腿攀爬，每次掉下来就气得喳喳叫。

克里斯蒂安心中的怀疑突然变为确信。他咬牙咒骂了一句。

"该死的，这简直了！"

"怎么了？"

"比约恩……他弄错了。他把鸟蛋给搞混了。"

托马目瞪口呆地看着他。

"爸爸，你说的我一个字都听不懂……"

"你的阿卡不是一只小白额雁……"

"你怎么知道？"

"很明显。我之前没看出来，真是太蠢了。看，它比别的鸟更高大，更有活力，它百分百是一只白颊黑雁！"

"那又怎么样呢，这又不是什么大事，只要它是一只雁就行了，不是吗？它不是很棒吗？你说过，这是最厉害的一只小鸟，它有领袖气质，不是吗?"

"不，这是件大事。我不想把它们混在一起。"

看到父亲坚决的样子，托马似乎有些慌乱。他艰难地吞了吞口水。

"你不能把它赶走! 这是种族歧视!"

"我是个鸟类学家，小伙子，很抱歉，但最好把它从这一群鸟里弄出去。不能混淆不同种群的鸟，起码这次不行; 已经有些同行对我大肆批评，我不想给他们多提供一条论据……"

"死都不可能! 我绝对不会允许!"

托马一脸坚定，似乎变回了十天前那个刚来到父亲家的倔强男孩。他一跃而起，阿卡一下子被弹了开去，然后他冲向楼梯，不管身后鸟儿混乱和失望的啾鸣。小雏雁们马上排成歪歪扭扭的队伍，冲到他身后，却一下子绊倒在第一级台阶前。它们惊慌失措的样子实在滑稽，克里斯蒂安忍不住笑了出来。或许他不需要显得如此严格。而且，他也不需要现在就做决定……

"托马，等一下!"

"我要去睡个回笼觉!"

克里斯蒂安张开双臂，做出投降的手势。

"好吧。我有可能是太激动了一点，不管怎么说，也不是什么紧急的事。儿子，我答应你再想一想。"

托马停在楼梯半当中，低下头来。

"你这么说是想要哄我吗?"

"不是，我自己也很喜欢它，这个女汉子……女斗士。那么，我们和好吧?"

"好……"

在接下来的一阵沉默中,二人心中已然懂得,他们之间的旧伤口,随随便便就会被重新撕开,而他们俩谁都不想那样。

"好了,你继续跟它们贴贴吧,妈妈,我做早餐去了。"

玩笑也是一种道歉。托马立马接过话茬,假装大为光火的样子。

"你老是这样欺负我!我都已经穿着这件长袍子了……说真的,你能不能不要再开我玩笑……"

"对不起,我的宝贝儿子!你说得全都对!只是,你那个样子实在是太可爱了,要……那个词是什么来着?"

"行了!我明白了。"

"我去给你做个超级好吃的早餐,然后,我们带它们出去逛逛。"

"行。"

父亲一走,托马就拿出放在架子后面的旧霓虹灯管。雏鸟们聚在茶几下,有些跳到了皮沙发上,叽叽喳喳地大声表达着心中的喜悦。阿卡围着他转,变着法子想跳到他身上。他则用风帽兜住额头,假装灯管是把光剑,在空中咻咻挥舞。他压着嗓子,声音低沉、语调夸张地说道:

"阿卡——我是你的爸爸!不要听那个蠢蛋胡说八道,你的爸爸是我!"

小鸟盯着他看，似乎显得有些困惑，托马心想，不知道这种非常规的"培育"有一天是否能对它产生影响……

"今天，咱们要开始熟悉超轻型飞机了。过来看看，我昨晚弄了个新玩意儿。"

克里斯蒂安带他走向木棚，雏鸟跟在他们身后。它们已经在室外待了三天，看起来十分享受新鲜空气，但还是不肯离开"养父母"半步。托马不想一个一个地把它们抱上去，干脆在楼梯下面陪着它们。过了片刻，父亲带着一块一米长的板子重新出现，板子看起来是在模仿超轻型飞机机翼的样子，用绳子牢牢固定在一根伞柄上。

"这东西是什么？"

男孩带着狐疑的神色看着这个奇怪的装置。

"我想你带着这个机翼到处走走，就把它当阳伞用。"

"你说真的吗？"

他知道父亲是认真的，他已经开始明白父亲做事的套路，也明白一旦事关大雁，父亲的决心有多大。

"把录音机也带上。用斜背带背着就不会影响行动了。"

托马隐约猜到了他的意图。但为了不显得太快退让，他嘟囔着：

"所以，我要做个人形飞机，是吧？"

"猜对了！按这个势头下去，你很快就能代替我去解说这场奥德赛之旅了！"

"这现在还有个名号了?"

"是的。其实,是个记者朋友出的主意。我很喜欢,你呢?"

"奥德赛,就是尤利西斯的故事吧?"

"没错。"

"是挺好。另外,你还没带我去飞呢,你答应过我的!"

"我知道,你走前我会找个时间的,我发誓!"

"看,现在拿着你这玩意,我看起来更蠢了。"

托马仍坚持原则地装出不情愿的样子,调整好录音机的斜背带,按下播放按钮。熟悉的轰隆声让小鸟乐队的成员们兴高采烈地大声鸣叫起来。他拿起机翼雨伞,父亲按了下自行车喇叭。

"拿着,别忘了喇叭,在小鸟掉队的时候用。并且要注意那些鹰,要是你看到它们飞得太近,就用斗篷把小鸟都盖上!"

"我知道了,爸爸,你每天跟我重复十遍,只要我们迈出门半步……"

事实上,他已经迫不及待了,满心兴奋地想要"像大人一样"负责这次行动。

"我往哪里走?"

"这回你是队长!"

克里斯蒂安走回浮桥,给了他一个小小的鼓励手势,明显抑制着笑容。托马情愿不挑破这事。他出发了,机翼的重量压得他有些窘迫,每走一步,袍子的下摆就会飘起来。他心里明白,自己现在看起来应该非常滑稽。很快,小鸟在他的身后赶了上来,阿卡和水手走在队伍的最前头。

他选择穿过院子，走向农场后面的蜿蜒小径，那儿比沼泽附近更加隐蔽。他走得很谨慎，不停环顾四周，有时看看天空，有时回头看看身后欢乐地小步跑着的小鸟。它们丝毫没有被机翼干扰，牢牢跟着他走，每当稍微落下几步就会加快步伐。它们伸着小脖子，拉长小身板，屁股一扭一扭地蹒跚走着。但走了三十多米后，阿卡还是把它的搭档抛在身后，独自冲在前面，就像是一个全力冲刺的自行车手。还好，在浮桥上关注着他们的一举一动的克里斯蒂安还没有发现。

托马停下来，假装在纠结应该往哪个方向走，低声说：

"阿卡，别乱来！排好队，回到你的位置上！"

说来奇怪，小鸟似乎在听他讲话，小脑袋朝他仰着。

"如果你不想被关禁闭，最好低调一点！"

作为回应，小鸟冲向托马，爬上他的脚面，眼睛享受得眯了起来。

男孩心软了，叹了一口气。

"阿卡，现在不是时候，我们先结束训练，然后我再好好抱抱你。"

趁小鸟都在厨房里打瞌睡，托马脱下袍子。他去看了一眼父亲，后者正在埋头研究那张插着小旗的地图。

"为什么你要开面包车去？你可以开飞机的，不是吗？"

克里斯蒂安心不在焉地回答他：

"我已经跟你解释过了。雏雁会把第一次起飞的地方当作它们

92

的归属地，而不是出生的地方。"

"但农场就是它们的家啊！"

"不是的，儿子，这里只是个大本营，是旅途的起点。不要忘记，它们是大雁，我们应该尽力维护它们的天性。小白额雁在北方的斯堪的纳维亚地区繁殖，它们会在那里教后代飞行。这里只是它们的越冬地而已。"

"所以，实际上，你本来应该到那边去孵化鸟蛋？"

"理想情况是这样的。但我没办法实施这个计划。你能想象有多费劲吗？更不用说，那样你也没办法帮我了……我会带着大雁到布洛涅的比约恩家，然后我们一起去挪威。"

"你已经去过要带它们去的地方了吗？"

"当然了。那是个巨大的公园，类似于自然保护区，那边禁止狩猎。我们会从一片湖泊出发，我已经踩好点了。接着我们沿着波罗的海走。然后，我给他们找了一处能过冬的地方。"

"为什么不把它们带回卡马尔格呢？"

"因为这里不是它们习惯的越冬地。而且，你知道，我们不能随便引进物种，必须要非常小心，免得打开潘多拉的魔盒。"

托马垂下头，一脸沮丧。

"你在不高兴些什么？"

"我看不见它们飞了……"

"我知道，儿子……你真的很想看吗？"

托马点了点头，一句话都没有说。他害怕自己的声音会颤抖，或者更糟，像个小毛孩一样哭出来。

沉默片刻之后，克里斯蒂安带着深思熟虑的语气说：

"或许我们可以找到一个办法……"

"什么？"

"或许我们可以问问你妈妈，看你能不能留下来。"

"一直到月底？"

"一直到挪威，为什么不行呢？"

"你觉得她会答应吗？"

那可太好了，棒极了！一时间，他期待得都要呼吸不过来了，但克里斯蒂安按捺住儿子的激动情绪。

"等等，先别太兴奋。首先，咱们得说服她，而且我不确定我是不是最佳人选。你知道，我的计划总是会惹她生气。"

"说什么呢！只是以前咱们住一起的时候，你老是要甩开我们，这让她烦透了。而且，朱利安一定可以帮我们，我和妈妈闹僵的时候，他总是替我说话。"

克里斯蒂安被狠狠戳了一下。这个家伙已经存在于他儿子的生活里，存在于他的家庭里……自己对于葆拉已经没有任何意义了，而他却对此无能为力。想到这一点，他心里很是难受。他没法抑制心中的嫉妒，干巴巴地回答道：

"让朱利安忙他的去吧。我来搞定这事。我们去塔上，给你妈妈打电话。"

"但她下周末就来了，你不想等到周六吗？"

"这事儿就听我的吧。我了解你妈妈，如果给她搞突然袭击，她会大发脾气，当场拒绝；但如果给她一点时间，她会权衡利弊，然后她会意识到，这真的很重要，对你……对我们来说。然后，我们就有希望了。"

　　显然，命运站在了他们这边！运气好得不像是真的，信号竟然满格，足够打个视频电话。三声铃响后，葆拉接起电话，欢快地说了声"喂?"她应该刚下班，因为还穿着那套被托马戏称为"女老板装"的灰黑色西装。看到托马特意穿上的粗布袍子，她眼睛瞪得像铜铃。

　　"是我在做梦，还是你真的穿着你爸那身抹布?"

　　"不，这是我自己现在每天穿的。看，爸爸穿着他的。"

　　他转了转摄像头，让克里蒂斯安出现在屏幕里。克里斯蒂安挥挥手，露出灿烂的微笑。他们说好了，由托马先讲，铺垫一下。

　　"妈妈，你都想不到那些小鸟有多好玩。现在，它们就像是棉花球一样，跟着我到处跑！我最喜欢的那只是我自己从蛋里取出来的，我叫它阿卡！还有水手、路路、宝可梦、普利多尔、琥珀和火星、杰克和碧昂卡、布莱斯、玛依，还有……"

　　"哦天哪！我的儿子完全变了个人！这么说，你真的玩得很开心喽?"

　　"非常开心！而且，我们刚造好一架水上飞机，我从头到尾都帮了爸爸，好吧，差不多是从头到尾吧；我们花好多时间聊地理知识，我甚至都会做饭了！"

　　"你可以看到我很高兴……希望能持续下去！"她语带讽刺地加了一句。

"妈妈……"

他不需要再多说什么，葆拉很快就明白了，这套开场白是为了哄她开心。她努力板起脸，尽管她觉得，儿子穿这身僧侣服的样子实在是可爱得不得了。

"你这小子啊，每次做出这副小狗一样可怜兮兮的表情，就一定是有事情要求我。"

"答应我，在回答之前先想一想！"

"我怎么有种不好的预感……说吧。"

"爸爸要去挪威了，带着雏雁去那边学习飞行……他跟你说过这事吗？"

"大概说了一下，我想是这样……"

"那么，你能不能答应我跟他一直待到夏天，陪他一起去呢？"

"陪他去哪里？"

"去挪威！求求你了……答应我吧！一定会超级棒的！我会学到很多东西，而你呢，你可以清清静静地搞你的会计系统！"

"托马，假期已经结束了！我提醒你，你一周前就应该回学校了！"

"我知道，妈妈，但咱们不是已经决定了留级的事吗……"

"'咱们'决定了？这我可是闻所未闻！我记得你确实提过，我也考虑过，不算完全荒唐，但这和你今年接下来都旷课是完全两回事！而且你要我怎么和校长解释？我十四岁的儿子决定休一学期的假？"

"我把电话给爸爸。"

"哦，当然了，我很乐意跟他通话！"

葆拉的语气是如此冷冰，在把屏幕转向父亲时，托马不禁做了个鬼脸向他道歉。葆拉的眼神好像要杀人。

"你能给我解释一下吗?"

"当然了，我能，但托马已经很好地交待了情况。"

"那你呢，显然，你没有劝阻他，而是鼓掌欢迎！"

"听着，葆拉，自从开始照顾雏雁，他让我刮目相看，我相信，这会是一次非常美妙的经历……当然，前提条件是你已经决定了让他留级。"

"我想，你们俩已经谈过这件事了?"

"是的。首先，我不觉得这个想法不可理喻，尤其因为他是有明确计划的。他比班里其他同学要小，而且这只会让他更加成熟。"

"不得了，这回还真是父子同心了！你想过学校的事吗? 你要想想这个决定会引起的严重后果！"

"就是因为这个，你才要好好考虑。"

"你就不用考虑了?"

"葆拉，别这样……你不能一边批评我破坏了你之前的努力，一边又指责我不管儿子的教育。好吧，是的，这事由你来决定。在我这边，如果你同意他留下，我会好好照顾他。这样说你觉得行吗?"

"好吧……我还是觉得你们在有预谋地对我步步紧逼。"

"你弄错了。我刚刚才有这个主意，因为托马太投入这件事了，我觉得要是他不能继续的话会很遗憾。我们才讨论了三分钟，然后就决定给你打电话。"

"好，我会想一想。不管怎样，这个周末我会过来，这一点不会改变。"

"当然了！但如果你觉得我们会一起待久一些，那就带点东西来：厚外套，睡袋……总之，就像你往常会准备的那样。"

"没问题。"

"周六见，葆拉。"

"好的。替我亲亲托马。"

葆拉挂了电话，微微有些失神。她在手机屏幕前愣了几秒钟，然后转身看向正在改试卷的朱利安。这场对话他应该一个字也没有漏听，尽管他假装全神贯注地看着面前的试卷。

"亲爱的？"

他抬眼看她，脸上是一如既往的亲切微笑。尽管刚刚结束了十五天的假期，他的脸色总是像大冬天里一样惨白——就像刚从一个山洞里出来，她心想，略微有些不快。

"孩子说想和父亲一起待到九月开学。"

"这会有问题吗？"

"得和校长协商？先得看可不可行……"

"如果你前夫能保证他的教育，那就没有问题；特别是如果他有个正经的教学计划，能像平常授课一样规律进行……那为什么不呢？需要向市政厅申报，或许学区督学会来探访，确认你儿子的水平和其他学生不相上下，没有什么克服不了的障碍。"

"好吧。但即使是可以操作的，还是感觉很……"

"很怎么样?"

"很过分。"

"亲爱的,想一想。如今你都要被工作压垮了,而且我听你抱怨过一万次托马和父亲从不见面!如果你能接受他留级,那这就是在上大学前千载难逢的好机会……"

"去你的,朱利安,我儿子想要去挪威和大雁一起飞行!这可不是游学或是什么伊拉斯谟计划①。而且……我不知道……克里斯蒂安这人……"

"你对他没信心吗?"

"倒不是,但我感觉,自从他实现了自己的梦想,独自在那座农场里生活,我都要不认识他了……而且,托马还只是个孩子!"

"你也不需要马上就做决定,不是吗?"

"我还有五天的时间,然后就要去卡马尔格了。"

"那几乎是一个星期了,你还有大把的时间。"

"阿卡!见鬼了!"

托马被超轻型飞机的经过分散了注意力。这是鸟群第一次看到飞机飞行,将来,这架飞机会在旅途中引导它们。尽管围在他脚边的那群小家伙们看起来还算镇定,他的小宝贝阿卡却被"旅行者"的轰鸣声吓得够呛,一头冲进草丛中。它迷失了方向,找不见"妈妈",越是往高高的草里钻,就越是惊慌。它害怕极了,

_____

① Le programme Erasmus,欧盟于1987年成立的学生交流项目。

发出阵阵哀鸣，心心念念地期盼着托马的到来，但没办法，因为它的小身体已经完全隐没在草丛里。

"阿卡，你在哪儿？"

车喇叭的声音在不远处响起，但这只让它更加慌乱，小鸟太过绝望，向前冲去，几乎要一头栽进沼泽。

"阿卡！"

小黑雁先看到的是托马巨大的影子。它赶忙改变方向，差点在泥潭里打了个滚，然后东倒西歪地向前走，张着小翅膀，努力平衡自己踉跄的步伐。

"阿卡！你在这里！你再也不能给我这样了！你还太小了，不能独自乱逛！"

少年蹲下，看到雏雁绝望地挣扎，心软了下来。他把它捧在手心，轻轻呼着热气，好安抚它的慌张。阿卡依偎在温暖的手掌里，渐渐平静下来，眼睛眯了起来，小心脏还在怦怦直跳。对于雏雁来说，世界是什么模样？是一个巨人国吗？这个暗黄色的小绒球让他的心都要融化了。其他小鸟也跟了过来，沿着芦苇中他刚慌乱跑过时留下的痕迹，水手走在最前面，伸着脖子，就像一个小导弹头似的。在它身后，滑稽地摇摇摆摆的是布莱斯、玛侬、路路，还有慌乱的萨图宁，它正在努力赶上队伍，再后面还有一群分不清谁是谁的小鸟，它们争先恐后，急得喳喳直叫。托马爆发出一阵大笑，平躺了下来，好让它们爬到自己身上。不到两分钟，小鸟就悉数爬上了他的身体，每一只都努力在代班"妈妈"身上找到一个位置。他的气味是那样令它们安心，跟陪伴它们长大的那盏取暖灯的温度，或是发动机的轰隆声一样。在它们头顶，"大鸟"的轰鸣声渐渐止息，它们甜甜地睡着了。

托马的眼皮发沉，他扫了几眼天空，但很快，雏雁暖洋洋的体温让他犯困，再加上连日睡眠不足，他很快就在倦意中昏昏入睡了。

父亲找见他的时候，他正迷糊地睡着。刚刚看到儿子狂奔，他一下子非常紧张，生怕出了什么问题。

"请问，你这是在干什么呢？盐角草中的小憩？"

男孩站起身来，眨着眼睛，然后打了个大大的哈欠。

"我只是想让它们习惯一下……"

"'只是'！简直了……你跑得那么快，可把我吓死了。"

"不用紧张。"

克里斯蒂安皱起眉头，一脸怀疑。然后，看到儿子没有任何回应，他最终耸了耸肩。既然一切安好，也没必要在儿子每次想要自己做点什么时便小题大做。

"好吧。对于第一次和飞机一起出行来说，这算不错了。来，我刚才起飞的时候想到了一件事，但我需要你的帮助。"

"你这次又要我扮成什么？"

"跟扮什么没关系。我们要把'旅行者'二号的轮子装回去，然后你开着带它们走。"

"我？你让我来开飞机？"

"注意，我没说让你飞！只是在地上开。没那么复杂，差不多就是个大三轮摩托！这样我就可以观察它们的行动，记下来谁走最前面，谁最容易害怕，好更精确地掌控情况。如果我自己驾驶，我会忙不过来，说不定还会伤到它们。"

"太棒了，你说我要……"

他突然停下，一个念头从脑海中闪现。

"等等，你没有忘记，你答应过要带我兜一圈的吧？"

"你每天都跟我念叨这事，我怎么忘得了。"

"爸爸你太好了，超级无敌好！"

"你也不坏，儿子。"

克里斯蒂安犹豫了片刻，他很清楚这些青少年有多不喜欢互诉衷肠，但他不想继续拿玩笑掩饰内心的真实感情。是时候向托马解释，他的存在有多重要。

"我非常为你骄傲，托马，你太靠谱了，我不能想象还有比你更好的助手。"

"酷！"

男孩脸红了，害羞地扭捏了一下，用鼻子蹭了蹭雏雁的脖颈。

"说真的，儿子……有你在我身边……太重要了。不然，我真不知道自己一个人该怎么办！"

"瞧你说的……你一直都是一个人啊。"

见鬼了！话一出口，他就想立马收回。这话听起来像是一句责备，但其实他是想夸夸父亲来着，因为没有比他更棒的鸟类学家了，托马深信这一点。幸好，父亲看起来不像是听出了弦外之音。

"走吧，我去调试'旅行者'二号的装备，你放着割草机的声音带它们逛上最后一圈，接下来就是来真的了。我不想它们一听到发动机声就惊慌四散，那声音的确要响得多。"

"那我们呢，我们什么时候飞？"

"托马，你想听我讲一句话吗？"

"什么话？"

"恶魔事事急，凡人耐心等。"

"哦拜托了，别整这些名人名言！不管怎么说，最后还是得听你的。"

"这是一句十九世纪的土耳其谚语。"

"所以呢？"

"这是文化课……你妈妈跟我说了，如果我们一起出发，我得让你好好学习。"

"很好。好了，我去拿录音机了。"

克里斯蒂安看着他远去。一队小鸟跟在他身后，就像是一条滑稽的丝绸裙摆，叽叽喳喳、摇摇晃晃地蹒跚前行，生怕被甩到后面。他很高兴，甚至是欣喜若狂。他深信，托马会给他带来好运，自从他来到这里，一切都变得更加轻松。父子俩的重聚是多么幸福。他明天会带托马去飞行，只是为了逗他开心。小鸟可以在围栏里待一个小时。不管怎么说，这是他欠他的；而且，如果不走运，葆拉还是拒绝让托马去挪威，他至少履行了自己的承诺。

而托马呢，已经开心得如在云端。他不知道最让自己高兴的是什么：逃学去冒险，继续养育小鸟，还是参与到奥德赛之旅中。

要是妈妈答应就好了！否则，我就不……我就什么都不干了！

"不要忘记，你什么也不害怕；而且，两个人在一起，我们会少一半的恐惧，多一倍的勇气……准备好了吗？"

父亲的话在耳机里回荡，发动机的轰隆声作为背景。托马生怕声音会出卖自己，没有回答，而是竖起大拇指。

沙地和野草在他眼前掠过，速度越来越快。他稍稍握紧拳头，手放在膝盖上。除了将他绑在飞机座椅上的细带外，他无处可倚。父亲的声音又响了起来，现在掺杂了些许担忧。

"你还好吧？"

他又一次竖起大拇指，巨大的噪音和剧烈的摇晃让他头晕目眩；一瞬间，他想起了那些独自留在厨房里的小鸟。突然，他们起飞了：先是从平地陡然升起，然后持续上升，就像是一场不会下落的跳跃，或是一次用尽全力的猛冲，让他的心提到了嗓子眼。他将目光投向天空，远离大地，因为他们有可能会坠毁在大地上。如果发动机熄火了，如果掉下去，我们就完蛋了……可片刻之后，一阵快乐的浪潮将他淹没，冲走了对于坠机的恐惧。来吧，机长，你在格鲁尔人那边的经历可比这糟多了，而这只不过是辆屁股上有风扇的小推车。

他收起紧张的笑容，下定决心，抬起头来。

透过松散的云层，那道蓝色的缝隙似乎在召唤他们。天空中，温度骤然下降。飞机侧身做了一个大转弯，涌来的气流冲乱了他的呼吸，他大胆地向身旁望去，斜着看见了他们的农舍。从高处看，小房子被金色的屋顶压在下面，仿佛是一只沉睡的动物，一只乌龟或是甲虫。瞭望塔上的风向袋在空中水平飘着，宛若张开的手臂，或是弦上的箭。

"驾驶超轻型飞机时，"父亲说，"你要感受风的起伏，感受它的情绪，让它成为你的盟友。不要忘了，一只鸟要是没了风，便无法迁徙。"

此刻，在发动机震耳欲聋的轰鸣声中，托马感受到的唯有猛烈的气流和密史脱拉风的凛冽寒意。他咬紧牙关，好不让牙齿咯咯作响，同时将脸迎向阳光。在底下，大海波光粼粼，闪耀着介于绿色和灰色之间的金属光泽；海浪阵阵，形成了一个个装饰着泡沫的欢快逗点。一只鸟儿在他们头顶高高飞过。一只野鸭，从它飞翔的身影中，他便能够认出。这次他真的笑了出来，却说不清是什么缘故。

我在飞！

父亲朝他挥挥手，示意他向下看。在他们身下五百米的地方，一切仿佛是一幅凝固的画面。有一群母牛，或是公牛，这是自然的，他们可是在卡马尔格。两辆汽车行驶在化作一条黑线的路上。右边，高高低低的屋顶间，矗立着一座教堂的钟楼。还有一条清晰的海岸线，截然区分着海水和大地。

《尼尔斯骑鹅旅行记》的封面浮现在他的脑海，他想起了那个骑在公鹅背上的小小身影。他猜，那个男孩也会有和他此刻一样的心情——无论故事是真是假——他也是一样翱翔在天空中。地平线不再是平坦的，而是微微隆起，四周的景象比他在游戏里见到的战斗场面精彩几千倍，这里没有潜藏的危险，也没有导弹，只有不可思议的一片虚空，因为紧紧包裹着他的风而显得触手可及，将他攥在手心……

我在飞！

他闭目片刻，是为了减轻眩晕，还是为了在心中记下这个瞬间，他自己也不清楚，应当是两者皆有吧；在他身后，父亲的存在是那样让他安心。

这个星期四是洗澡的大日子，克里斯蒂安宣布。当然，小鸟喜欢在塑料游泳池里玩水，但到现在为止，它们还没有到沼泽里探过险，然而，时间飞逝……而且，它们对于"家长"的种种安排表现出了出奇的适应，尤其听从托马的指挥。

这天早上，天空阴云密布，不是个穿着僧侣服泡澡的好日子，但下午，在葆拉和朱利安来之前，他们还有一堆的文件要处理，而明天一整天都得去办各种行政手续。

在早餐之前，他们穿上泳衣，再披上备用斗篷。看到儿子光腿穿着橡胶大靴的样子，鸟类学家哈哈大笑。

"你看起来就像是中世纪传说里的那些不祥之物。"

"谢谢。而你呢，我没想好你更像美国队长还是一只跛了腿的鸭子。不管怎样，不要指望我只穿袜子下去，那样我会自断双脚的。你没有人字拖吗？"

"不好意思，没有。把靴子脱在岸边就行，不然的话你会陷进泥潭的。"

"我们不会被什么东西擦伤吧？那边没有有毒的动物吧？"

"那是个沼泽，不是垃圾场，我们很走运……至于食肉动物，十公里开外，除了咱们俩，或许还有一只鱼鹰，其他就什么也没有了！"

"好吧，再问一次，我们真的必须得穿成这样吗？"

"我们有足够的袍子可以换，别发牢骚了……"

"我没发牢骚，但你是真的有点过分了，不是吗？我跟路路讲我在这儿的生活时，他觉得我在说天方夜谭。"

"你给他发过照片了？谈过挪威的事了？"

"好让他转发给所有人看吗？而且要是我跟他说咱们的远征计划，我敢打包票他会说我在吹牛，是因为我受不了在游戏里输给他，才编了一趟去挪威的旅行来糊弄他，好为我的菜找借口！"

"什么菜？"

"游戏里啊！你能听懂我讲话吗？其实，我压根不在乎他的分数，也不在乎他天天在线练习，就为了打赢《堡垒之夜》！只要我想，就能赶上他！并且，要是我之后学游戏编程的话，奥德赛之旅会给我特别多点子。"

"前提条件是你妈妈答应。我觉得你好像激动得太早了。"

"我会控制好自己的，别担心。行了，咱们走吧？"

"走。"

雏雁一只只都激动不已，好像已经猜到要发生些什么事情。克里斯蒂安带队，去往一个月牙形状的小泥塘。那个地方的水足够深，可以让它们好好地游上一会儿。

闻到岸边咸咸的味道，这队雏雁便急不可耐地叽叽喳喳叫了起来，开始疯狂地冲刺。在这些日子里，雏雁都变得更加强壮了，每天的遛弯也让它们爪子上的肌肉长了不少。水手将阿卡挤到边上，一下子跳进水里，和它一起首先入水的还有杰克、碧昂卡和路路。队伍里的其他成员也紧随其后，不等托马来就跳进水里。托马将之前的担忧完全抛到了九霄云外，脱掉靴子，冲进沼泽，一边按着喇叭，一边喊着"啊嘎嘎嘎"。

克里斯蒂安赶忙加入他们。这是四月末，还结着冰，但他首先感受到的不是水的凉意，而是觉得自己好像被一件沉重的紧身衣包裹，很不舒服。直到衣服被彻底浸湿，寒冷才向他袭来，把他冻得僵在原地。

"还好吧？"

托马忙着召唤他的宝贝们，顾不上回答。小鸟像子弹一般向他们飞快游来，在潟湖的水面上全力冲刺，行动自在得不可思议。面对大自然的美妙，这位鸟类学家从来不会熟视无睹，而是每每惊叹不已。当几只小鸟将他围住，用小嘴亲昵地轻轻啄他的脸，他忘记了所有不适，仰浮在水面上，闭上双眼……

"请务必穿上袍子。"

在一块字迹潦草的告示牌下，两件衣服挂在小木桩上。通常情况下敞开的栅栏如今挡在农场的入口。葆拉感觉到熟悉的怒火正在翻涌。克里斯蒂安之前和她说过得注意穿着，但在进大门前就要屈服于他这套装腔作势的东西……做事得要有个度！

"等等，你觉得这是给我们的吗？"

"我觉得是的。还能有谁呢？"

"这太过分了……他变了，变得更糟糕了！"

"所以在巴黎，你们连变装的权利都没有？"

"很好笑……这下，我不能确定把托马留给他爸是不是个好主意了！"

"而我倒觉得你做了一个正确的决定。等回到巴黎，你高兴还来不及呢！想象一下……烛光晚餐、空闲的周末、光着身子走来走去，不再为电子游戏发脾气……"

他一边说一边裹上斗篷，张开双臂，做了个夸张的原地旋转。

"来吧，还是挺好玩的，看，我在飞！"

"一个建议，亲爱的，不要在克里斯蒂安面前这么转，你学大雁飞的样子可笑极了。"

"你这是嫉妒我！"

喇叭声打破了这里的寂静，也打断了他们的对话，是从沼泽那边传来的。葆拉决定穿上袍子，这衣服又粗糙又笨重。她困惑地摇了摇头。

"你能想象托马一天到晚都穿着这玩意吗？"

"想不出来，我等不及想看看了！"

"而我呢，我在想，他的这场变形记会不会只是心血来潮，他是不是真的意识到了自己要承担的责任。行动一启动，他可不能再改主意了。"

"那就告诉他，至少，他已经足够成熟，可以理解这一点了！"

他们向前走去，首先看到了超轻型飞机的机翼。在那下面，一个戴着风帽的身影正在操控飞机。葆拉感觉自己说不出话来了。克里斯蒂安没有那么瘦弱。原本的隐隐担心变成了真实的恐慌。坐在这架该死的飞机里的是她的儿子！

"托马，下来！马上下来！"

克里斯蒂安听到喊声时，正在打开木棚的篱笆，小鸟被声音惊扰，吓得喳喳直叫。他暗自咒骂了一句，赶忙冲过去阻止葆拉，示意她冷静下来。她的喊叫让小鸟受到惊吓，而这是最糟糕的时间点，因为它们正要开始和飞机一起训练。那个跟她一起的家伙——朱利安——站在她身后，忧心忡忡地看着眼前的场景。

"没事的，嘘！"

她看都没看他一眼，开始大吼。

"托马，停下这架该死的飞机！"

"你听我讲！他没有任何危险，现在不会起飞！"

她终于看向克里斯蒂安，脸上既愤怒又困惑。

"不会吗？那他在飞机上干什么？你在耍我吗？"

"飞机还没有装上机翼！"

"那么那个是个摆设？"

她指向那面短短的帆板，并且在同时注意到它不相称的比例。

"那是个假机翼，是冒充的！你儿子只要绕圈滑行就行了，蹬脚踏船可没那么危险！"

"见鬼了，你不能早点跟我说吗！"

"我正想和你解释的，如果你没有像个泼妇一样大喊大叫的话，我早就可以告诉你了！"

"我是泼妇？"

"好了，我表达得不好。我只是不想吓到小鸟。它们正要出来。"

"当然了，你那些小动物的舒适永远排在第一位……"

她咬了咬嘴唇，知道自己太夸张了。正好，朱利安走了过来，她可以借此不用道歉了。他尴尬地向克里斯蒂安伸出手，后者别无选择，只好握上他的手。

"你好！很高兴来到这里……你们在干什么呢？"

"在训练。"

"嗨！我在这儿！妈妈，朱利安！"

托马刚看到他们。他笑得合不拢嘴，挥舞着双臂，他们能感觉到他有多么自豪。

"看看他吧！他高兴得不得了！"

"你真让我惊讶，这可比看到他复习物理化学更难得！"

克里斯蒂安对她的讽刺刀枪不入，带领他们走向木棚外的围栏。

"你们什么都还没见到呢！跟我来。"

在篱笆后头，小鸟焦躁失望地叽喳叫着。它们已经很清楚，那只轰鸣的大鸟便是遛弯的信号，一点儿也不怕它的喧嚣了。这是它们第三次跟着"旅行者"出门。

克里斯蒂安吹了声口哨，向托马示意可以出发了，打开围栏门，放出雁群。

男孩稍稍加快了步伐，回到岸边，然后按了两下自行车喇叭，口中唤着"啊嘎嘎嘎"。小鸟蜂拥而上，谁最先跳进沼泽，谁就能最快追上"妈妈"！一到水上，小鸟就全速前进，在水面上留下一道道闪闪发光的痕迹。片刻之后，它们赶上了飞机，飞机正朝着与湖岸垂直的方向滑行。在"大鸟"身后留下的水波里，小鸟织成了一条几米长的裙摆，而它们的"妈妈"正坐在"大鸟"上。

"太惊人了，它们跟着他走！"

在这个场景前，葆拉目瞪口呆。

"就像你看到的那样，'培育'计划进行得非常顺利，我们的儿子在其中出了大力。"

朱利安走向岸边，热情洋溢地大加称赞：

"哇哦！我们本来只知道他在照顾小鸟，但看看这个，这完全是另一回事……"

他看起来完全入了迷，这对葆拉来说大概是有点过了。她刚发作过一通，不想显得太轻易退让，于是忍不住要说上几句风凉话。

"看看这速度，它们这样可到不了北极圈……"

"这也不是我们对它们的要求，亲……亲爱的。"

克里斯蒂安同旧时吵架一般习惯性地回嘴，好在及时改了口。他很了解这样的葆拉，了解她那咄咄逼人的务实主义。他过去也不曾因为这一点而感到不快，他们不认为这是一种对立，而更多地将其视作彼此的互补之处。

"好吧,在我看来,这简直像做梦一样!雏雁跟着托马走来走去,就像他是它们的爸爸……你们做的事儿可太惊人了!"

"他棒得不可思议,没有他给我帮大忙,一切都会麻烦得多。您……你不能想象,我一个人安心做了多少事,只因为我知道他好好地看着小鸟!他那么认真地对待他的任务,小鸟喜欢他都超过了我。"

"你是开玩笑吧?"

"不是。"

一丝不快袭上葆拉的心头。她是有些嫉妒吗?

"你向我保证,你没有在逼我答应吧?"

"一点都没有。但我承认,有他陪着我会很高兴。你已经做决定了,不是吗?"

他的前妻并没有马上回答,而是转身看向湖水,陷入沉思。眼前的景色如诗如画,而她的脸上却忧虑重重。

托马刚刚关上发动机。他脱下耳机,解下绑带。巨大的飞机在水上漂浮,裹着棕色袍子坐在里面的男孩看起来还那么小!小鸟纷纷游向飞机,争先恐后地往他身上爬。

"的确,我都要认不出他来了。我想到之前那几个月,他一天到晚地跟我赌气,或者把自己关在房间里……"

远远看去,他就像是在和小东西们谈天说地。突然,他抬头朝他们看来,挥挥手臂。克里斯蒂安用手做成喇叭的形状,向他大喊:

"你是最棒的，儿子！"

托马竖起大拇指。这个习惯是父亲要他养成的，尤其是在飞行的时候，就算戴着耳机，他们也用手势来示意自己能听到对方的话。"潜水员也是这样做的，"克里斯蒂安解释道，"随时都有可能出现技术问题。"

"他在干什么？他会摔下去的！"

但他灵活地站了起来，在一个浮筒上保持平衡；然后，他毫不犹豫地一头跳进离小鸟一米远的水中。

"他疯了！他会变成落汤鸡的！"

葆拉控制不住自己的怒火。她好累，因为自己的犹豫不决而备受折磨，悬而未决的一切都只取决于自己的一句话。她甚至有些怨恨自己的前夫，对他来说，什么事都是那样轻而易举。

"他知道他在干什么，别担心。"

"你想说，你们在水里还要穿那套鬼东西？"

"当然了。你觉得那些雏雁已经脱离我们了吗？我们是他们的家长，别忘了这一点。"

"这我可不敢忘。你看到我们有多滑稽了吗？就像某个教派的一群信徒！"

"采菌人？"

"风帽教派成员。"朱利安忍俊不禁地插了一句。

"你俩可真幽默。你确定他不会碰到什么脏东西吧？"

"是在市郊散步，还是在咸水沼泽里游泳，在这两者之间我可不会犹豫太久。你的都市病也没有严重到这个地步吧，葆拉……

你还记得我们以前会到处闲逛吧?"

在此刻提及他们的恩爱过往可以称得上不合时宜,三人间出现了尴尬的冷场。朱利安的脸色有些发白,并且假装没有注意到他的蠢话;而葆拉呢,则聚精会神地盯着沼泽看。

托马此刻仰着漂浮在水面上,他的宝贝们围在他身旁。小鸟攀爬到他身上,轻轻地啄他一下,一头扎进水里,然后又跳起来扑向他,抖动身体,欢快地叽喳直叫。男孩向着天空发出一阵爽朗的大笑,然后在水中站起身来,把脸探向一张张小嘴巴。

"他就让它们这样?"

"当然了!这些小东西都很亲人,它们喜欢亲吻,而且托马才不会觉得烦,他成天宠着它们。"

葆拉耸了耸肩,掩饰不住心中的不快。她明白,当自己在巴黎思前想后的时候,在这里,儿子早已建立起某种她无法打破的牢固纽带。不过,她又真的想要打破吗?

她假装在思考,然后发出一声长长的叹息。

"好吧,我们去拿东西了……叫他从水里出来,要是这样不会影响到你们神圣伟大的'培育'计划的话。不管有没有细菌,在去挪威之前要是得了肺炎可就不好了,不是吗?"

克里斯蒂安过了一会儿才明白,她刚刚表示了同意。他没有手舞足蹈地庆祝胜利,而只是温柔地对她微笑。

"太棒了!由你去跟他宣布这个好消息吧!你们就住那间蓝色的房间,我去铺床……得把雁群召集回来了,我们换了衣服就过来。"

"我想我要让他再多等等。这一年我因为他吃够了苦头，这会儿他多等几个小时也没什么关系。"

厨房弥漫着炖肉的诱人香味，引得饥肠辘辘的几个人垂涎欲滴。葆拉和克里斯蒂安检查着学校的审核表格和各种行政手续，托马在照管雏雁，朱利安则负责煮晚餐。他即兴发挥，用剩下的冷肉、洋葱、大蒜、土豆和一点香草做了道肉糜。每个人都还穿着袍子，因为男孩拒绝让小鸟出屋子，说外面的风吹得太猛了。他们组成了一个奇怪的小团体，尽管作为葆拉的"新男友"，信息技术老师难免有些尴尬，但他还是忍不住对克里斯蒂安感到十分欣赏。后者全心扑在接下来的奥德赛之旅上，滔滔不绝地谈着自己的计划。

"……它们要学习一切，地形、风景、每一个停靠点，它们通过一次旅行就能够记住几千公里的路线，这也说明了它们的能力，因为尽管俗话说'呆头雁'，但其实，这是最聪明的鸟类之一！它们记忆力绝佳，不仅能记住地理位置，还能记住人和事，并且无比忠诚……"

葆拉只听进去一半。她对这个话题多少有些了解；这样的演讲，在十五年的共同生活里她已经听到耳朵长茧了！他不是在说大雁、鹤或秃鹰，就是在长篇大论地谈物种灭绝。当然了，克里斯蒂安是对的，人们应该意识到生态保护已经迫在眉睫，她甚至愿意承认，她比自己本以为的更加想念他的这些演讲，但不是现在……此刻，她需要集中注意力，思考自己要跟儿子说些什么。

她已经决定，要在饭后和他一起随意逛逛，边走边告诉他自己的决定，她要儿子保证，他的决定很理智。如今他迫不及待地想要得到她的同意，却没有真的好好思考过……他看起来是那样高兴！托马会承诺任何事情，只要他能成行。我要说服的是克里斯蒂安……在客厅里，一道安全围栏把雏雁挡在另一边。它们挤在围栏后头，激动地叽喳乱叫。有几只小鸟则闭上眼，开始轻轻摇晃身体，看起来既没有被吵闹声所困扰，也没有被那些踩着它们想要靠近"家长"的小鸟打扰。托马俨然成了它们的保姆，他在家里可是什么都不做……连叫他把自己的盘子收起来都需要谈判半天！

在谈话的间隙，她语气复杂地说了句：

"不管怎么说，还是太吵了。你们真的成天就和这些小东西待在一起？"

"春天里，只要天气好，你口中的这些小东西有好多时间都待在外面的围栏里。的确，它们开始把这里弄得有些脏兮兮了，托马，吃完饭你把它们带回外面去。好吗？"

男孩做了个鬼脸，正要抗议，但父亲抢先向他挤眉示意。现在不是把事情搞砸的时候。

"不要说'但是'"。

"好吧。"

看到儿子竟然能如此轻易地退让，葆拉简直回不过神来。他们俩之间的交流是那样自然！克里斯蒂安似乎都没有留意到儿子表现得有多温顺，他只顾自己继续滔滔不绝地讲解，很高兴能有一个如饥似渴的听众。而朱利安呢，当真在认认真真地吸收着他说的每一个字。

"我讲到哪里了？哦对……我们不能只把几只大雁放飞到大自然里，指望它们自己找着路。如果仅凭本能飞行，它们最后会迷路。相反，我们要帮它们找到适合的气候条件，因为它们很讨厌在坏天气里飞行。"

"为什么？"

"很有可能会迷路。"

"加满一次油能飞多久？"

"五到六小时。我选的全地形飞机是出了名的结实耐用，并且非常省油，这样可以减轻负载重量。"

"训练、游泳，都是一样的目的。如果可以让它们跟随超轻型飞机行动，那我们就成功了！"

托马对母亲说话，但她沉浸在自己的思绪中，连眼睛都没眨一下。这是好兆头还是坏兆头？他再也没法等了。他们已经吃完了晚饭，所有人都一副一切如常的样子。如果她要他收拾行李呢？那可实在是太糟了！他必须得碰下运气。

"那，妈妈，你同意了是吗？"

母亲就好像被突然逮住在开小差，吓了一跳。

"你说什么？"

"挪威之行？我们会坐面包车去，一点儿都不用担心……我们计划在比约恩家中转。他住在灰鼻角附近，你知道那边吗？并且爸爸真的很需要我，你要不相信的话可以问他……早上我起得很早，而且我已经……已经五天没开过电脑了！妈妈，你就答应我吧！"

"别费心在那边表扬自己了。我本来想用更正式的方式通知你的，但其实，我已经决定好了。"

他瞪大眼睛盯着母亲，母亲则停了下来，狡黠地留了几秒的空白。

"我决定答应你，你可以去。"

"爸……太好了！你是说真的吧？"

他一下子喜笑颜开，激动得难以自制，葆拉瞬间就想要反悔。对这个年纪的孩子来说，激情的后果往往严重而不可收拾。但很快，她又觉得自己不该这样瞻前顾后，决心不要做个焦虑的妈妈，于是她向托马微笑，张开双臂。

就像小时候那样，他扑进母亲怀里，她温柔地抱住他，闭上双眼，好好感受这一刻。

一整晚，托马都在做白日梦。他要列出要带的东西，要整理行李，要告诉小鸟们这个好消息，要给朋友发胜利的短信，他从塔楼跑到房间，从围栏跑到客厅，问父母各种问题，然后又跑开，因为"怕一会儿会忘掉这件要紧的事情"。还不到午夜，葆拉就觉得简直像举办了一场马拉松。朱利安刚刚回客房了。尽管筋疲力尽，在上楼前，她还是把克里斯蒂安拦住。多么奇怪，他们又聚在了同一个屋檐下。虽然并没有穿那件粗布袍子太久，但失去它的重量的葆拉感觉到自己似乎失去了保护，显得格外单薄，也格外脆弱。可她知道，明天，自己多半便没有机会与他交谈了，所以，尽管此刻丝毫没有准备，她还是径直开口说了。

"我并没有料到，托马会有这么大的变化。我都要认不出前几个月的那个臭小子了。他那时候实在太难搞，我完全不知道拿他怎么办！我想，是因为你，因为这趟旅行，最糟的时候已经过去了……"

"谢谢，但你知道，其实他只是需要找到让他感兴趣的事情。"

"不要抹去自己的功劳；当然了，这个计划很吸引他，但关键不在这里，我们两个都知道。你们能一起做事真的很好，他需要这样。另外……"

她犹豫了片刻。

"我欠你一句道歉。"

"你?"

"我有时候对你太严苛了。我当时觉得……"

她停了下来，不知该如何措辞。觉得你无耻地抛弃了我们？觉得你不在乎儿子？脑海中闪过的话似乎都太过严厉，也太过不公。克里斯蒂安应该是明白了她的意思，因为他握住她的手，轻轻拍了拍。

"我明白。放下一切并不是件容易的事，我又走得太突然了，因为不那么做的话，我不会有勇气的，而且，我们不能再继续因为……因为任何事情而争吵。但说到底，什么都没有变，相信我，我永远不会抛弃你们。"

"很……很高兴听到你这么说。"

二人沉默良久，她觉得自己的脸快要红起来了，她可不想这样，更不想说出什么傻话，于是找回一贯的专断语气。

"关于这次旅行，还是有一个条件。咱们儿子不能碰你那架莫名其妙的飞机。"

看到克里斯蒂安伸手挠头发，她便知道，他被说中了心事，因为这是他发窘时的习惯性动作。她一下子满腹狐疑，不依不饶地继续发问。

"克里斯蒂安，你听到我讲话了吗？"

"听到了。"

"你能答应吗？"

"如果你坚持的话……"

"我坚持。"

"那好吧。"

没必要告诉她，他们已经飞过几次了。无论怎样，他到时候可以辩解，自己理解错了葆拉的意思。让孩子自己飞和有一个大人带着飞并不完全是一回事，但他不想跟她深究这些细节，免得自己一会儿还得发个假誓。

打扮成僧侣模样的托马和克里斯蒂安走在前面，雏雁纷纷跟在后头。这一回，男孩把录音机斜挂在肩上，举着一把大白伞，用它来代替"旅行者"的机翼，这可比开着割草机长途跋涉要方便多了。葆拉在瞭望塔上看着他们，虽不出声，但心中满是焦虑。在克里斯蒂安的请求之下，朱利安带了一支枪，他这辈子都没有开过枪。这支枪是克里斯蒂安去一个加拿大的自然保护区时买的，那里生活着许多野熊。她都不知道前夫还留着这把枪，他应该再也用不上了。枪里是空包弹，多少让她安心一些，他们不是要赶走捕猎者，更不是要杀掉谁，只是为了吓唬一下小鸟。葆拉明白，对于这事，自己再反对也没用，在朱利安嘲笑她的犹豫不决时，她只好任由他去，她可不想总是扮演扫兴鬼的角色。

"你们确定没危险吧？"

她待在她的观测台上，感觉到心慌意乱，也有些伤感。在这一集"雏雁风波"之后，很快，他们就得出发回家了。但实际上，她不想如此仓促地与他们分别。

"跟我们一起去吧，你会看到能发生的最糟糕的事，也不过是在车辙里绊一跤。"

"不了，谢谢。我就在这上面待着。我还是不明白，为什么要这样吓那些可怜的小东西。"

"要是有一天，它们被一群拿着长枪的家伙盯上，今天的演习就能救它们的命。"

出于小心，他们走出了二十多米的距离，然后在荒野中心停下，克里斯蒂安吹了一声口哨。听到信号，朱利安从一百米外的柽柳丛里一跃而出，向他们大步走来。他穿着一条牛仔裤和一件作战服，明晃晃地挥着步枪。感受到"家长"如临大敌的态度，雏雁也僵直地停在原地，伸着脖子，一只只小嘴朝向那个陌生的身影。

闯入者在一段距离外停下，上膛，对着天空开了一枪，声音顿时响彻云霄。片刻之间，小鸟四处奔逃！"爸爸"和"妈妈"在原野上呼喊着奔跑，他们伸展双臂，粗布袍子像翅膀一样张开。慌乱不已的小鸟紧随他们身后，满是惊恐的叽喳声此起彼伏。在它们身后，雷鸣般的枪声再一次响起，然后又是一声，小东西们拼命追赶着身穿巨大斗篷的身影，可"家长"跑得太快了。于是，在小鸟的心中，深深烙下了对那个"雷声男"的恐惧。

所有人都回到了围栏里，托马坐在他的宝贝们的中间。它们蜷缩在他身边，寻求着慰藉。它们心里会一直留着关于这次遭遇的记忆吗？他真讨厌这样吓唬它们，而且，从雏鸟破壳以来，他第一次真真切切地感受到了这些小东西将来或许会面临的危险。书本上的理论不会告诉他这些，可他只需要听到枪响，看到它们有多惊恐，便能想象到，当枪声响彻天空，会发生些什么……奥德赛之旅不是一场游戏，这不是一次注定会有大团圆结局的精彩冒险；旅行中，任何一只大雁，甚至是阿卡，都有可能被杀掉！想到可能会失去它，他整个人都心神不宁。这不"只是"一些普普通通的小鸟，也不是在游戏结束后会复活的角色，它们每一只都是独一无二的大雁，都有血有肉、有情有心。

就在这一天，现实几近粗暴地展现在他面前：母亲马上要和朱利安一起离开，他不用回学校上学了。巴黎、他的哥们儿、维珍大卖场，还有网络游戏，所有这一切，他都可以抛在脑后了。在长假结束后，他会遇到一些新面孔，那些同学与他同龄（因为他早上了一年学），但一定会比他幼稚，尤其是在他的旅行之后。很有可能，在九月开学的时候，他会更有被抛弃的感觉。他的哥们儿呢？路路、夏德和昆丁？巨大的不确定感向他袭来。而且，如果这趟旅程太困难了呢？如果，一整个在路上的夏天以后，他完全不适应中学生活了呢？他还能改变主意，只要张口就行，母亲会非常乐意将他带回去的。他很了解她，只要觉得托马心不在焉，她就会像此刻一般皱起眉头看他。但是，如果他回巴黎了，父亲和他之间的纽带就会断掉。他站起身来，睡眼蒙眬的小鸟发出嘟囔抱怨的叫声。向挪威出发！为了爸爸和雏雁，就算回去要面临的麻烦再多也值得！

当他去跟其他人会合时，方才的犹豫已经烟消云散，他甚至迫不及待地想要出发，坐上塞得满满的面包车。走近的时候，他看到三个站在屋檐下的身影，他们都看着他。就像送葬似的，没有人说话，母亲一副颓唐的样子。他假装情绪高昂，用无忧无虑的语气问道：

"你们这就要走了？"

"是的。教务审核的事我们已经和你爸爸商量好了，我们不想太晚到巴黎。"

"别担心，我每天都会学一点东西的。"

"我知道，儿子，我会想你的！"

"我也是，妈妈！"

"瞎扯！"

她努力挤出微笑，但下一秒就将他抱入怀中。这一次，他没有反抗，而是任由母亲拥抱。他们从来没有分离过这么长时间。

"我爱你，托马；凡事要小心，答应我！"

"我一定会注意的。妈妈，我也爱你。"

她放开他，向克里斯蒂安做了个手势，然后转过身去，不想让他们看见自己满是泪水的眼睛。朱利安走上前，有些笨拙地揉了揉她的头发。

"尽量多给你妈妈打电话，她会很高兴的。"

"没问题，你能来这儿真好……"

朱利安和他父亲握了握手。他们之间还算不上多么融洽，但至少已经过了最初的相互猜疑。甚至可以说，是奥德赛之旅拉近了两个人的距离。

"托马，别忘了，要听你爸的话！还有，别乱吃东西！"

葆拉降下车窗。看起来，她已经神色如常，对他进行一连串"最后"的叮嘱。

"那可不会，在这儿，我们一直都是自己做饭的！"

"你等着瞧吧，在远征的时候，他就会忘掉人是杂食动物这件事，大吃特吃三明治，或是些脏兮兮的意大利饺子，所以我就指望你来提醒他了，告诉他，你还在长身体。还要做好防晒，我在你包里放了一管 SPF30 的防晒霜；披着这身丑斗篷也没用，还是会被太阳晒焦的！还有，别熬夜！"

"葆拉，别紧张兮兮的了，我们又不是去什么乱七八糟的狂欢派对，我们是去挪威……"

"我知道，但是，如果能选的话，我宁可选派对。还有你，别忘了你的承诺……"

"承诺?"

托马感觉自己心跳漏了一拍，因为他猜到接下来她要说什么。不要，妈妈，别说出来！

"你爸爸向我保证，你不会碰那架飞机！"

葆拉抬了抬下巴，向绑在浮桥上的"旅行者"示意。他还没来得及反抗，就感觉到被膝盖顶了一下。

"我告诉过你，一切都会顺利的。托马也会乖乖的。"

"好。我……今晚，我会给你们打电话。不要忘了……"

这时，汽车突然发动了，而葆拉没说完的话也一并远去。

"这个是纵向倾角。"

克里斯蒂安用手模仿飞机，从水平方向上倾到一定角度。在超轻型飞机里，坐在他身前的男孩握住操纵杆，在空中做出相应操作。其实，因为飞机有控制台，父亲仍是实际上的飞行员。但是，尽管明知道没有问题，他还是紧张无比，而且，越听父亲详细解释，心中就越发焦虑。

"这是转向。"

此刻，克里斯蒂安将手从左向右转。

"下滑。"

他将手往下斜。

"如果要向左转，你得把操纵杆往右推，反之亦然。实际上，是重心的移动让你转向，是机翼上的气流速度在托着你。你在一层层的空气上飞行，就像在隐形的海浪上冲浪一样。爬升的时候，如果感觉到失速，只要用力握住操纵杆就行了，明白了吗？在向上攀升过程中，最好避免发动机的转速过于突然的下降。总之，如果你不够快，就会掉下去，但如果你用力过猛，有可能会损坏发动机。要找到两者之间最合适的升力……"

他指向仪表盘上的一个刻度表。

"这是风速表，能让你将自己的速度与气压对比衡量。要知道，超轻型飞机会'本能'地建立自己的巡航速度。在调试良好的设备上，要是你沿直线前进时松开控制，它会依照原来的速度飞行。我们叫它'航速补偿'。说到底，这很简单：你的速度越慢，就越难向上攀升；速度越快，就越难下降。面对这些情况，我们要用操纵杆来做出调整。如果你感到完全不费力气了，就说明你已经达到了平衡。目前，你最后要记住的一件事是，一个好的飞行员永远都要避免失速，要保持安全裕度。咱们驾驶的超轻型飞机重量非常大，因此，失速的后果也很严重。好了，你看到那根线了吗？"

"嗯。"

机翼尖端挂着一根丝带似的东西。

"它会告诉你风向。这就是最重要的东西：风。你要驯服它！"

"爸爸？"

"怎么了，小伙子，我说太快了吗？"

"不是……"

"你害怕了吗？一开始，理论会显得很复杂，但咱们慢一点儿，一步一步来。你什么都不用怕。你到时候只要听我的就行，好吗？"

"我是在想妈妈。"

"啊……我明白了。是因为我的承诺吗？"

"咱们怎么说都有些过分了……这不是在骗她吗？"

"应该说，这只能算是一半的谎言，或者说是一个有所隐瞒的谎言。我答应了她你不会飞……但是，你不会……一个人飞。你明白了吧？"

"那她知道咱们会一起飞吗？"

"不太知道。我得向你坦白，我没有勇气和她讨论。你知道，我们刚认识时，她陪我去了最初的几次科学考察，那时，你妈妈什么也不怕；但自从她不再身临其境以后，便变得焦虑，想象出有的没的一堆危险。你出生以后，情况越来越糟，我不能责怪她，毕竟，行动中的那个人总是会觉得更加简单，因为没有时间去胡思乱想，你到时候会明白的……并且，说真的，掌握一些驾驶知识不也很好吗？不说别的，对你的通识课程就很有用。另外，你是我的副手，对吧？可以说，这是挪威之行教学安排的一部分，地理和技术课程的结合！"

托马感觉到安心了几分。父亲说得对，他们的双人飞行并不完全违背承诺，并且，这能够让奥德赛之旅顺利进行。另外，如果他在飞机里，雁群能更加放松地跟随他们，他坚信这一点。只是，学习驾驶让他肩上的责任更加沉重。学着这些基础知识，他不再像初次飞行时那样懵然无知。

"那咱们继续？"

"继续。"

"把手放在操纵杆上，但不要忘记，其实是我在用控制台驾驶飞机。我希望你能在行动中感受飞机的运行。如果无线电有问题，不要慌，咱们还是可以大声喊叫，或者用我教你的那些手势沟通。"

托马没有回答，而是竖起大拇指。他很确定，父亲此刻正在他的背后微笑。

推动油门操纵杆后，克里斯蒂安到达了起飞"跑道"，那是沼泽向东延展的地方。飞机在水上飞快滑行，就像是在地面上前进一样。起飞时，男孩又一次感觉到了那种不适，但比第一次要轻一些。他将注意力集中在操纵杆的反作用力上，感受手掌间的微微震动。天空蓝得那样浓烈，那样纯净，美得让人屏息。上升就像是反方向的潜水，慢慢地向上深入。当他们稳定在五百多米的高空，身边的景色让他失神了几秒。突然，他看到父亲的手指在动，心下明白，父亲放开了控制台，所以，现在是他独自在驾驶飞机。他不禁颤抖了一下，握紧手中的操纵杆，但飞机继续在航线上平静地前行，就像是在一只隐形的手上飘浮。他如此过了片刻，那片刻无比漫长、紧张、可怕，却也无比美妙。接着，他意识到，父亲重新接手控制，他要让飞机向右转。他们绕了一个大弯，飞到海滩上方。托马竭力感受操纵杆的运作，听着风的声音来调节方向、掌控平衡。目前，除了爬升和转弯以外，他还难以分辨其他的细微动作。在他们的下面，金黄色的沙滩渐渐变成了地中海的闪耀海面。那儿有海浪泛起的泡沫，有货轮的巨大阴影，还有一面鲜红的船帆的细细尖端。如果他们现在掉下去，海水会和水泥地面一样坚硬。不要想这些……而且，机翼可以让他们滑翔，更不用说还有浮筒了……男孩意识到，很快，整个雁群都会跟着他飞行，喜悦涌上心头。会超级棒的……一个星期后，他们就将开着面包车出发。

耳机里，克里斯蒂安的声音突然打断了他的联翩思绪。

"儿子，我们绕城飞一圈，然后就回家了！"

他们已经完全掉过头。在远处，沿海小镇灯火点点。

回家。这个词让他心中平生几分喜悦。在片刻之间，托马想象起来，如果一直在这里生活，会是怎样的场景。

日子一天天过去，一天比一天要忙。整个六月份，他们一再检查旅行中每一站的路线，练习驾驶技术。七月初，克里斯蒂安在儿子的帮忙下进行最后的准备，但待完成的事项那么多：官方批准还未下达，歇脚处还要确认，设备还要调试，必需品还没买好……

而在小鸟这边，一切则进展得极其顺利。它们已经完全适应了"旅行者"，能在每天游泳的时候跟着它的轨迹前进。

随着渐渐长大，小家伙们褪去绒毛，不再像是一个个小粉扑。如今，它们的眼圈是黄色的，喙是粉红色的，显现出小白额雁的特征。它们现在是强壮的少年，由于每天的遛弯儿，腿上的肌肉变得发达。尽管它们成日开开心心、精力充沛，但仍渴求着托马的关爱，一旦他假装离开，它们便会叽叽喳喳叫个不停。黑雁阿卡比它的小白额雁伙伴们要更加高大，它的脖子更黑，羽毛则变成了灰色。它的爪子和喙也是黑色的，和同伴全然不同，但似乎没有一只小鸟注意到这些差别，就像它们也没有注意到"爸爸"和"妈妈"的腿是那么长，手是那么奇怪，嘴巴总是那样滔滔不绝地说着话。受过"培育"的雏雁觉得自己和养父母是同一物种，这件事始终让托马惊讶不已。换句话说，阿卡认为自己和他是一样的，他们之间没有区别也没有高低。从某种程度上来说，它的宝贝们因此而显得更为弥足珍贵。它们如此信任他，而他肩上的责任则变得更加沉甸甸。

因为小鸟变得日益独立，克里斯蒂安有时间继续他的驾驶课程，他们现在每天都要飞行，有时候早晚各飞一次。在高强度的训练之下，托马开始能够掌握控制操纵杆时的种种细微技巧，但起风时，他还是会手忙脚乱；这很正常，父亲告诉他，他越镇定，就越能感受到热气流的动向，并且学会预判。

在出发前夜，克里斯蒂安决定让他自己在水上降落一次，确保之前的课程有所成果。到了挪威，他们得训练雁群，还得完成最后的一些手续，可能不会再有这样的机会了。

从沼泽到海岸的上空，他们绕着惯常路线飞了一圈。然后，便是回程。随着关键一刻的接近，托马感觉到压力越来越大。各种场景浮现在他的眼前，他烦躁地强行让自己放空：失控坠机后的一地碎片，扭曲的飞机外壳，撕裂的机翼，或者更糟，在沼泽上了无生气地漂浮的他们的身体。我不能在此刻放弃，太丢脸了，我必须要做到！他回忆起游戏里在约尔星球的那些飞行特技，想要鼓励自己一把，但无济于事；他也想在心中召唤伊卡洛斯的辅助，但这同样于事无补。在他的周围，是一片空旷，无边无际的天空比电脑屏幕要广阔太多，在残酷的现实面前，那个虚拟世界一无是处，在这里，只要有一丝疏忽，他们就会像一块石头一般，直直坠向地面。

飞机现在位于热拉尔的牧场正上方。在旁边，盐沼地像一片水银一样闪闪发光。他在脑中过着已经烂熟于心的进场指令：向左掉头，沿着滑行轨迹在沼泽上找到他的降落点，确认角度无误，预估到降落点的斜度，保持安全速度，避免失速。他深吸一口气，拉起操纵杆，开始减速，但这时，一阵狂风从背后吹来，他被吹得摇晃了一下，失去了平衡，飞机在这一瞬间猛烈下降；他刚回过神，指令便从耳机中传来：

"慢一点……升高！升高！"

恐惧让他动弹不得，他出于本能紧紧地抓住操纵杆，而不是将其向外推。飞机开始侧滑。他马上感觉到，自己失去了驾驶控制：父亲将飞机从令人眩晕的下降中拉起，执行复飞。当他开口说话时，语气却是一如既往的平静。

"没什么要紧的，咱们再试一次！放松点。你要感觉和机器融为一体，不要被恐惧带偏。御风而行，随风而飞，你要做的，就是好好享受在这里的最后一圈飞行，享受高度……不要太高，也不要太低。我们回去再来一次。"

"旅行者"绕了长长的一圈，找到合适的角度。托马感到手心一动，说明他重新获得了驾驶控制。他放松呼吸，努力让心静下来。一切都会很顺利的。一阵微弱的气流让飞机正正好来到了降落的线路。不是太高，也不是太低，这是理想的斜度，他心想。在这一刻，气流稳定得不可思议，就好像整个大地都在屏住呼吸帮助他。他直直盯着沼泽的反光，好像周围的一切都已消失不见，只有降落点明晃晃映入他的眼帘。飞机如同从滑梯上轻盈滑下，"旅行者"像一片羽毛般落在了水上。

我做到了……

在身后，父亲欢呼雀跃，托马在一秒钟后才听到他的喝彩。超轻型飞机一停稳，克里斯蒂安便抓住浮桥的挂绳，将飞机固定在上面，托马还是动弹不得地坐在那里，嘴角不自觉地上扬。他品味着完成任务后的巨大放松，也感受着肾上腺素渐渐平息。

这天晚上，在黄昏时分，他们来到瞭望塔上。似乎上天也知道，这是他们在卡马尔格的最后一夜，于是让这里蔓延着近乎超自然的温柔气氛。夕阳的光辉洒在潟湖上，闪耀着玫瑰金色的光芒。这一片宁静是如此完美，身处其中，可以听见大地原本的细碎声响，听见芦苇丛中的风声，听见一只啮齿动物在灌木丛中经过的声音，或是远远传来的一声鸟鸣。

用望远镜观察动物成为了他们饭后的固定节目。托马学会了区分苍鹭和白鹭，分辨反嘴鹬、长脚鹬和红嘴鹬。它们迈着丝线一般细的长腿，在泥泞中搜寻，面带矜贵的神色，就好像对脚底的淤泥有些厌恶。每当托马成功叫出一只鸟的名字，那种骄傲都让他想要学习更多关于鸟类的知识。他看到那些鸣叫着在沙丘上方盘旋的海鸥，有时也有一只鸟喙扁扁的白琵鹭，当然，还有在黄昏的最后几缕亮光中划过天空的粉红色火烈鸟，这般不可思议的景象每每都让他欣喜若狂。而他最喜欢的鸟仍然是黑鸢，因为它有着长长的凹形尾巴，是他能够辩认出的第一种鹰。

这个晚上，他们没有耽搁太久。托马回到房间里的时候，才刚过晚上十点。在他早起没有整理过的床、那面艳俗的墙纸和过时的摇滚海报前，一种不可思议的乡愁突然在他的心头涌起。甚至，那根自制天线也会让他想念。他感到，他既安然处于这个房间里，又同时栖居在世界的中心，在这里，万物有灵亦有声。男孩还没有完全体会到，他正在面临着某种"启示"，在他的心中，这还太抽象、太模糊，但他知道，这种感受与自然、与这个地方、与雏雁、与他感知其他生命情绪的能力有着千丝万缕的联系。他如今会细品安静，会凝视天空，能体会风的瞬息万变，这些事他从前都全然不知。当他回到巴黎后，他想与路路分享这一切，即使他或许很难解释清楚发生在自己身上的变化有多么巨大。

《尼尔斯骑鹅旅行记》摊开着放在床头。他还没有时间看完，但在临行时分，他把书放进了包里。他的确已经过了看这本童话的年纪，但没关系，他觉得自己仿佛带上了一件护身符。

在室外，父亲正在关上木棚的门。雏雁现在都在外面的围栏里睡觉，他用亲昵的口吻低声安抚着它们。托马犹豫着要不要起床再去看看。他不知道自己是否能安然入睡，但他并没太多时间去思前想后，因为很快，他已进入了梦神的怀抱。

超轻型飞机已经被拆卸成几个部件，用布包好，装在拖车上。前一天便装好的行李放在卡车车厢的两侧长椅下面。发动机已经检修完毕，克里斯蒂安对着清单看了又看，一项项核对打勾：药品、行政文件、工具箱、人和鸟的食物储备。从围栏出发起，雁群就是一副激动难耐的样子，总想吸引他们的关注。似乎，这些小鸟也感觉到了启程时刻的兴奋。早上八点，一切就绪。他们准备了三个箱子，每个都很宽敞，好让鸟儿可以待得舒舒服服。在让它们进笼子的时候，托马才意识到它们长大了多少。雏鸟已经变成了年轻强壮的大雁，除了脖子和脑袋还是毛茸茸的，其他地方都已经长出短短的羽毛，阿卡的羽毛是灰色和黑色的，其他大雁的羽毛则是棕色的。它们一进入新居所，就开始叽叽喳喳愤怒地叫唤，托马必须要去维持一下秩序。看到男孩如此坚决严肃，和往常大不相同，大雁们一下子乖乖地听从起指令，它们的神色既惊愕又郑重，男孩拼命忍住才没有笑场。他向它们认真解释，他得坐在前面，但他每隔一小时就会来看看它们：

"我是副驾驶，所以放轻松，我们不会抛下你们的！"

大雁们盯着他看了一会儿，有些困惑，但他的语气那样笃定，它们放下心来，一只挨一只蜷缩着挤在一起。

"出发！"

克里斯蒂安最后检查了一遍，然后坐到了方向盘前。他已经和热拉尔说好，请他时不时来农场看一眼，有什么要紧的事就通知自己。儿子也在前排坐好。他看起来全神贯注，但眼神有些迷茫。

"都好吧？"

"感觉有些奇怪，这就要出发了。"

"你不会后悔吧？"

"你说什么呢！当然不！"

"好，我觉得我们该出发了。再多一箱行李，我们就要变成特种运输了，希望卡车能够坚持到终点！"

托马嘟嘟哝哝的也没用，他的鸟类学家父亲开怀大笑。当他们行驶在土路上，离农场越来越远，他不由得羡慕起父亲的好心情。即使他明年还能回来，一切都会变得不一样了。他们经过了第一个拐弯，他第一天来到农场的时候，那些测量员便站在这里。如今这里已经完全没有了他们的痕迹，一个小木桩或是一个锤出的小洞都没有留下。男孩不知道是工人自己修复的现场，还是禁止令签署后成立的保护委员会来处理的。不过是两个月以前的事，却仿佛已经沧海桑田。

"你觉得他们有一天会重新开始施工吗?"

"我希望不要。但无论委员会里的邻居怎么斗争，我们都没法百分百打包票。不管怎么说，之前的建筑许可证还是有效的……"

"那推迟他们的工期又是为了什么?"

"为了斗争，小伙子。无论最后会不会赢，都要去试一试。大自然值得我们为之努力。而且，你不能在每次想要挑战困难的时候就都先思考会成功还是失败，这样的话，你什么都做不了，明白吗?"

托马沉默着答应，他把手伸出窗外，模仿超轻型飞机的机翼轻轻摇摆，好奇地感受空气阻力。他仿佛漫不经心似的问道:

"你还爱妈妈吗?"

"为什么要问我这个问题?"

"没有为什么，我就是想知道。那你还爱她喽?"

"不是这么简单……葆拉对我很重要，而且，我们有你，你把我们紧密地联系在一起。但你好像忘了，现在还有另外一个人了。"

"你说朱利安?"

"朱利安,是的。虽然他长了一张叫保罗的脸。"

"什么意思?"

"没什么,没事。他看起来是个不错的男人,这是最重要的。"

"是的,他还行……你知道他在八个月前住进了家里吗?"

"我应该知道吧,是这样。"

"不算太久。之前,他们在外面见面……大概有两年了。"

"啊,所以,我应该得出什么结论?"

"没什么。我就是跟你说一下。"

托马集中注意力看着眼前的道路。实际上,他不知道是什么让他心烦意乱。好吧,是的,他内心总是存着一点微弱的希望,期盼能回到一地鸡毛之前——争吵、糟糕的气氛、妈妈的眼泪——回到父亲离去之前,回到这座农场出现之前……是的,但是,要是他们没有分开,我也不会来到这里,我也不会认识阿卡和它的伙伴们,我也不会踏上这趟尼尔斯骑鹅以来最不可思议的历险!所以,或许他们的离婚也没那么可怕,说到底,或许,就像路路说的那样,生活就是这样,"就随它去吧,托马,就随它去吧"……

在行驶了大约一千公里以后,他们到达飞禽公园。这里就像是一片世外桃源。现在是将近晚上七点,自他们从卡马尔格出发起,温度已经下降了差不多十度,但依然是晴空万里,空气里散发着布洛涅乡村特有的迷人气味。他们的车沿着蜿蜒的林间小路前进，男孩注意到，在茂密的灌木丛掩映的一座瞭望塔顶，有个男人正在扎营。接着，他见到一片池塘，天鹅和鸭子正在里面游泳，还看见一只孤独的苍鹭，几块上面画着鸟儿图案的告示牌，以及一张充当围栏的巨大而细密的网。再往前，两只孔雀在一名穿着蓝色工作服的员工面前闲庭信步，而后者正忙着给鸟食罐加料。林木之间，可以看到一个玻璃圆顶。在他们周围，弥漫着独特的平静气氛。自然正在这里恣意生长，人类的参与只是为了保护——而不是干预——这一片勃勃生机。

"这里和保护区有什么区别？"

"公园并非完全天然，但大部分地方还是尽量维持自然栖息地的状态。有些地方会有露天围栏，鸟儿在半自由的状态下生活。对于一些原本在极端气候下生活的物种，例如来自沙漠或是极地的鸟儿，公园则会搭建鸟舍或者温室。这里常会举办宣教活动或是观光展览。很可惜，有时候，这是保护濒危物种的唯一途径。其他的飞禽公园也和这里一样，都会针对本地物种进行专门研究，并且尽一切可能保护野生动物。"

"你的朋友就生活在这里？"

"一点没错。"

克里斯蒂安抬了抬下巴，向一片小树林的拐角处示意，那里有一座小房子，看起来像是一间木棚。

"如果我没记错，原先的一座猎人小屋改造成了这间管理处。应该这么叫吧，比约恩是公园的老板。"

"是的，这么叫显得挺有档次。"

托马转向笼子，欢快地叫喊起来：

"我们到啦！下车啦!"

因为一路颠簸，大雁已经全都昏昏欲睡，此刻，它们被突然叫醒，大声叫嚷起来。它们习惯了自由自在地奔跑，已经不能忍受这样挤成一团。白天的时候，克里斯蒂安不愿让它们出来，怕它们会被好事的人纠缠欺负。毕竟，每次他穿着那套奇怪的行头下车加油，就已经足够引人侧目，吸引了或是错愕、或是怀疑的众多目光。

他们还没来得及打开笼子，比约恩就出现在木板长廊上，张开双臂，对他们表示欢迎。他也特意穿上了斗篷，戴着帽子，来迎接他的客人们。

"你们总算到了！我一直在等着你们呢！没累坏吧？小伙子，你就是传说中的托马吧？你爸爸老跟我提你，我耳朵都要长茧了!"

男孩腼腆地点点头，想要找句机灵话来回应。他本以为会见到一位戴着酒瓶底眼镜的环保主义者，而不是高大的金发男人！这时候，克里斯蒂安说话了，他不用再结结巴巴地痛苦想词了。

"到这儿可真好啊！不麻烦你的话，咱们先一起来安置小东西们吧?"

"围栏已经搭好，鸟食罐也装满了，就在北极鸟类区的小路尽头。我给你们铺床的时候，你们把小鸟带过去就行。我已经点了许多食物给你们接风。比萨、啤酒，还有一堆冰激凌当甜点！你们应该很饿了……"

"又饿又渴，还特别想脱掉这件可恶的袍子！我得承认，穿着这玩意儿开了上千公里，还到处被当外星人一样打量，我可真是受够了！"

他们先是把运输箱卸下车，然后放出已经兴奋难耐的小鸟。这支小小的队伍沿着沼泽前行。一块牌子上写着"北极物种"。雁儿沉醉在空气中新鲜的味道里，一只只张开双翼，小碎步迈得飞快，热情高涨地摇摇摆摆向前行进。给它们准备的地方是一片大草地，那里有一个小水塘、铺着新鲜稻草的小棚子和装满了谷物碎粒的鸟食罐。草坪上长着矮矮的草，郁郁葱葱的景象让小东西们欣喜若狂，它们立刻越过保护栅栏，四处撒欢奔跑，把两个大人抛在脑后。

比约恩的小屋乱得一塌糊涂。一眼望去，只能看见乱糟糟的一堆堆东西。然后，定睛细细看，才能分辨出几个半开着的柜子，里面塞满了五花八门的杂物——一堆格子花呢毯子、几个粗陶罐、不知道装着什么东西的广口瓶、一沓文件、小扫帚、几卷粗绳和电线，还有几个装得满满的篮子，里面的各式玩意儿可谓千奇百怪、出人意料。成沓的报纸在五斗柜上堆成摇摇欲坠的小山，上方的架子则被书压得几近弯曲。墙上贴满了动物照片，两个餐具橱上，堆满了发黄的照片和手机。在一个角落里，立体声组合音响边放着一箱光盘唱片，另一边是一张沙发，上面铺着几条旧鸭绒被，堆着几个刺绣靠垫。在旁边，几把扶手椅被当成衣架，地上，在地毯间的空隙，散乱地放着一台发电机、一双靴子、几个空水桶、一个放着各种大小的手电筒的单层抽屉、一台顶部有天线的古董电视机、一部 GPS、一个装着天竺葵的篮子、一组网球，最后还有一张桌子，桌上正中突兀地摆着两个银烛台。总而言之，这里杂乱出奇，却快乐无比，让托马看得目瞪口呆。一个成年人竟然能如此生活，比最不爱整理的青少年过得还要凌乱，这在他看来简直棒极了。他想也没有多想，便脱口而出：

"啊，这里可真是整齐啊！"

比约恩爆发出一阵大笑，肚皮都笑得颤抖起来。在这一刻，他看起来和托马小时候读过的童话里那些吃人妖魔简直一模一样。

"我反正是没关系……"

这时，克里斯蒂安语带戏谑地插话：

"儿子，这是比约恩。这个疯子不仅过得乱七八糟，还是烂梗之王。无论你说什么，他都能接上最烂的梗。"

"别听他的！这个人在嫉妒我，托马！"

听着两个朋友的相互调笑，男孩不无狡黠地回答：

"我没想到还能有比我爸更糟的人……'比约恩'，这个名字听着有点怪……你是哪里人？"

"我爸爸娶了一个挪威女人，于是便有了我。一半维京人，一半法国佬。我不知道怎么选，就保留了双重国籍。"

男人转了一圈甩掉身上的斗篷，后者不偏不倚，恰好落在椅背上。

"那你会说挪威语吗？"

"对，当然了！不过介绍环节就到此为止吧，我想大家都渴了。克里斯蒂安，我能请你喝杯啤酒吗？"

"我不拒绝。"

"两杯啤酒！那你呢，小伙子？苹果汁吗？"

"好的！谢谢。"

两个大人讨论这场旅行时，托马想方设法给自己开路，来到书架前。他的目光落在一个相框上。照片里是少年时代的比约恩，托马能从已然十分高大的身材中认出他来。在他身后，一个年长的男人正搂着他，多半是他的父亲，因为二人长得十分相像。父子俩都穿着迷彩服，自豪地展示着一把步枪。在他们脚边，是一只乖巧坐着的拉布拉多犬，它的嘴里叼着一只鸭子。

托马轻轻颤抖了一下。对于一位鸟类保卫者来说，这太奇怪了！这时，他感觉到身旁来了人，一下子很是尴尬，脸涨得通红。

比约恩善意的戏谑在他耳边响起，他突然为自己方才的想法感到羞愧。

"看来你注意到了我的全家福，你在想，这是怎么回事，没错吧？我边上那个人是我父亲。他可是出了名的百发百中。"

托马小心翼翼地提问，语气里尽可能不掺杂主观色彩。

"你过去和他一起打猎吗？"

"是的，我太喜欢打猎了！当时，我们住在一个野外的沼泽边上，那里棒极了。我们打猎，钓鱼，采摘整个地区最好的蘑菇……那是个天堂。鸟儿比任何其他动物都更让我着迷。我就是在那时爱上了它们……"

"在杀掉它们的时候？"

挪威人不禁笑了一下，笑声里却略带一丝伤感。

"这不是完全冲突的……打猎也有助于维持生态平衡……但如果打猎时违背常识，不尊重你的猎物，那是万万不行的。而且，那些捕杀保护物种的恶人不是猎人，他们只是枪手。"

他假装没有注意到男孩撇了撇嘴，灌下一大口啤酒，然后继续说话，脸色突然变得凝重起来。

"一天，有一家高速公路建筑公司来到那里。他们决定，要造一条交叉……交叉……随便叫什么吧！简直是一场环境大屠杀！但那个地方很偏僻，抗议的只有我们一小撮人；更不用说，那些人还会给当地农民一笔经济补偿。他们抽干沼泽，践踏肥沃的土地，造起了那些该死的高速公路……"

"就和发生在卡马尔格的事一样！"

"是的，但是那里并不是一个保护区……我亲眼看着父亲从奋起抗争到日渐绝望。最后，当他明白，自己的所有努力都是徒劳，甚至不能延缓施工的时候，他对生活丧失了大半的信心。之后，他一下子就老了。当然了，那段时间我过得也很糟……如今，我已经懂得了许多事情，但那时候，我才十五六岁，我不知道有时应当妥协退让，我生全世界的气，生他的气，气他不能阻止那些人，气他被如此击垮，我也生那些家伙的气，他们以为自己无所不能，随便施舍几个铜板就能打败任何人。其实，我想，我是不能接受，父亲竟然会失败。我一直把他看作超人。而最糟的或许是，他想要对我隐藏他的沮丧，他合上了心扉，从来不和我谈这件事……我父亲很老派，你知道，男人不会掉眼泪，也不会说心事，更别说是这些内心深处的伤痕。"

比约恩突然停下，像一只大熊一样喘了口气，然后换上更加轻松的语气。

"就是在那个时候，我停止了打猎。我找到了真正的志向。我要保护鸟类……"

"为什么是鸟?"

"大约是因为在那时，它们对我来说意味着绝对的自由。"

他耸了耸肩，斜眼看着已经空空如也的酒瓶。

"再来一瓶吗，伙计?"

克里斯蒂安举起他的半瓶酒表示拒绝。比约恩起身去厨房给自己拿酒。在那里，他靠在一个抽屉边上，一把打开瓶盖，将啤酒一饮而尽。

一时间，没人说话。克里斯蒂安看向窗外的暮色，眉头紧锁，一副忧心忡忡的模样；比约恩似乎沉浸在过去的回忆中。托马好想给自己一耳光。都是因为他，气氛才变得沉重起来。他试着重新挑起话头，刻意用欢快的语气说：

"不过，奥德赛之旅还是抵得上一条高速公路的，对吧? 我的意思是，我们也是在给大雁开辟一条新的道路，只是上面没有收费站，也不是碎石铺成的，是百分百全天然的!"

"这话说得可是千真万确!"

大个子对他产生了新的兴趣，上下打量着他，眼神里带着几分欣赏，托马觉得自己的脸都红了。

"你知道吗，小伙子，你说的是对的。有时候，人们总是太过悲观；或者更糟，因为听到一些坏消息，就觉得自己也永远不可能做到，觉得已经为时太晚，甚至开始认为一切注定如此。但如果我们如此屈服了，那还不如就地灭亡！唯一的办法，便是一直一直努力下去，即使最后会失败。因为我们没有选择……我们真的已经别无选择！"

"比约恩，你能过来一下吗？我想给你看个东西……"

克里斯蒂安安睡一晚，精神抖擞地起床。这或许将是他们在接下来很长一段时间内最后一个在舒适的床上度过的夜晚。

"不等托马了吗？我刚才在洗手间碰见他了。他在洗澡。"

"对，他最好是不在场。我刚和他说了，我们会在围栏那边集合。"

"你在故弄什么玄虚呢？这可把我的胃口吊起来了……"

听到熟悉的"啊嘎嘎嘎"的呼唤，大雁纷纷跑了过来，挤在篱笆前，迫不及待地想要获得大人的关注。可是，这一次，"爸爸"（或是"妈妈"）待得远远的，似乎对它们的示好无动于衷。在他的身边，站着一个巨人，模样和声音都很不一样。

"你看到那只雁了吗？"

"我看到了一大群雁。"

"阿卡，到这儿来，宝贝。"

克里斯蒂安推开围栏门，走进草地，轻轻地抓起小黑雁，举到比约恩的面前。

"这就是把装啤酒和装鸟蛋的冰箱混在一起放的结果……比约恩，说你这人乱七八糟，已经是嘴下留情了。"

"等等，先别激动，伙计，或许是有只小山雀悄悄溜了进来……"

克里斯蒂安不耐烦地打断他：

"什么时候？昨天晚上吗？别胡说了，要是像你说的，它是新溜进来的，你觉得它会这么热情地迎接我吗？还是在你找车钥匙的时候，某只雁妈妈喝醉了，在你的冰箱里下了个蛋？"

"你确定它跟其他鸟是一窝孵出来的吗？"

"你觉得呢？我们已经养了这位小姐两个月了！"

"好吧，那暂且承认我犯了个错。但咱们可不能把它带去挪威，那些难对付的行政官员本来就会给我们出一堆难题了，大可不必再招惹他们批评我们的工作手法。"

"说真的？这样的话，那你来负责解释这事。听着，这只小东西恰好是我儿子的最爱，还是整个雁群的头领，我把它叫作魅力领袖阿卡。"

"该死的！"

"你自己说的。"

"要命……"

"比约恩，行行好，这事儿不能搞砸。"

"好，那我们干什么？"

"我呢，我什么都不干。你呢，我不知道，但你得去应付托马。瞧，他正好到了。"

他若无其事地把黑雁轻轻放回雁群，生怕引起怀疑。儿子如果知道他背着自己在谋划阿卡的命运，一定会大为恼火。克里斯蒂安自我安慰，因为没时间，他们没有机会再谈可能要将阿卡排除出雁群的事儿。实际上，自从他们的关系大为改善以来，他希望不要引起任何争端。他一点儿都不想和他争吵，特别是事关如此敏感的话题。或许说来有些荒唐，但他深信，托马会把事情联系起来，把他们之前的分离与阿卡可能面临的抛弃作类比，指责他更关心自己的计划，而非这些大雁，说他要为了奥德赛之旅的成功随时准备牺牲小鸟的幸福。而说到底，他这么想真的是错的吗？

"你们在干什么？"

托马显然是一洗完澡就急着赶来和他们会合，头发还湿漉漉的。比约恩意识到，要抓住这个机会，便笑嘻嘻地说道：

"我们要给大雁套环标。你愿意帮我一把吗？"

"当然了！"

"把它们叫过来，然后我们带它们去迁徙鸟类的总部……"

他指了指一座建筑，那上面写着"北极小屋"。

"克里斯蒂安，你跟我们一起吗？"

"不了，我还得买点东西，你们自己去吧。咱们今晚出发，没错吧？"

"是的，除非你觉得不行。我喜欢在夜里带着鸟儿走。"

"我也是。孩子可以在后面睡觉，咱们俩轮流开车。"

"那吃完午饭大家都先睡一会儿。"

"棒极了。"

尽管这是个全新的环境，雁群还是径直走进房子，一点儿都没有感到局促不安。比约恩很快就注意到，只要跟在男孩后面，它们就不会有丝毫的怀疑，能够大胆地向前走，有几只鸟还会推开伙伴，抢占最佳位置。它们的性格特质已经形成了，"培育"计划对它们的影响显而易见。克里斯蒂安没有说错，他的儿子显然是雁群最重要的依靠，只要它们能感觉到他在身旁，便是一副无可阻挡的样子，甚至显得不可思议地适应这里，同时又充满了好奇。比约恩明白了，这便是为什么他的朋友对鸟蛋的事情感到如此懊恼，而更见鬼的是，他保证过这次不会再搞砸。他们的计划已经足够特别，不能再节外生枝……应该是在收集刚生出来的蛋的时候出了纰漏，或许是某个实习生犯的错。要是他能回到过去就好了！

　　在他左思右想的时候，他的助手约瑟夫正在给托马隆重介绍这个地方。这是个有些浮夸的年轻人，总是很高兴有人来访。他展示了康复室、治疗室、套环标的工具，如果不是比约恩催他快点，他很有可能会长篇大论地讲述繁殖鸟类的灭绝，那是他的最爱。他们把大雁归进一个箱子，这让小东西们很不高兴，接着，挪威人抓起一只年轻的公雁，要在它身上做标记。

　　托马靠了过去。一看到他，小鸟就发出生气的哀鸣。

　　"你在干什么？"

　　"我给它们植入一个身份认证芯片。不用担心，这是完全无痛的。给动物做标记是保护物种的重要步骤。根据它们飞行途中的歇脚处，我们可以确定鸟群的迁徙路线、健康状况、它们面临袭击时采取的策略……通过这一方式，我们可以获得各种所需的信息，从而制定和完善我们自己的策略，你能听明白吗？比如说，眼下有一个濒危物种，我们可以在它们的行动路线中定位几个关键地点，这样就可以更好地统筹安排对它们的保护工作……"

不到一分钟的时间，他已经将芯片植入完毕。操作一结束，他就把小鸟交给助手。

"那约瑟夫要干什么呢?"

"他要扫描登记小鸟的芯片。这样，我们就可以将所有信息集中在一个文档里。从今天起，这个小东西就有了身份，这个身份会记录在官方证件上。总的来说，我们是在给小鸟建档，或者你也可以说是在给它们办身份证。"

他指着一张盖着自然历史博物馆印章的表格。

"这简直是莫名其妙!"

"不能这么说。现在一切都信息化了，这极大地简化了我们的工作。在我看来，真正荒谬的，是科技这么进步，在环境保护上我们却如此退步。"

他又捧起正在奋力挣扎的小鸟，拿起注射器。

"你要给萨图宁打针?"

"你的小宝贝可是一只要迁徙的候鸟，必须要打疫苗才能出申根区。"

"但这是一只大雁，不是游客!!"

"那又怎么样？大雁或是游客，都得打疫苗!"

看到男孩惊愕的面孔，比约恩咬紧两颊的肉才没有爆发出一阵大笑。他猜，自己平时那种有些冒失的玩笑多半会把托马彻底惹恼。

"你这是典型的家长式反应，"他还是说了出来，"需要我给你也打一针，好让你们患难与共吗?"

"你可真逗! 这真的是必须的吗? 我是说，它们必须要这样吗?"

"是的，不然的话，它们就得待在码头。好吧，是待在这里，在它们的围栏里。"

"好吧……那把它给我。"

"谁?"

"萨图宁。我想抱着它，不然它会恨你的，其他小鸟也是一样，你将无法再接近它们; 而我没关系，它们不会记恨我。"

"好的，老板。我不知道你擅长什么，但看来事关大雁的时候你非常自信。"

"自打它们出生起，我就跟它们一起生活了，所以我懂它们，只是这样而已。"

"好的……"

一眨眼，一天就过去了。在小睡以后，比约恩召集他的团队成员，制订了行动方案，下达种种指令，然后，他回屋去收拾行李。让托马大吃一惊的是，他能够在一堆乱七八糟的东西里轻易地理出头绪，东一下西一下地在成堆的文书里抽出需要的文件，把需要的毛衣、T恤、裤子、鞋子和睡袋塞进行李箱，而与此同时还在打着电话。看来，他显然是一个在组织管理方面效率奇高的人，并且，在他平静的外表下，隐藏着一个如假包换的工作狂。

傍晚时分，他们吃了最后一餐热饭，然后去把大雁领过来。这些小东西整个下午都在草地上闲逛。来到面包车前，它们意识到等待着自己的命运是什么，一下子显得万分不情愿。必须要用自行车喇叭不停地鼓励催促，还得"啊呗啊呗"地召集，才能让它们答应乖乖被关在车里。

托马坐在睡袋上面，紧紧挨着他的宝贝们，他背靠着一个备胎，抚摸着阿卡，朝它的小嘴巴轻轻呼气。

比约恩过来把食物装进冰箱，撞见了如此场景，只见男孩俯向小鸟，一脸幸福地眯着双眼。他万分不情愿，却决心要开口，说出方才在做标记时他不敢说的话。或许再也没有更好的机会了。

"我打赌这是你的那只大雁，我没说错吧?"

男孩耸了耸肩，懒得回答。比约恩又没有眼睛，他一定看得出区别，或者，他和父亲已经聊过了。比约恩继续和颜悦色地说道：

"你看，你的阿卡，它和我很像。"

"跟你像?"

"它比它的伙伴们要大一些，是吧……"

他露出自己的大肚子，夸张地叹了口气。

"我不知道你有没有意识到，但它得费很大劲儿才能赶上别人。如果说小白额雁是法拉利，那黑雁就是普通的四驱车，你明白我的意思吗? 或许，最好是……"

他犹豫了，找不到准确的词来表达，最后只能可怜巴巴地嗫嚅道：

"让它自己去享受……"

"享受什么？享受面包车？而其他的都可以在天上飞？"

"我没那么说。我们可以把它留在这里，让它在这里度假。对它来说，就和放假一样的。"

"我会帮助它。"

"你？听着，小朋友，我不想惹恼你……"

"我才不是什么'小朋友'，而且我很了解阿卡。没有它，整支队伍会群龙无首的。它们一直跟着它，因为它会指挥大家。它不想度什么假。而且，没人会在乎它是什么品种，它必须一起去，因为不然的话，我也不干了。这跟让我去死没什么两样。"

比约恩明白了。眼前的男孩是如此坚定，他束手无策，只好放弃。从某种程度来说，这也不能怪托马。而且，托马让他想到某人。有其父必有其子，他心想，大小两个混蛋，两个都是！

比利时、荷兰、德国，在漆黑的夜里，卡车开过了漫长的旅程。每当托马在加油和宵夜时间醒来，模糊间，他总觉得，这个长夜好像永远不会结束；柏油马路似乎无限向前延伸，穿越了一条接一条的国境线，时间随之一秒接一秒地流逝，带着他们无休无止地向前奔跑。黎明时分，他睡不着了，就开始拍摄周遭景象找乐子。他拍下了打瞌睡的大雁、路上的广告牌、灯火通明的车站、对着墙解手的男人，还有比约恩和父亲之间的相互挤兑玩笑。两个老友商量好轮流开车，每四个小时轮换一次，这样他们能有时间打个瞌睡、看会儿书或是发发呆。他们要开整整两千七百公里的路程，因此，计划尽可能少停车，只在中途好好休息一次。每次换班时，挪威人都会在满是啤酒和三明治的冰箱里翻找，"免得太无聊了，"在开第一瓶啤酒时，看着满脸不解的克里斯蒂安，他大言不惭地如此给自己找着借口。

天亮时，他们已经过了吕贝克①。他们没有在休息站和一堆卡车停在一起，而是决定一直往丹麦开，然后驶出高速公路，在乡间找一个安静的地方，让大雁出来放放风。所有人都需要呼吸一下新鲜空气，放松肌肉。然后，他们会一直开到这个国家的最北端，再乘渡轮抵达挪威南端的克里斯蒂安桑②。

克里斯蒂安松了一口气。因为有托马在旁，大雁都显得格外安静。它们吃饱喝足，每当水手或是火星恰如其名地闹脾气时，儿子都会及时处理，骂几句哄几句，直到每只大雁都乖乖地在自己的位置上待好。一旦大家不再吵闹，他就会拿出教皇般的威严说教，而小鸟们则滑稽地认真听讲，尤其是阿卡，每次都一动不动地竖起耳朵，就像是为了把他的话一字一句地悉数记下。他看起来是如此如鱼得水，这对他来说就像是玩游戏一样简单。

这一天，一切显得那样美好。穿梭在丹麦的乡间公路上，旅行者们感觉到精神振奋。在这个七月初，草地上开满了花，一簇一簇的树叶郁郁葱葱，从嫩绿到深绿深浅不一。打开车窗，就能闻到潮湿的泥土味道，那是灌木丛下的腐殖土的气味。在经历了

---

① Lübeck，德国北部城市。
② Kristiansand，挪威最南端城市。

灰扑扑的德国郊区之后，如今，他们想要深深呼吸属于这里的新鲜空气。在开了二十多公里路后，比约恩终于找到了一条竖着路标的小路，顺着路走，他们来到了一块可以野餐的空地，那里摆着几把长凳、几张矮桌，还有一个小棚屋，屋顶上挂了个小鸟屋。此时还是清晨，这里空无人烟。旁边有三条小径，通往长满山毛榉和老桦树的小树林。片刻之间，汽车停下，发动机熄火，一片安静仿佛突如其来，接着，大雁很快开始躁动，激动地相互啄咬。看起来，它们是凭直觉感应到，自己马上就要被放出去了，或者它们真的完全受够了，托马心想。他也是，再也无法忍受被挤在卡车里，就像罐头里的沙丁鱼，但他尽量避免这么早就开始抱怨，毕竟他们才开了一千多公里。是因为咖啡的作用吗？他在前一个休息站灌了一满杯的咖啡……但比约恩看起来同样精神饱满。在放出小白额雁时，比约恩向托马使了个同谋的眼色。一眨眼的功夫，它们就全都跑到了剪得齐平的草坪上，在地上四处踩着，寻找被风从周围田地带来的种子，找不到的时候，只好啃咬树叶和嫩嫩的小树苗。

"丹麦是个美丽的国家，但没有我的挪威美。要是你之后再来，有一个地方应该去看看，离我们将要上轮渡的港口不远，在日德兰半岛[①]上：一座叫斯盖恩[②]的城市。那是沙丘的国度，两片海在那里交汇。想象一下，迈开双腿，你便可以一只脚踏在斯卡格拉克海峡颜色浅淡的海水里，另一只脚却在卡特加特海峡近乎

① Jutland，欧洲北部半岛，构成丹麦王国的大陆部分。
② Skagen，丹麦日德兰半岛上最北端的小城，因而也是丹麦的"北极"。

漆黑的海水中，或者，你也可以说是一脚在北海，一脚在波罗的海！两片海水泾渭分明地对峙，就像是一场两个巨人之间的战役。有人说，他们会长长久久地战斗下去，直到时间的尽头。

"为什么我们现在不去那里？"

"你说呢……我不觉得你的小伙伴们会高兴再多绕个弯路。但别担心，这一路上的风景也会让你大饱眼福的，挪威人给你保证！"

"半个挪威人！"克里斯蒂安开怀大笑，"不用担心，儿子，比约恩每次一到了挪威边上，就开始感慨万千。"

他们向前走去，大雁在他们周围欢欣雀跃地奔跑，因为四周的草木香味兴奋异常，一路上，被关在笼子里，它们什么也闻不到。每隔一小会儿，阿卡和萨图宁就会过来确认"爸爸"和"妈妈"在它们身后，随时准备着迎它们入怀。

托马又开始拍视频。他拍摄了他们的面包车和敞开的木箱，然后又从大雁拍到人，同时谈论着他们的疲惫，以及在舒适的卡马尔格待惯了以后，在这儿遇到的"热浪冲击波"。从今早的录像起，他就萌生了拍摄下旅行中的点点滴滴的想法，就像是写一部公路日志。

他们还没走一百米，有个挂着拐杖散步的老人从一条小径的拐角处出现。看到斗篷三人组，老人停在原地，既狐疑又恐惧地打量着他们。接着，当听到男孩用喉咙发出的呼喊，他的恐惧转变成了惊愕。那是一种尖利而嘶哑的声音，一大群鸟应声而来，钻到他的斗篷下面！他一定是在想，自己是不是看花了眼，但听到克里斯蒂安用法语说出响亮的"你好"，他似乎放下心来，然后加快步伐走开，庆幸自己可以轻松逃脱这场尴尬。对于这些外国人，发生什么事都不需要惊讶……

意外的遭遇熄灭了克里斯蒂安的热情，他示意大家折返。比约恩嘟囔了几句，不太愿意，托马提议穿过小树林，让小鸟可以在回去关禁闭前再跑一下。但无论怎么替它们求情也没有用，父亲十分坚决，毫无商量的余地。在面包车旁，他们更容易避开不速之客，特别是那些遛狗的人！于是，他们回到野餐桌旁，比约恩拿出一贯的蓬勃干劲，给大家准备了一顿丰盛的早餐：用野餐炉煮的咖啡、蜂蜜麦片粥，还有火腿三明治；大雁则吃卷心菜丝、蒲公英和面包屑，这让他忙得不可开交。当托马继续拍摄——这是为了我的课堂展示！——另外两位队员计算起余下的路程，讨论接下来的歇脚点。比约恩希望能休整几个小时，而克里斯蒂安更想一次性开到终点，中间只稍作停留，让小白额雁放松一下。最后，他的想法占了上风。

克里斯蒂安一直因为伪造的文件担心不已，他急于到达终点，好开始试飞。开车时，他总忍不住想起这件事，一遍遍被焦虑侵袭。他沉浸在思考里，评估被逮住的可能性，翻来覆去地想自己这么做的理由，最后总是得出同样的结论：他别无选择，他必须要拯救小白额雁……最难的事情，或许是要骗过所有人，将好心情挂在脸上，因为，尽管交情甚笃，但如果比约恩猜到他搞的鬼，一定不会放过他。

他们重新上路，都因为这次休整而精神抖擞。不到四个小时之后，他们将登上渡轮。两个小时之后，他们就会穿过海峡和森林，来到挪威。然后，他们会跨过北极圈，大约在第二天晚上到达博德①。

与项目总监以及国际合伙人开每周例会时，葆拉突然被一大堆电子邮件狂轰滥炸，这让她一下子精神紧绷。最后，当其他人讨论起下次会议的时间时，她瞥了一眼邮箱。她收到了十几封带附件的信。或许是因为从昨天起就没有信号，这会儿，儿子一下子把邮件统统发了出来。她抑制住开心的惊呼，赶忙走出房间，打开最近一支视频。

"看，妈妈，你能相信吗？已经晚上十一点四十五分了，这里天还是亮的！"

在随着儿子的步伐摇晃的屏幕上，葆拉辨认出了一座被黄昏的光与影笼罩着的山坡，接着，画面抖动得厉害，变得断断续续；然后，一块做工非常粗糙的告示牌出现在眼前，上面画了个地球的图案。在告示牌上，用好几种语言写着同一个词：北极圈。

"你看到了吗？这就像是一条边境线，因为分界线就在这里，就在我站的这个地方！这也太酷了，不是吗？昨天，我们在丹麦没看成两片海的交界处，但你看看，这里的风景有多惊人！这儿有森林，有峡湾，渔民的房子是红色的，竟然还有黄色的，这儿的教堂外层涂了沥青，还带着尖尖的塔顶！你会爱上这里的！另外，在这里开车，时速不能超过每小时七十公里，所以你一定不

---

① Bodø，挪威城市。

会抓狂的！总之，在这里，没有高速公路，只有妖精和飘荡在森林里的维京人的灵魂！比约恩说，这里离巴黎有两千八百公里，简直难以置信！"

镜头重新对准托马兴高采烈的面庞，然后，画面变成一片漆黑。

第二支视频显然是在那辆旧大众车车厢内拍的。看到在圣皮埃尔市集买的苹果绿靠垫套时，她的心不觉揪了一下。如今，颜色已经变得灰蒙蒙了，但是，这块布还是比他们的婚姻走得要久。视频里，声音很嘈杂，托马应该是在偷拍，因为取景毫无章法可言，收音也是乱糟糟的。比约恩在仰头喝着他的啤酒，突然，克里斯蒂安来了个急刹车，差点害他从座位上跳起来。镜头悄悄拉远到全景，卡车停在了人行道上。

"你这是在干什么？"

"你觉得呢！我又不是你的司机，更不是你的仆人。看看这个！"

克里斯蒂安出现在画面中，举着一包薯片。他伸手在大块头的眼皮底下挥了挥薯片，然后明晃晃地把它扔到垃圾袋里。

"好了，我们交换。这样你就不会在我开车的时候喝酒了。"

"你简直是胡来！你就是个疯子！"

"那你呢，你就是个王八蛋！"

摄像机拍摄下两个男人下车的画面，接着，镜头移到一只大雁身上，然后又对准了后窗，在窗外，陡峭的悬崖直直落在翡翠色的海水里。根据画外音的介绍，他们离目的地还有六个多小时的路程，而且"其实"妈妈不用抓狂，比约恩每隔四个小时才喝一瓶啤酒。

葆拉一时心情复杂，既因为听到孩子的声音而欣喜若狂，又为他此刻的处境感到惶惶不安。看起来，陪在儿子身旁的两个笨蛋鸟类学家都已经头脑发热，他们根本无心顾及孩子的教育，还毫无忌惮地喝酒，甚至脏话连篇。要知道，在他们身边的可是个一不留神就会被带偏的青少年！

她又按下了播放键。这次，声音显然更加清晰。

"挪威语里，'hei'或者'hallo'是'你好'的意思，'ha det'是'再见'！'Takk'是'谢谢'，'vær så snill'是'请'。比约恩答应一天至少教我三个词；这样到行程结束的时候，我就会基础的挪威语了。我跟你说，我到时候一定要在路路面前露一手，这家伙整天吹牛！"

屏幕上，儿子给旁边的人使了个眼色，看得她不觉皱了皱鼻头。

"说真的，妈妈，到时候，你一定会对我的进步感到特别开心，说不定都会再把我送回来呢！我开玩笑的！而且，你知道吗，我已经大概有一万年没碰过游戏了，我拿阿卡的小脑袋瓜子做保证！"

在其他的视频里，她见到了美不胜收的景色，有森林、湖泊、陡峭的悬崖，有笼罩在薄雾里的峡湾，有一片茂密幽深的松林，有沿着水岸起伏的翠绿山峰和山脚下的吊脚楼，她还看到了一家加油站，看到许多庞大的晒鱼网架，鱼干被晒得颜色焦黄，就像一片片干烟叶，还有正在打鼾的克里斯蒂安，还有大雁，她一遍又一遍地看到大雁。儿子自娱自乐，对着大雁一只只采访过去：阿卡、萨图宁、玛依，还有碧昂卡。他问它们的名字和它们此刻的感受，然后捏着嗓子假装回答。有时候，小鸟会伸着脖颈啄屏幕，看起来太像是它们真的想要回答问题。

在地铁上，葆拉又看了一遍所有视频，听到托马笑得如此开怀，她感到激动不已。他是那样兴高采烈！她似乎觉得，过去的那个儿子回来了，那个快乐、调皮、满怀热情的小男孩回来了。她迫不及待地想要和人分享这一切！

一关上家门，炖肉的味道便扑鼻而来。她努力控制住自己，忍住没有立即挥着手机冲向朱利安，在她的手机里，有对她来说全世界最重要的信息。她先是拥吻了他，然后对他炖的小牛肉配橄榄大加称赞。在小口喝完一杯普伊芙美干白以后，她才貌似不经意地提到，自己收到了托马的消息。她的伴侣端详着她，表情十分专注。或许也有一丝狐疑？她在微笑，他读不透她脸上的表情。

"你很高兴吧？这下放心了，对吧？"他温柔地问道。

她点点头，无法向他解释，她不止是高兴，也不止是放心。远远不止……虽然表现出开心的样子，但在心底里，朱利安感到并不痛快。看到自己的另一半满心都是托马和他的旅行，他开始渐渐失去耐心。

如果不是成天黑着张脸，显出专断甚至有些凶狠的神色，马格努斯·约翰森看起来不过是一个平平无奇的小人物。他个子不高，比起比约恩，足足矮了四十厘米。两个人隔着身高也隔着心思，在他们之间，总有敌意在暗流汹涌。他鼻头扁塌，眉毛浓密，冷冰冰地杵在那里，连敷衍的笑都不愿意给一个。

　　他的办公室坐落在一座结实的木头建筑里，是在果拉斯亚维利湖畔扎营的必经之地。在挪威所有其他自然区，根据法律规定，只要能维护好生态环境，人们便可以自由通行。但是，这里在鸟类筑巢和繁殖期间是限制游客进入的，显然，狩猎更是被完全禁止。并且，这里地处偏远的北方，景色寥寥，人迹鲜至，正是这些原因让克里斯蒂安最终选择了这里。

　　他们本应为终于安全抵达而松一口气，但在最后一段路上，想到马上要到来的会面，两位老友不由得心情沉重起来。保护区主管如此冷淡的接待显然并没有安抚他们的焦虑，不过，他们尽量自我安慰，把紧张情绪归咎于旅行的疲惫。不管怎么样，反正这个小矮子从来都是个混蛋，比约恩心想。就在场面冷到不知如何继续的时候，约翰森好像陡然醒来，开始张口说话，但不过是为了将内心的敌意向外释放。

"比约恩？好久不见！我都没想到能再见到你……"

比约恩决定对他话里的夹枪带棍充耳不闻。不管多难受，他决定暂且忍气吞声。

"你好，马格努斯，这是我的队友，克里斯蒂安·勒塔莱克，要是你的法语已经生疏了，他的英语也很流利。"

马格努斯生硬地点点头，就当问过好了，完全忽略了鸟类学家伸来的手。做到这一步，他应该是觉得已经给够下马威了，因为他终于侧身让出过道，请访客们进屋。室内的布置很简单。一张公园地图覆盖了几乎整面墙板。从唯一的窗户向外看，可以看见连绵的嶙峋山脉，不带一丝生机和暖意，上面没有植被，也没有任何动物或者人类的踪影。这里有四张书桌，一个熄了火的炉子，一个多抽屉文件柜，一盏明晃晃地照亮整个房间的日光灯，还有一些用图钉钉着的布告，为房间又多添了几分一丝不苟的森严气氛。

公务员先生坐到扶手椅上，指了指两把椅子，比约恩不得不猜测，他是故意这么摆位置的，好彰显自己在这里的主权，顺便恶心他们一把。不管怎样，没有什么能阻止比约恩以牙还牙，同样磨磨蹭蹭地浪费主管大人的时间……他坐了下来，在公文包里翻找许久，再把表格拿出来，一张接一张地摆在破旧的垫板上，装出一副漫不经心的样子。但其实，他的内心无比紧张。每一次，这个偏执的混蛋都会对每一张文件吹毛求疵地检查过去，只是为了展示自己手里那该死的生杀大权。只要忽略他就行了……克里斯蒂安显然也察觉到了不妙，因为好友在抖腿，对他而言，这是紧张时身体会有的典型表现。因为这么一点事就有如此大的反应，实在是不太寻常。往日里，约翰森这类人在他眼里就跟一只蚊子一样。然而在这里，小蚊子是最可恶的吸血鬼，他想，默默在心底里忍俊不禁。

一言不发地翻阅了所有文书之后，主管清清喉咙，说出一口毫无瑕疵的法语，几乎不带挪威语里的喉音。只听他揶揄道：

"好的。现在我需要采集血液样本进行化验。这一回，事情都能按照规定来，是吧？"

为了强调这一点，他又用英语重复了一遍，语气更加冰冷：

"我们必须要采集血液样本，并且一切要按照规定来。"

比约恩默不作声，只是点了点头，尽管在内心里，他想要挥一记拳头过去。都做到这份上了，干吗不直接罚他们蹲墙角得了！

克里斯蒂安无法控制情绪，站起身来，挥舞着手臂。

"这不可能！"

"什么？"

"采血，化验，这都是浪费时间，都已经检查过了，一切都没有问题！"

比约恩咽下一句脏话。他的同伴还不了解马格努斯。克里斯蒂安自然听说过他们过去的龃龉，但他完全没有料到，两个人之间的积怨竟会如此深，如此难以消除，不然，他一定不会蹚这趟浑水。另一位则似乎对此刻的状况非常满意，一副趾高气扬的样子。不出所料，这位勒塔莱克乖乖上钩了！他继续恶狠

164

狠地说：

"必须要做。八天内会有结果。这是必须的，出结果要八天时间。"

"八天？那我们的小白额雁都要变成什么样子了？"

克里斯蒂安好像就要喘不过气来了。比约恩用力抓住他的胳膊，避免他激动失态，并趁机自己接过话头。

"没问题。我们不急，是吧，兄弟？"

他不在乎约翰森有没有看破他的小心思。约翰森的语气则缓和下来，他很满意，没有人再质疑他的决定。

"我希望这一次，能够一切顺利……毫无阻碍。我们一起努力。但必须要遵守规章。"

"当然。但我们还是可以带它们去湖边吧？"

克里斯蒂安用英语回答，希望能够安抚对方。他突然重拾了冷静，并且表现得服从安排。只要能够批准他扎营，其他的他唯命是从。

马格努斯有些惊讶于他的一百八十度大转弯，在办公桌后面僵住了，狐疑地打量着鸟类学家。

"可以考虑，但你们得保证不把它们放出来，这是我的条件。关在鸟舍里，听懂了吗？"

比约恩这才明白，为什么他坚持要同时用两种语言说话。约翰森这般刻意重复自己的指令，是要把他们降格成难管教的学生，而自己则显得高高在上。克里斯蒂安还没来得及抗议，他就眉头都不皱一下地答应了。

"当然了。我们把大雁全部关在鸟舍里。全部都关进去。"

"我能相信你说的话吧？一言为定？"

"对，百分百没问题！"

没必要再重复一遍了。他上下打量着对方，眼里全是鄙视。但显然，小矮子不在乎他的眼神，他知道自己赢了，笑得无比开怀，连白齿里补牙的填充物都看得见。该死，如果这个混蛋有机会给我们制造麻烦，他一定会毫不犹豫！

他得先提醒一下克里斯蒂安，并且，即使有伤自尊，他也得告诉同伴自己是如何与保护区的主管结下了梁子。

果拉斯亚维利湖出现在他们眼前。这里的景致美不胜收，湖面一片银灰，如镜子一般倒映着天空。见到这样的美景，托马心头一震，他张开双臂，睁大眼睛。

"就是这里了？"

方才，他们沿着小径开了一个多小时，现在，眼前已经没有道路，只有一条隐没在欧石楠和蓝莓树丛中的细细痕迹。他们把车停在了山谷深处。苔藓长满山坡，就像是被刻意铺在那里，让岩石裸露的陡峭山坡不再那般干旱荒凉。

他们在卡车前站着，因疲劳和寒冷而有些颤抖，目光却不可阻挡地投向波光粼粼的水面。此时正值黄昏，气温应当不超过十五度。远远望去，起伏不平的山峦在雾气中隐约难辨。在北极圈的持久日光下，周围的景象似乎都褪去了鲜艳的色泽，分不清眼前的到底是苔藓的灰绿色、花岗岩的蓝色、云层的白色，还是湖畔砾石的浅灰色。

男孩被如此的美景迷住了，忘记了路途的漫长和身体的酸痛，甚至忘记了自己正饥肠辘辘。这里的无边宁静似乎化解了他的疲倦。四周虽然静谧无声，但生机勃勃，比卡马尔格更加"广阔"，也更有人气，或许，这是风和天空散发的静谧，仿佛空间本身就在他们周围一呼一吸。

"哇哦……这简直是……哇哦！"

他想要找到准确的词语来形容，但没有言语可以描述他此刻的澎湃心绪。克里斯蒂安在他身旁微笑。

"我就知道你会喜欢的……"

比约恩对这般景色习以为常，又或许他只是更为务实，已经开始卸行李。大雁兴奋地跺着脚，心想终于要从木箱子里被放出去了；但是那个大个子只是把纸盒、网兜和小木桩拿了出去，那都是建围栏的必备材料。

"孩子，你来搭把手吧？营地可不会凭空出现，你的小鸟已经等不及了。"

"为什么我们不把它们放出来？"

"那位坐在一把手交椅上的官儿的命令。顺便说一句，那是个该死的混蛋，但他是发号施令的人，我们就没什么好说的了。"

"你确定吗？或者我们只是让它们稍微活动一下呢……怎么样？稍微遛一小圈……爸爸？"

"听着，儿子，比约恩以前和那家伙交过手，而且很多事情都要取决于他，所以最好服从他的规则。现在就把一切都给搞砸也太蠢了，不是吗？"

就是这样，把我当成个傻瓜！自从他们从那个"约什么鬼森"的办公室回来，两个大人就没开过口，这可不像他们的作风；但托马现在并不太想去纠缠他们，因为大家才刚刚到达这里。而且，面对如此美景，那些烦恼似乎也变得无足轻重，如尘埃般随风而散。

在父亲的帮助下，他把笼子挪下车，轻轻放在长满苔藓的地上。在栅栏后面，小鸟的情绪愈发激动，叽喳声不绝于耳。它们渐渐失去耐心，甚至发起脾气，不明白这里明明散发着自由的气息，为什么它们却还要被关在笼子里！

"小家伙们，冷静点。我带你们看看，这是你们的新家。不赖吧？我们会给你们布置一个超棒的地盘，并且我保证，那个老白痴一同意，咱们就立马去湖里！"

他随手抓起一根木桩，在空中挥舞着。

"把它钉在哪里？"

"你不想先搭帐篷吗？"

"不。你说呢，要是你在笼子里关了三天，你怎么想？先搭围栏！"

"好吧，雁老板！"

男孩急于开始干活，只好敷衍一笑，勉强收下无聊的玩笑话。

他们花了整整两小时，才搭起一座能容下二十只大雁的宽敞鸟舍。整个地方差不多十五米长，六米宽。幸好，克里斯蒂安预先准备了几乎可以建造一座公园的材料。他的儿子本来希望能够将鸟舍直接建在湖边，留一个通往湖面的入口，这样，雁群就能悄悄地到水里玩耍了。但比约恩在这件事上显得毫不退让。万一不凑巧，马格努斯哪天冷不丁来到这里，他们就会惹上大麻烦，并且连累到奥德赛之旅接下来的进度。

至于他们自己的扎营地，则可以随便一点。晚上十一点，三个帐篷前支起了一口大锅，热腾腾地煮着番茄酱饺子。闻到香味，托马的肚子又咕噜噜叫了起来。为了转移注意力，也因为他想起了母亲关于饺子的说教，他拍摄起他们的"大本营"。毕竟，这是他们的第一天，是小白额雁迁徙之旅的启程之日！如果他的朋友们能看到他，一定会嫉妒得不行。男孩越想越兴奋，一点儿也不觉得累了。他等不及要开始训练大雁，运气好的话，父亲还会带着他一起飞……

他们狼吞虎咽地开吃，三个人吃掉了两盒家庭装的饺子，甜点是蘸炼乳的覆盆子谷物棒。吃饱喝足后，他们看着眼前的篝火。两个大人边抿着咖啡，边沉默地发着呆，托马则觉得一阵困意袭来。眼前的景象直教他昏昏欲睡：午夜的阳光下，火焰噼噼啪啪地响着——就像世界末日一样，他心想。他困得抬不起头来，鼻子都快要戳到火炭里了，于是便晃晃荡荡走回帐篷，甚至都没时间脱衣服，便钻进睡袋，立刻陷入昏睡之中。

克里斯蒂安终于决定打破沉默。他不太喜欢之前与公园主管的会面，也不喜欢比约恩那种既古怪又殷勤的态度。他莫名地感到心烦意乱，但又说不出个所以然。他不想惹恼同伴，就假装出开玩笑的口吻。

"那个混蛋，你那个马格努斯，可不是个好玩的人物！"

"当然不了，他也不是焚风①，总是冷冰冰的。"

看到克里斯蒂安迷惑不解的表情，比约恩哈哈大笑。

"我这阵风把你搞糊涂了是吧？你没弄明白吗？焚风……就是南边来的风！"

"够了，太冷了！不管怎么说，这真的很奇怪，你的怪幽默没法把我逗乐也就罢了，你的魅力竟然也一点不能把他征服，我没搞错状况吧？"

"是没有……"

"你能给我解释一下吗？"

"约翰森自以为是个语言纯粹主义者，我猜这是支撑他生活的信念……"

他突然迟疑了起来，吞吞吐吐地不肯说下去。克里斯蒂安自打到公园起就满腹好奇，十分想听他吐露心结，于是便坚持道：

"你到底想说什么？"

"必须得承认，我没有做什么能讨他喜欢的事……大约十五年前，我和一群学生一起来到这里。"

"然后呢？"

"然后我们把小白额雁的蛋放在了黑雁的鸟巢里。"

"你开玩笑吧，你没那么做吧！"

---

① 指空气作绝热下沉运动时，因温度升高、湿度降低而形成的一种干热风。此处，比约恩玩文字游戏，将读音相近的"焚风"（foehn）与"好玩"（fun）相提并论。

"我那么做了。不是只有你想要拯救这个物种！我当时相信，这些代理父母能教会小雁走一条全新的迁徙路线，远离那些高危地区！你能明白，对吧？"

"姑且这么认为……然后出了什么问题？"

"没有问题，一开始是没有问题的，只是我们没有事先告知相关当局。总之，我们没有获得任何人的批准。显然，约翰森最后发现了这个秘密。他气疯了，你简直都想象不出来……然后我们只能放弃行动。"

"该死的！"

"一点都没错！最糟的还在后头，他们把小白额雁给杀死了，以防它们和黑雁交配。"

"不会吧！骗人的吧！"

"没有。并且，交了罚款后，我收到了这场大屠杀的照片；约翰森安排了人把照片寄给我，以防我不知道这事。就是因为这样，我才尽力避免跟他争执，尽管我认为他在这件事上完全是个令人作呕的角色。这不只是法律问题；我是犯了错，但他完全不需要把小白额雁都杀死。他本可以把它们带到一个自然保护区或是一个公园，随便哪里都行。只不过，他认为我需要一个教训，而且要因为欺骗了他而遭受惩罚。"

"真是个混蛋！"

"别担心，他知道我因此大受打击，不可能再这样做了。但我在他那里大概已经毫无信誉可言了！最糟的一点在于，他是真的相信自己这样做是在保护物种。但无论如何，这跟你的项目都没有关系，并且你这个计划是被批准了的……"

"是的，能行的。应该能行的。"

克里斯蒂安心头一惊。他在这个夜晚原本感受到的宁静已经荡然无存，焦虑重新在心头灼烧。如果比约恩提前告诉他这件事，他本可以选另外的筑巢地，但如今，已为时太晚。他能做的唯有祈祷大雁界的神明，祈祷没有人会仔细查看他的批准文书……

八天！他们已经足足等了八天，在旷野里带着禁足的雁群扎营了一个多星期，这些大雁已经慢慢失去了之前训练的痕迹。八天里，他们听着托马的再三恳求，明明已经可以飞上天空，却只能原地兜圈。八天里，那个混蛋约翰森仍不肯屈尊现身，就像觉得这样吊着他们很好玩似的。又或许，他在等待着他们捅出什么大娄子，好彻底阻拦他们。

克里斯蒂安左思右想，但都是徒然，他越发感到焦虑紧张。他完全是出于胆怯才没敢告诉比约恩自己伪造批准函的事，但他现在深深地意识到，他本应该一开始就告诉他的。事到如今，这个谎言已经到了不可收拾的地步，他有可能会因此被列入行业黑名单。他真是痛恨这种被逼到墙角的感觉，陷在自己给自己设的陷阱里无法脱身。他怎么能预见到，他们会在最后一步落到一个虐待狂的手上！

算了！他不能再待在这里原地兜圈，不然他会发疯的。

为了缓解紧张情绪，鸟类学家单脚踩上他一大早起便开始埋头搭建的石头堆。这是他搭的第八个石头堆。一天一个。再过几天，湖岸就会变成一个超级大墓群，祭奠伟大的官僚主义！

"够了！我受不了了！"

比约恩躺在篝火前，手里拿着一本书，听到他的喊声，惊讶地抬起头来。托马则忙着在一个枯树桩上雕雕画画。

"受不了什么？"他闷闷地问道。

"受不了等待了。我受够了。"

男孩一跃而起。父亲走向鸟舍。大雁在里面躁动不安，自从它们明白了不会被放出去，就看起来可怜巴巴的。这里几乎已经无草可啃了，它们只好吃起之前带的食物储备。

"走，快跑起来，咱们去活动一下腿脚！"

这回轮到比约恩蹦起来了，他惊恐地朝克里斯蒂安呼喊。

"你在干什么？"

"你觉得呢？这里只有我们，方圆几千米都没有人。我们已经傻等了一个星期。够了！"

"克里斯蒂安，我严肃地告诉你，这不是乱来的时候！"

"而我要告诉你，如果继续把它们关下去，我们之前的努力都要白费了，不用我告诉你规律训练有多必要吧！"

"至少等到明天！我去见他……"

"没事的！今天是星期天。没有人会来查我们。想到我们被困在这里，你的那位约翰森正乐着呢。你去拿瓶啤酒，放松一下。"

大个子耸了耸肩，对这种没有耐心的行为很是恼火。不管怎么样，如果同伴执意要冒险，他也只能望风了。

托马甚至没有等到他们的对话结束便打开了栅栏门，张开手

173

臂模仿飞机的样子，开始向前奔跑。大雁冲出围栏，跟着领头的阿卡，追赶着托马的步伐。看到眼前的场景，克里斯蒂安忘却了他的恐惧。他做了正确的决定。它们不再只是雏雁，而是需要在风雨中成长的年轻大雁！

他赶快追上儿子，他们开始攀爬营地前的山坡。十分钟不到的时间，他们就爬上了两百多米的高度。他们来到月牙形的山顶平台，鸟类学家坐了下来，好仔细观察雁群的行为状态。感谢上帝，大雁似乎没有因为禁闭受太多折磨。他检查了麦克斯，然后是史瑞克、尼莫和萨图宁。他好好检视它们的小爪子，检视它们瞳孔里的闪光，高兴地发现，小白额雁已经愈发强壮。

"玛侬小美女，来我这里。"

鸟类学家紧紧地抓住雌雁，展开它的翅膀，露出里面最长的羽毛。他满意地点点头。

"看，托马，这是飞羽。当它们在后面这样交叉起来的时候，就意味着已经长好了。"

"所以它们已经准备好飞行了？"

"一点没错！"

他起身面向通往湖面的缓坡。

"你跟着我，模仿我的动作。准备好了吗？"

托马点点头，眼中闪烁着兴奋的光芒。

"好，我们出发吧。"

他开始前进，张开双臂拍着空气，就好像在飞翔一样。

"啊呗啊呗啊呗！"

托马紧跟在后边。他们一边往山下走，一边"啊呗啊呗"地喊着。在他们身后，大雁全速奔跑，脖子向前伸着，仿佛要冲破空气。它们向下冲了没几米，便借势一飞而起，越过了它们的"父母"。底下的两个人高兴地尖叫着，双手伸向天空。阿卡落在大部队后面，但它决心赶上同伴，用尽全力拍打着翅膀。

克里斯蒂安的坏心情一扫而空。他兴奋不已地向儿子喊道：

"看！这便是它们的初次飞行，它们会记住这个地方，将来回到这里孕育小雁！此刻，它们正从空中看着湖，看着每座山岭、每片森林，这是它们的领地！从今以后，它们每年都会回到这里。天哪，它们简直是太不可思议了！"

坐在帐篷前，比约恩观看了年轻大雁的飞行。看到这样美妙至极的场景，他却没有办法全心喜悦，对约翰森的恨意又在他的心头浮起。不管怎样，就让那个混蛋见鬼去吧！要不是那个蠢货一味固执，克里斯蒂安也不会违反命令！在把大雁关了这么久的禁闭之后，谁能指责他们把大雁放出去呢？说到底，这才是关键，因为没办法直截了当地拒绝他们，他就给了他们一个该死的禁闭！

他也开始往山上走去，想要更近距离地观看这个场景。

在最初几次稍显笨拙的拍打翅膀后，小白额雁变得自信起来；它们出于本能排成队形，飞向天空。最健壮的大雁飞在前面，那是火星还是小水手？托马不能百分百确定，但能看个八九不离十。可以通过黑色的脖颈认出阿卡，这可怜的小东西也想要争先，但被体重拖累，最后只能勉强维持在队伍的中间。男孩热情洋溢地为它呐喊加油：

"冲啊，阿卡！你是最强的！"

飞行纵队在他们的营地上方转了一圈，然后是更大更高的一圈。大雁醉心于空气与自由，纵情飞翔，全然没有了任何顾忌。

刹那之间，克里斯蒂安便意识到了危险。他疯狂地按着自行车喇叭（他永远在大衣的某个口袋里装着一个喇叭），但怎么响也没用，小白额雁还是不停地向上翱翔，完全没有听到熟悉的声音。

托马没有问父亲为何这样做便奔向湖边，好追上雁群。

"阿卡！阿卡！"

雁群排成标准的人字形，向西边飞去。现在已经分辨不出哪只是黑雁了，因为它们已经飞得太高。

想到有可能会眼睁睁看着它们消失不见，男孩惊慌不已，他大吼一声召集雁群，那是火星在特别激动的时候常常会发出的嘶哑声音。

"咕——吁克！"

克里斯蒂安马上也跟着模仿这个声音，他喊得声嘶力竭，因为他猜想这大概是他们挽回雁群的最后机会。

"咕——吁克！"

正奋力保持在队伍中游的阿卡听到了他们的喊声，突然一个急转，向地面飞去。余下的小白额雁似乎犹豫了一下，但不到片刻的时间，整个雁群都向地面那两个挥舞着棕色斗篷下摆的身影飞去。

"它们回来了！"

眼前的景象几近不真实，二十只鸟张开翅膀、伸着脖子，向他们俯冲而来，就像一支支羽毛和肌肉做成的箭。父子俩不约而同地后仰身体，好观看雁群从他们头顶不到三米的地方飞过。它们的最后一个转弯是那样急促，以至于有那么一瞬间，看起来就像是要发生一场碰撞事故了。一着地，它们就开始用小短腿全速奔跑，翅膀被当作平衡器。它们疯狂地跑了几米，然后在父子俩的脚边停下，欢乐无比地翻滚啄咬。

在一片重逢的欢喜气氛中，没有人注意到那俯瞰着山谷的身影。警卫放下他的双筒望远镜。他不知为何老板会对这几个法国人的行为特别感兴趣。但不管怎样，看来他的预测是正确的；大雁从围栏里出来了，它们甚至进行了一次绝妙的飞行。

克里斯蒂安盘腿坐在湖畔，注视着湖面上的粼粼波光。他裹着已经成为他的第二层皮肤的斗篷，思考着今天要进行的活动。此刻，太阳刚刚升起，他感到休息充分，神清气爽。前一天，大雁归来后，他觉得自己从某种东西中释放了出来，他不再被焦虑吞噬，又或许，只是稍微活动了一下，就足以让他把顾虑抛开。无论如何，他决心继续飞行训练，直到大迁徙的那一天。他们已经将训练延后了太久，而且，无论如何，约翰森几乎没有理由反对他们。他最多也不过是想要给比约恩一个教训。他只需要祈祷，自己在行政手续上玩的小手脚不会被发现。托马的那套小词儿浮现在他的脑海里："奶油般丝滑，爸爸！"他忍住没笑出来。昨天，当他们回到城里找网络时，儿子便说了这句话。青少年的这些流行用语总给他惊喜。在心底里，他挺喜欢这些说法，表面上却要装出不以为然的样子，这都是为了和葆拉保持一致。

想起前妻，他的心头涌上一丝愧疚之情。她一定很担心托马，尽管她一再说并没有。每次通电话的时候，他都努力想要让她放心，不停地汇报同样的内容：是的，他们顺利到达了，他们吃了水果，他们安顿得很好；不，现在还不飞；还有，再说一遍，对，托马很乖。

说曹操……帐篷拉开的声音在他背后响起。他转过头，看到儿子头发乱糟糟、脸上气鼓鼓，一副睡眼惺忪的模样。还没来得及好好伸个懒腰，男孩就向外冲去，这股迫切之情每次都感染着父亲。他朝儿子挥挥手，招他过来，然后重新陷入沉思。前几天的阴沉天气已经被灿烂的阳光驱散，但空气里还是有一种刺骨的凉意。得益于这里的气温，他们几乎可以在任何时候进行飞行训练，不用担心雁群会消耗太多体力。

托马静静地来到父亲身边，坐了下来。父亲挽着他的肩膀，亲昵地晃了他一下。

"我们要组装好飞机，然后进行第一次机动试飞。"

"什么时候？"

"今天早上。"

"太棒了。"

"我要煮咖啡了。你在这儿待着吗？"

"是的，待一会儿。"

"你不拍录像吗？"

"这会儿还不急。毕竟，妈妈那儿应该有至少二十个视频了。

并且，感觉不太一样……"

"什么意思?"

"拍摄的时候，透过镜头看到的世界似乎都变平庸了……我不知道怎样才能把这一切展现出来……"

他伸手在面前比划着，那里有波光粼粼的湖面，有在湖畔缓缓散开的轻雾，有闪烁的阳光，甚至连空气都是那样清晰可感，那是一种令人眩晕的纯净，让人想要大口深呼吸。克里斯蒂安点点头。他完全明白儿子想要表达的是什么。

"那是不可能的，但你可以将回忆完好地保存在心里。"

"怎样才能做到呢?"

"或许，只需要全心全意地赞叹? 我最深刻的回忆都来自内心的震撼。比如新西兰的天空，比如我第一次遇见一只雪鸮，比如我和……葆拉一起度过的一天。"

"妈妈?"

"是的，当然了。这些时刻会铭刻在你心中，经历之后便会记住，不需要照片，也不需要视频。即使不是完全准确，但那有什么关系，重要的是，你会记得那样地深。并且，我从来没想过要掏出相机永久记录下那些画面。如果那么做了，我想那种感觉便不会再那样强烈，你懂吗?"

"我想我懂。所以说，在这次旅行中，所有我们经历过的时刻，即使没有拍下来，我也会一辈子都记得?"

"我希望是这样的。不过，拍录像的主意还是非常棒!"

匆匆吃过早餐后，他们便组装起超轻型飞机的机翼。因为老看父亲拼装，托马能够辨认出每一个零件和它们的位置。装好浮标后，克里斯蒂安将 GPS 固定在操纵杆上，然后检查了各个仪器和油量。油箱还有四分之一的储量，足够他们进行一次飞行训练了。关键时刻到了。大雁要么会跟着他们飞，要么会害怕，然后……他尽力让自己保持乐观，但对失败的恐惧还是萦绕在心头。

比约恩绑好了一根绳索。两个小时里，他几乎一句话也没讲，对他来说，这便表明了反对态度。事实上，他非常生气。带大雁出去遛一圈是一回事，但想要带一群白额雁飞行，这是明晃晃地不把命令放在眼里！要是不幸被约翰森知道了，他一定会认为这是一种挑衅！但尽管如此，他还是愿意帮他们一把，希望能够速战速决。早点结束，他们就能早点回来！

一被放出来，大雁便纷纷奔向岸边，那里草丛茂密、郁郁葱葱。大部分大雁开始啄啃小草，一副心满意足的样子。两只年轻的公雁则针锋相对，气势汹汹地拱着脖子。它们叽叽喳喳大声叫着，狠狠打量着对方，托马不得不大声训斥，才让它们恢复平静。

大个子焦虑地看了一眼四周，然后咕咕哝哝地抱怨着，无法掩藏自己内心的恼火。

"要是起飞以后声音传开了，你知道你会把我们害惨吧？我可是承诺过了，见鬼的！"

"声音？什么声音？你在这方圆多少千米见到过一个邻居吗？来吧，老伙计，你在自寻烦恼……一切都会很顺利的。你知道我们和人类文明相距多远吗？"

"我不是在说这个。"

"我知道。那个马格努斯大人把你弄得心烦意乱；他现在正躲在老鼠洞里侦察着我们呢……

"我没心情开玩笑。既然你想飞，那就赶快吧！"

"好的。"

在大雁好奇的目光下，他们将飞机推入水中，克里斯蒂安在橡胶靴外又套了一层护腿套。他爬上驾驶座，发动引擎，慢慢推出，同时按喇叭吸引大雁的注意。大雁们又见到了这只大鸟，十分兴奋，纷纷冲过来跟在后面，一点儿也没有因为山区湖泊的寒冷而退缩。男孩奔跑着追上比约恩，好观看这场飞行。他拿起望远镜，聚焦在阿卡的脑袋上，紧张得喉咙发紧。

对讲机在大个子的手里发出噼啪杂音：

"我准备好了。"

"你想出发时就出发。一切都没问题。"

"旅行者"加快速度，大雁则在水面上全速滑行，跟在后面排成两行。当飞机完成助跑，克里斯蒂安便踩足油门，开始起飞，大雁也轻松自如地腾空而起。

"成了！它们在你后面！"

"我看到了！太棒了！"

飞机在水面加速浮升。阿卡飞到了与克里斯蒂安齐平的地方，它靠得是那样的近，克里斯蒂安一伸手便能摸到它。他感受到了它的旺盛精力，感受到它为了保持这个高度付出的努力。一瞬间，他的目光对上了阿卡漆黑的瞳孔。从中，他读到了超凡的决心，它似乎在说："你看，相信我也不是件难事！"

最后一次加速，飞机完全脱离水面，攀升到天空之中……很快，阿卡仿佛对此失去了兴趣，转身飞走，而其他大雁也跟在它后面。雁群落回湖畔，似乎那只大鸟失去了原本的吸引力。

"见鬼了……你几乎就要成功了。雁群都起飞了！"

"该死的，我本来都以为成了！"

克里斯蒂安猜想，尽管对讲机杂音很大，但他的失望之情应该还是被传了过去。

"我再试一次！"

"好的，祝你好运，兄弟！"

"旅行者"绕了一整圈，在离雁群不远的地方停下来，它们正在离湖畔几米处怡然自得地游着泳。喇叭再次响起，大雁急忙在大鸟后面排好队。这一次，克里斯蒂安选择一点点慢慢前进，希望能尽可能久地带领它们。可惜，他一从湖面起飞，开始攀升，大雁就飞离了他，好像对飞行不再有任何兴趣。是不是因为它们习惯了看飞机滑行，而不是飞行？那可真是太荒谬了！

当鸟类学家回到湖边，他已不知该作何感想。在他的脑子里，一切都乱成一团：几个月的准备、伪造的文书、托马的喜悦、他们的全身心投入，还有这无所事事浪费掉的该死的八天，再加上之前在路上度过的四天。因为总是一关一关地与困难作战，他几乎没想过失败的可能。但如果他全都错了呢？如果这一切的折腾都只是徒劳呢？

没有人敢打破沉默。托马低着头，躲避着他的目光。大雁又聚集在他的身旁，遛了一圈以后明显一脸喜气洋洋。克里斯蒂安决定开口说话。

"有什么地方不对劲。该死！我本来以为一定没问题的！"

比约恩也是百般懊恼，原地顿足。他努力想要缓和气氛，语气却不尽如是。

"这说明不了任何事。还得继续尝试。"

"哦是吗？你觉得是这样？早上你还说我们只能把它们放出来一会儿的时间，现在，我倒要保持振奋，一试再试了？"

"别发火，这样一点儿用也没有……或许它们还没准备好？"

"当然准备好了，你看到它们飞了！"

"是的……"

"有个问题我没有意识到。掉链子的是阿卡，我本来以为它会一直在我边上的，但它飞离了我，其他大雁也跟着它走了。"

听到父亲说是他的宝贝把一切搞砸了，托马心生不快，埋头在结了冰的湖底泥沙里翻找小蝌蚪，小黑雁过来直接在他的手掌里啄食。他才不要掺和大人的交谈。一定会有一个解释，父亲一定弄错了某件事。

发动机的轰鸣声自远处传到他们耳边，这声音是如此不寻常，他们起初还以为是夏日的暴风雨。比约恩是第一个明白过来的，他指向远处的某个地方。

"他们来了！"

"托马，你待在那里不要动！

在确认发生了什么之前，克里斯蒂安已经拔腿奔了过去。此刻把雁群带回围栏已经为时太晚，他只希望儿子能离冲突远一些！

当车辆出现在小径上时，他们才刚刚返回营地。三辆四轮驱动车，后面拖着一艘橡皮艇。他们冲到路上，挥着双手，迫使汽车在距离帐篷二十多米处急刹车。

托马站在湖边，看到一个穿着西服的小个子男人带着五个警员从车上下来，显然，他们是保护区的人。其中两位正忙着把船给卸下来。这一定就是那个约什么鬼森了，自从他成为他们的头号敌人以后，托马都是这么叫他的。

公园主管抖了抖身子，显然十分高兴来到这里。在辽阔天空的映衬下，他看起来更加矮小了。他瞧都没瞧法国人一眼，就开始用他的母语大声斥责比约恩。一句句话就像子弹一样狠狠击去。克里斯蒂安感觉到恐惧的冰冷浪潮正一阵阵向自己侵袭。他耍的花招被发现了吗？

"怎么了？"

比约恩干巴巴地给他翻译。

"他说大雁的禽流感化验呈阳性。"

"那当然了，因为它们刚接种过疫苗！约翰森先生不可能不知道这一点！"

他松了一口气，也同时开始愤怒。如果只是因为这个，约翰森为什么要过来恶心他们？他继续激动地说道：

"这是疫苗接种的原则，让它们和病毒接触！疫苗就是这样起效的，要让接种对象和病毒接触。"

另一位似乎没有听见他说的话，只是一脸轻蔑，继续挑衅地打量着比约恩。趁着这个空当，警员已经把橡皮艇卸了下来，正在沿着山坡向下推。

"这些人要去哪里？慢点！喂！那些混蛋要去抓大雁了！你们这样是要去哪里？请停下！"

克里斯蒂安冲向一个警员，双手环抱住他的腰，他的动作是那样激烈，其他人都不知道该如何反应。他们困惑地看向长官。约翰森失去了原本假装出的冷静，开始大吼大叫。

"勒塔莱克先生，请您马上停手！"

趁场面一片混乱，比约恩拿起他夹在身上的对讲机。他不知道是从何处而来的坚决，或许是因为回想起了那场大屠杀，或许是因为他对于马格努斯本能的不信任，不管怎么样，必须要在一切变槽之前就采取行动。

"托马，赶紧带大雁去湖里，快点！"

在山下四百米处，男孩听到飞机上的对讲机沙沙作响。他只听清了三个词："赶紧""大雁""湖"。在他所处的地方，并不太明白发生了什么，只知道那边正在演变为一场混战。父亲在公园工作人员中间比划着什么，挥舞着拳头，比约恩则示意托马加快速度。

他不假思索地冲向湖里，奔向"旅行者"。他太过着急，步子迈得飞快，湖水浸湿了他的小腿，那是刺骨的寒冷。但他不在乎。雁群急忙追随在他身后，边游边欢快地叫着，完全没有意识到它们的命运正处在千钧一发之际。

而在山上，在一阵激烈的争吵之后，突然一片寂静。

比约恩转向克里斯蒂安，眼睛睁得老大。

"哦，这可是件大事！约翰森声称，巴黎没人知道你的计划。所以，他们对疫苗是否有效也产生了怀疑。这是怎么回事？你得马上给他们打个电话，解决这件事！你听得到我说话吗？"

尽管有了一种不好的预感，但他还是盼着看到同伴耷耷肩膀，或者勃然大怒——那就更好了——而不是像现在这样，一动不动地僵在原地，就好像一只被汽车前灯突然照到的兔子一样。就好像他真的有罪一样……

"你要给他们打个电话吗？"

克里斯蒂安摇摇头，没有回答，他看起来就好像被抽干了血，整个人苍白无力。

突然，一阵有规律的轰鸣声将他们所有人都吓了一跳。约翰森暗自咒骂一声，刚把橡皮艇推入水面的警员全都直起身来，一个个满脸写着疑惑，等待着长官的命令。"旅行者"在水面上平稳地向前滑行，渐渐远离湖岸。在它后面，大雁结队跟随。

"我现在要干什么？"

托马的声音传来，比约恩依然紧握着对讲机，几乎要将它捏碎。大个子注视着托马的小分队，双唇贴近麦克风。

"就在那里别动，我们这儿要弄清楚一件事情。"

接着，他关上对讲机，继续训斥同伴。他几乎都要忘记马格努斯的存在了。

"醒醒吧兄弟！博物馆必须重新寄批准公文过来，因为，显然，有人把手续给搞砸了。你赶快去办!"

直到此刻，他仍然希望是出了什么误会，或者，最不济也是一个很容易就能弥补的错误。克里斯蒂安看上去已经不堪重负，似乎内心无比挣扎。他说话的声音是那样轻，比约恩往前走了几步才听得见。

"没用的。是我给公文盖的章。"

"你什么?"

"我给表格盖的章。而不是梅纳尔。"

"该死，快告诉我你是胡说的……这是在开玩笑吧?"

"对不起。我当时没有选择，博物馆拒绝支持这个项目。"

"我不能相信……你怎么会这样!"

"我现在要干什么? 我现在要干什么?"托马的声音从对讲机里传来。

男孩声音里显而易见的焦虑突然将克里斯蒂安拉回了当下。在同一刻，约翰森用挪威语向他的手下吼了一句命令，同时双手在空中疯狂地挥舞着。不需要算上一卦，就能知道接下来会发生什么……

"结束了，托马。回来吧。"

比约恩有气无力地抬手，把对讲机递给克里斯蒂安。让他自己想办法应付儿子吧，比约恩不要做坏消息的传声筒。此刻，他正在费力搞明白，到底发生了些什么;自然，是件荒唐透顶的大傻事。和我那时候干的事差不多，但该死，这次完全就是一场赌博，而不是一个疯狂的计划，很有可能会引起整个科学家圈子的关注！

"你来向他解释。"

克里斯蒂安不出声，只是点了点头。他不仅搞砸了，还从头至尾保持沉默，但实际上，他本有绝佳的机会吐露心事，释放自己备受煎熬的良心。比约恩本会理解他的；最糟的情况也就是被大骂特骂一顿，那又怎样？他把他们拖到了泥坑里，原本给自己找的那些理由现在看起来都变得不值一提。他开口说话，心里清楚，儿子会恨死他的。他把一切都搞砸了，他们之间也一样。

"托马，对不起。为了可以执行这个计划，我伪造了批准文书。博物馆不想要参与这事，我本以为事情能顺利的……我干了件大傻事，儿子，现在，他们想要把大雁带走。我向你道歉。"

他没有等到回复，就掐断了对讲机。两个挪威人正在争吵，但这一切都不再有意义了。他满心悲凉，几乎都要掉下眼泪。只有仅存的一点自尊支撑他好好站着。

在下面，警员发动橡皮艇，从湖畔出发。

比约恩一把抓住同伴的衣领。

"你怎么能做出这种事情来？你想过后果吗？"

"如果我全都告诉你，你就不会把鸟蛋给我了……"

"混蛋……现在你看到后果了吧？早知道的话，我当然不干了！而且，那天晚上，你为什么什么都没说？我的教训还不足以敲打你吗？"

"是的，但那又有什么用呢？咱们就此罢手，拍拍屁股走人？"

约翰森走向湖畔。方才听到的只言片语让他深信，自己的行动是完全合理合法的。此刻，橡皮艇径直驶向托马，而托马也踩下油门，越来越快地向远方开去。于是，"旅行者"在湖面上疾行，小船紧跟其后，这场景简直让人觉得不可思议。突然，大雁飞了起来，飞机也在继续加速，但浮筒很难摆脱水面压强向上浮升，于是，飞机向湖岸冲去，场面十分惊险。

警员惊得目瞪口呆，踩下了刹车。此刻，只能听到二冲程发动机的轰隆声音。

恐惧已让他无法呼吸，克里斯蒂安又打开对讲机，用冷静的声音一字一句地说：

"托马，现在马上停下！你没有足够的滑行距离！"

回应他的只有一阵噪音。飞机继续向一片岩石直直冲去，甚至都没有假装要改变一下路线。

托马牢牢坐在驾驶座上，他听到了父亲的指令，但他太过专心于眼下的紧急情况，没有留心父亲说的是什么。他用最大力气推下操纵杆。那些人正在追捕他，如果留在湖上，他们几秒之内就会抓住他。他必须前进，没有后路可退，在他的心中，这一切毋庸置疑，就算自己似乎马上要撞上一块巨石。起飞，起飞！

似乎就在最后一秒，超轻型飞机离开了湖面，男孩看见荒野，看见帐篷，接着看见两个穿着僧侣袍的身影，他们正抬头望着天空；最后，男孩看见了那个约什么鬼森，在长满野草的山坡上，他的身影是那样寒碜。大雁和他同时起飞，离他只有十几米的距离。他疯狂地按喇叭，看着脚下雁群迅猛下降的势头，大声召唤道：

"啊嘎嘎嘎嘎嘎！啊嘎嘎嘎嘎嘎嘎嘎！"

随着他的声音，他的飞行纵队振翅飞翔，队伍一分为二，排在机翼两侧，黑雁在他的右边，飞在队列前端。这时，他才有时间戴上耳机。父亲的声音立刻传了过来，声音里的惊慌失措让他忍俊不禁。

"托马！我命令你回来！你听到了吗？"

他低头看了一眼，倒吸一口冷气。他正独自驾驶着"旅行者"，天地在他眼中从未像此刻一般辽阔。他意识到，自己可能会坠落，飞机脆弱的机身可能会爆炸，他似乎已经能预感到那种粉身碎骨的感受。他会摔得粉身碎骨！

"托马，现在马上就回来！托马！"

父亲喊得太响，弄得他脑子里一片混乱。这会儿最好还是把对讲机给关掉，他现在要做的是思考如何带大雁逃离这个陷阱。托马没有全部听清，他只知道，不能让这些大混蛋靠近，否则他们会把小白额雁都给抢走；在橡皮艇开始冲向他的那一刻，他就明白了这一点。他听到了父亲和比约恩之间的对话，他们提到了关于某位主任的什么事，那人一点也不在乎这些鸟儿；所以回去就是寻死，不能回营地去！

出于本能，他将飞机转向南方，向那里的叠嶂层峦冲去，他要远离人群……

在山坡上，克里斯蒂安看着飞机消失在视野里。他失魂落魄地摇着头，有气无力地说道：

"剩余的油量甚至不到四分之一……"

比约恩紧紧抱着他。不需要再多说什么了，此刻，他的同伴需要支持，其他的一切都不再重要。

"别紧张。托马发现没办法的时候自然会回来。"

"你确定？"

"我当然确定了！不可思议的是大雁的反应。我想，我弄明白了它们之前为什么拒绝起飞……"

"你在说什么？"

预感到比约恩马上要说的事有多惊人，克里斯蒂安惊慌失措，困惑不解地看着他。

"大雁并不跟随超轻型飞机，它们跟随的是你儿子。阿卡是领队，这你之前说对了。但它更喜欢的那位家长，是托马，而不是你！"

他露出同情的笑容，想要给予同伴几分慰藉。但这显然是徒劳的，因为克里斯蒂安脚步踉跄地走开，双眼满是泪光。

"都是我的错。我从来都不该让他参与到这件事里来。我搞砸了，兄弟，我完全搞砸了……"

"旅行者"飞过一片荒原，只见上面有一条细细的银线穿过。或许是湖泊的一条支流，托马分神想道。如今，他的飞行高度已经稳定，是时候认真想一想接下来怎么做了；但他得先过一遍检查清单。他试着回忆父亲教他的内容，低声重复着：

"发动机，没问题。指南针，没问题。飞行速度，没问题。飞行高度，没问题……"

他突然停下，被眼前的画面惊得目瞪口呆。数千头驯鹿从一片荆棘林中冲了出来，奔至平原，在动物奔跑的浪潮里，平原似乎也在随之起伏。突然，连绵的动物脊背组成的大潮从中间裂开，显露出一条蜿蜒的细细口子。

"哇哦，你们看见了吗？这太神奇了！"

大雁仔细端详着他，对他的兴奋感到困惑不解，而他相信在它们的眼中则读到了鼓励。阿卡在机翼前缘，借着进气口处的气流涡旋平稳翱翔。只要看到它，托马就觉得安心许多，自起飞以来，他第一次不再觉得害怕，而是感到了巨大的喜悦。托马不禁嘴角上扬，眼眶里却闪着泪光——都怪这冰冷的风，他心想。在这一刻，在这一片正对着他绽放奇迹的大自然面前，在奔跑的驯鹿和映在苔藓上的巨大机翼的影子之上，没有什么是大不了的；于是，他开始大声呼喊：他在和他的大雁一起飞翔！

但心神荡漾的美妙时刻很短暂。驯鹿跑过最后一个陡坡，消失在视野中，而飞机则飞过一个积雪的山口。一阵冰冷的气流向男孩袭来，就好像山脉对着他的脸直直呼出一口寒气，将他拉回岌岌可危的当下。他需要找个地方着陆，清点一下物资，思考出一个方案……直到现在，他一直依靠指南针在向南飞，他几乎可以确定这一点；但这是他唯一可以确定的事情……大雁继续飞翔，并未显出疲态；有时，大雁会鸣叫着靠近他，就好像要确认他一切安好。接着，雁群又恢复队形，最强壮的几只飞在前面，一会儿拍打着翅膀，一会儿又御风翱翔，它们双腿伸得笔直，就好像被气流稳稳托了起来。在底下，在连绵的山丘中间，显现出一座星星形状的湖泊——一个好兆头，托马决意这样想。"旅行者"开始降落，无法抗拒地被这一片清澈透亮的翡翠色湖水吸引着，直到离水面只有十几米的距离。在这一刻，男孩着迷于湖中的天空倒影，失去了对于高度的概念，没有意识到自己正面临着为水上飞机驾驶员所恐惧的镜面效应。湖水是那样纯净，一个复刻的世界似乎在里面变幻生成，白云翻滚在波浪里，蓝天浸润在涟漪中，绿草如茵的山坡也对称地直插入水中。是阿卡用一声声嘶力竭的呼叫将他拉回现实。电光石火间，托马意识到，他马上便要着陆，但眼前没有可靠的参照物帮助他计算最后一次转弯所需要的高度。他犹豫片刻，心想是否要大胆一搏，但最后还是出于谨慎，重新攀升。最好重来一次。然而，尽管足够小心，在下降时，他还是又一次迷失在镜面中，脑中是无法言说的眩晕感。纯净透明的空气变成了一个巨大的诱饵，美不胜收的自然曾经鼓舞着他出逃，如今却似乎在无情地戏弄他。当恐慌袭来，他在心头如念救命符般回忆起父亲的指令。

"放松……冷静……我带领着飞机，我也被风带领着。我带领着，我也被带领着。我带领着……"

他静待咒语产生魔力，又忍不住冒险看了一眼湖面。他不敢相信自己的眼睛……大雁正在仰着飞翔！

不，这只是镜面效应。他强迫自己平静地呼吸，然后又开始背诵：

"我被带领着……"

这一次，随着飞机缓缓下落，他看到湖中倒影正清晰地给他标明高度，只要不被单一的画面迷惑就好。他坚定地转弯，选择了一处离湖岸大约一百米的降落点。幸运的是，风也在帮助他；他担心会有从后面吹来的狂风，但此刻，风平浪也静，飞机平稳地落在水上，紧随其后的是叽叽喳喳大声叫嚷着的大雁，就像是在向他们了不起的成就致敬。

托马长出一口气，仿佛要把所有压力都从体内排出。他将发动机熄火，顿时，在他的身边，万籁俱寂。这寂静仿佛属于世界尽头，因为他的形单影只而更显得铺天盖地。幸好，大雁聚在飞机边上，它们抖动身体，扇着翅膀，其中几只想要爬上这架大鸟，好接近他们的"爸爸"（或"妈妈"），而后者正蜷在位置上，双手捧着脑袋。终于，大雁还是成功吸引了他的注意力；他想要驱赶正在袭来的焦虑，便一个一个地开始点名，阿卡，布莱斯，玛依，萨图宁，水手，麦克斯，小小鸟，宝可梦，普利多尔，杰克和碧昂卡，忍者，琥珀和火星，路路，彼得和温蒂，史瑞克，卡莉和尼莫。我不能抛弃它们，那个约什么鬼森会把它们关起来，我别无选择，必须带它们走！爸爸会理解的……

出于谨慎，他将"旅行者"系在湖岸边的一截树干上。自然，他不知道飞机是不是真的会自己漂走。但无论如何，知道有一根绳索牢牢拴着他唯一的交通工具，他觉得安心许多。他很有可能会在某个无名之地迷了路，要是没有对讲机的话……对讲机。他尚未将它重新打开。他是如此渴望与父亲通话，甚至因此感到心神不宁，然而，他抵挡住了这种诱惑，因为他害怕会听到父亲的吼叫或是哀求。如果他现在就回去，那些人会将大雁抓走，它们会被关到笼子里，或是被剪羽，就好像有些公园里会做的那样，比约恩告诉过他。

他快速环顾四周，证实了自己方才在天空中见到的画面。这里渺无人烟，甚至没有一条或许可以指示方向的徒步小径。他还在保护区里吗？他离海岸有多远？他不知道。他意识到，自己甚至还没有查看 GPS；无论如何，他明天早上必须得重新出发。

他突然感到一丝战栗，与其说是因为寒冷，不如说是出于焦虑，而焦虑又和一股莫名的兴奋交织在一起。你成功了，托马！大雁被拯救了！

他把"旅行者"拉到岸上，这样他在清点物资的时候便不会将脚弄湿。在浮筒里，他找到了摆放得整整齐齐的装备：工具箱、急救箱、打火机、救生毯、使用手册、安全备忘录以及另一份关于现行航空规则的备忘录、水罐和杯子、绳索、饼干。除了这些东西，他身上还有手机，在口袋里找到的一根谷物棒，以及一些票据，在那上面，潦草地记着比约恩最新教他的几个词："Ha，有。Være，是。Vi sees，一会儿见。Jeg forstår ikke，我不明白。Jeg vet ikke，我不知道。Hvor mye，多少。Når，什么时候。Jeg kommer fra Frankrike，我从法国来。"

至于汽油，他不是太确定，但应该不会剩太多。如今，他要么下决心呼叫帮助，要么就得自己去找燃料；情况十分紧急，尤其是因为下一步必须得找到另外一个湖泊着陆，他现在可还不敢贸然飞到汪洋大海上！

他把散在四周觅食的大雁唤了过来，看到它们摇摇摆摆地向自己走来，他心头一热。阿卡和萨图宁一如既往地走得急切，其他大雁则跟在后面。它们的肚子吃得圆滚滚，看起来状态很好，一点儿都没有因为变化而感到焦虑。它们再也无法忍受被关在围栏里，它们是野生动物，而这些人迹鲜至的自然风景才是它们的领地……

在过去的几个小时里，天色逐渐变得昏暗，气温也急剧下降。他看了一眼手机，现在是下午五点，电量满格。在没有信号的情况下，电量并无大用，但也足以安抚他：如果需要，总是能找到一座村庄的……

虽然时间还早，但浓重的倦意突然袭来。他强撑着精神，去找几根短木头来生火。一般来说，他们都在晚上七点左右围着火堆吃饭，然后在将近九点的时候睡觉。一般来说，他喜欢读上一两页《尼尔斯骑鹅旅行记》。这一夜，他愿意付出任何代价，只为换取那样的舒适，只为好好待在帐篷里，不用孤身一人面对这可怕的天空。说什么一个人呢，傻瓜，家里还有二十只大雁要指望着你呢，不要再消沉下去了！

半个小时后，他收集起一堆浮木，又在草丛里找到一些比较干燥的小树枝。但无论如何努力都是徒劳，他怎么都点不起一点火焰。他最终决定放弃，生怕把打火机里的油用完。仅剩的那一点勇气也随之耗尽，他必须紧咬牙关，才能不像个小孩一样哭哭啼啼。

他心灰意冷，将三条救生毯拖到一棵枯树旁边的狭窄沙地上。他铺开第一条毯子，将自己裹在另一条里，看起来就像是一卷烘焙纸。第三条毯子则被他支在头上，当作屋顶。大雁三三两两地依偎在一起，一副睡眼蒙眬的样子。它们一定和他一样疲倦。他蜷坐在阿卡旁边，尽可能慢地咀嚼半盒充当晚餐的饼干，同时努力让自己打起点精神来。这是它们的第一次飞行，而你这家伙竟在这里没出息地哼哼唧唧！自然，他应该制订一个计划，但他不愿去思考自己此刻的处境。有太多的未知摆在他面前。他拥有的可能性越来越少，要么投降，然后失去他的大雁，要么继续下去，只是他并不知道该如何继续……他惊讶地发现自己在颤抖，但并不是因为寒冷，只是因为孤单和害怕。这一回，他再攥紧拳头也没有用，泪水已经刺痛了他的眼眶。

他低声自言自语，不想惊扰到他的小同伴。

"会没事的……你明天就能找到办法。"

最后，他陷入梦乡，却睡得毫不安宁，梦里他见到了一个又一个黑暗的深渊，还有背着一群小人飞翔的巨大大雁。

和其他那些人来人往的嘈杂处所一样，警察局办公室看起来平平无奇、毫无个性。这里处处唯求实用，气氛阴沉，照明惨淡，实在称不上太舒适。比约恩心想，警察局就像国际连锁酒店似的，到处都是一个无聊的模子印出来的。他犹豫着要不要把自己的观察心得分享给同伴，又担心一开口就会激怒他。无论如何，话题总是会绕回托马是为何走上出逃之路的。克里斯蒂安坐立难安，便在狭窄的房间里兜圈，向前走七步，往回走七步，他一步一步地数了。他们已经被晾在这儿等了足足一个钟头。

　　"冷静，我确定他没事的。"

　　自从男孩飞走后，比约恩不知道重复了多少遍这句话。其实，他自己也没那么有把握了。他只是佯装笃定，却随着时间的推移越来越不笃定。

　　"但为什么呢，为什么他要这么做？"

　　"你知道的，橡皮艇在追，咱们在吵……他就逃走了。"

　　"我们本来应该把他留在身边的。而我呢，见鬼了，竟然让他待在大雁边上，我简直蠢到家了！"

　　"快打住吧，你那时候也没法预见之后发生的事！"

　　"不是吗？那我教他开飞机的事呢？我简直可以在比蠢大赛里

拿奥运奖牌了！要是他没油了怎么办？飞行的时候，什么麻烦都有可能遇上，有可能会在山区里迷路，有可能会着陆失败，还有可能……如果他没办法降落在一个什么该死的湖里，那怎么办？你说？"

比约恩选择放弃向他指出，在他们说话的这一刻，托马那边早就已经尘埃落定。现在只能祈祷，男孩正在某处休息着……

"克里斯蒂安，你把他训练得很好，而且，你的儿子是个坚强的小伙子，不用担心他。"

"见鬼了，但他会去哪里呢？而且，他几乎没有任何食物，也不会说这里的语言……为什么他不打开对讲机呢？既然你看起来这么有信心，你能给我解释一下吗？见鬼，见鬼，见鬼！"

"可以有很多解释……"

谢天谢地，他无力的挣扎被一位警官的到来及时打断，约翰森也紧跟而来。警官给克里斯蒂安指了个位置，后者只好违心坐下。只需看看这位警官脸上严肃的表情，就能明白，他不是任人摆布的类型。

警官用一口完美无瑕的英语对他们说话。

"如果疫情得到确认，您会面临非常严重的问题。如果疫情得到确认，您会面临非常严重的问题。在此之前，您被拘留了。目前，您被拘留了。"

"绝无可能！我不能待在这里，我要去找我的儿子！"

约翰森冷冰冰地打断了他，丝毫没有被对方的痛苦扰乱心绪。

"博物馆会对您提出伪造公章的指控。至于您的同事，他将以同谋罪被控告。"

"比约恩完全不知情，您很清楚这一点，我们争吵的时候您就在现场。我对这件事负全责。"

"是吗？就我个人而言，我并不十分相信这一点。而且，不管怎么说，这不是问题所在。我们达成过协议，你们承诺了要遵守规则。"

"协议？在一个自然公园里，把一群大雁牢牢关在一小块地方，您把它叫作协议？但我现在什么都不在乎了，不在乎您的指控，也不在乎什么规章制度！此时此刻，我的儿子身在野外的某处，我们得把他找回来，您明白吗？他还是个孩子！所以，您那些批准不批准的事，我现在一点都不在乎。我希望你们能马上开始搜救工作，不然的话，提出指控的人会是我。我也能给您打包票，这个消息要是传播开来，一定会引起轰动，等着瞧好了，咱们俩谁会被认为是不负责任的那个人！"

他愤怒的长篇大论被一段吉他旋律打断。效果立竿见影，看到手机的一刹那，他的脸变得惨白，然后，在一片令人窒息的沉默中，他接起了电话。

"葆拉……我非常非常抱歉。"

他犹豫着，就像一个准备从高高的悬崖上跳下来的人。

"托马失踪了。"

剩下的话东一句西一句，他说他会吸取教训，他很后悔，他非常内疚。克里斯蒂安吐露了一切，一点儿都没有为自己开脱的意思。为了不让事态变得更糟，面对前妻的惊慌失措，他努力抑制住内心的慌乱。然而，当承认儿子学会了驾驶飞机时，他意识到，或许这个技能便是他们眼下的救命稻草，能够让儿子安然无恙。比约恩说得没错，托马很机灵，他能够应付的。因此，他不顾耳边的哭声和斥责——他自然是大错特错，但首先，他告诉葆拉，他得先定位"旅行者"，好确定儿子是在故意躲着他们，还是在一个没有信号的区域……不过，他还是避免提到托马的对讲机始终没有声音。

他终于挂断电话，筋疲力尽，倒在椅子上。其他人小心翼翼地观察着他，不敢有任何打扰，连方才那位气势汹汹的警官也是一样。指控的事在当下似乎不再是最重要的——真是让人松了一口气啊！一瞬间，他心想道。那个穿制服的家伙面带同情，俯身对他说话。

"您到这儿的时候我们就已经派人去搜寻了，勒塔莱克先生，请别担心。"

"您有什么建议？我的前妻几个小时后就到。"

"目前，待在这里会更有效率。而且，我们还没有获得检察官的许可……但不用着急，一定会有人提供线索的，都还没有过去二十个小时……"

他的声音消失在一阵咳嗽里。

在距离阴沉沉的警察局办公室三千公里的地方，葆拉正把毛衣和牛仔裤塞进包里。她太过慌张，把行李清单上的内容一项一项大声读出来——充电器、牙膏、要去取出来换汇的现金、用来在飞机上重新安排工作日程的笔记本……朱利安围着她转来转去，一副垂头丧气的样子让她十分恼火。此刻的她怒火中烧，完全没办法控制自己，任何挡在她面前的人她都恨不得要撕咬一番。而且，她愿意付出一切，只要儿子能回来！至于克里斯蒂安，她不会放过他的；她真是太蠢了，竟然会信任他，她早就该猜到，飞行的诱惑实在是太大了，他们俩都疯了，完全没有脑子，父亲和儿子，两个人都一样！

她发出一声叹息。突然，朱利安的话传到她耳边，他的语气是那样幽怨，这只会让她的怒火越发旺盛。

"……我可以找人替班的，一点问题都没有。打一个电话就解决了！葆拉，听我说，不要拒绝跟我沟通。你这样让我害怕……"

"不可能的。你们在这个模型上已经埋头苦干好几个月了；要是没有你，其他人会撂挑子的。你这样做毫无理由。"

"你开玩笑呢，托马失踪了，我想要待在你身边！造船工程可以等等；在最坏的情况下，我们可以到明年夏天再完成！"

朱利安说的是他和几个朋友心心念念想造的一艘帆船。葆拉一直关注着他的项目，但并没有太过上心，只是作为局外人对他表示支持和鼓励。这不是问题所在，你的那艘船，我一点都不在乎，她几乎都要脱口而出了；但她并没有这样说，而是用另一种方式回答，语气比自己原本料想的还要生硬：

"朱利安！谢谢，但我必须要跟家人一起解决这件事，你明白吗？"

"如果这真是你想要的……"

这一次，他是真的被打击到了，她很清楚地看出来了，但忍住了没有道歉；她没有时间，现在必须要想该带什么证件——护照？去挪威需要护照吗？还是先带上吧——然后得叫辆车，就算忘带了什么也随便了，她恨不得此刻就已经身在机场。哪个机场？奥利还是戴高乐？赶快查一下……她的手指在键盘上颤抖，都不知道自己输的是什么东西，巴黎到博德，这是离保护区最近的机场，据她的那位白痴前夫所说；这个季节晚上会有几度？她忘了问，更不敢想象那种寒冷，想象她迷路的小男孩此刻的样子。他很好，一定很好，大白痴克里斯蒂安说得没错，他很机灵，就算他在电脑屏幕前花的时间比在冰山里徒步的时间要多得多，也没有关系，他很好，他很好……

托马被一阵愤怒的叫声和翅膀的扇动声吵醒。大雁正大声报告紧急情况，刺耳的"叽鸣——"让他感到心惊胆战。他一跃而起，脑子还有点晕乎乎的，脚步踉跄地原地转了一圈，找寻是什么让大雁感到危险。在几米开外，有一只野兽蹲在那里，有些像鼹鼠，又有些像熊，还是一只大野狐狸？他慌乱不已，只见那双充满怒火的眼睛正凶狠地盯着自己；不是狐狸，不是，他突然想到了一个名词，父亲提起过——狼獾，这是一只狼獾！

他几步跑到飞机边，解开绳索，召唤大雁跟上。他甚至不需要怎么叫，大雁便已经向水面冲去，母雁在前，公雁殿后，它们伸着脖子，疯狂地拍着翅膀，企图吓退对方。即使在远处，在北极圈夜晚明亮的光线下，也能辨认出野兽锋利的爪子。它应该有一米长，皮毛长而光亮，但没有把身体全部遮住，獠牙翻出嘴巴，漆黑的小眼睛闪着凶光。见鬼，这简直是弗莱迪·费斯熊的孪生兄弟！

"最好要避开这种捕食者，它在饥饿的时候非常具有攻击性，甚至能攻击一群狼，或是比它个头大得多的熊！"父亲说过的话在他的耳边回响，而野兽正低吼着接近湖岸。它和《尼尔斯骑鹅旅行记》里的那只可爱的狼獾全然不同，这头野兽看起来饿得快要饥不择食，可以吞下任何尝起来有肉味的东西！

野兽正狐疑地嗅着他慌忙中丢下的救生毯。吃吧，只要能活下来，我冷爆了也没关系！大雁围在浮筒边上，紧张地叽叽喳喳叫着，但这只会让他更加焦虑。它们害怕捕食者，真是出师不利……在这一刻，托马想起来，他面对的是一个游泳高手，父亲告诉过他！他将手伸向启动装置，默默估计他们之间的距离。如果对方发起攻击，他别无他法，只能马上逃走，并且祈祷这个混蛋不要逮到某个落在后面的小东西！至于他的被子，那就算了吧……

他恐惧得无法动弹，麻木地在口袋里翻找，希望能找到某个可以当武器的东西。车喇叭！或许我可以把它吓走……

他怒吼一声，开始疯狂按喇叭。他将满腔怒火化作声嘶力竭的嚎叫，叫喊声和喇叭声交织成可怕的巨大声响。而大雁也加入了他的行动，在这一片喧哗中几近疯狂地奋力大叫。

刹那间，狼獾蜷缩成一团，但马上，它一跃而去，被这阵声响驱赶走了，很快便不见踪迹。不再有野兽，也不再有颤抖。什么都没有了，只有放着光亮的无边天空。

托马嚎啕大哭。他好饿，他好冷，而且他好怕！他知道，他得回到沙地上拿回毯子。他只是需要一分钟时间来调整呼吸，大哭一场，释放他的恐慌；要是他知道该怎么做就好了……

怦怦的心跳声终于静了下来，泪也渐渐流干，此刻的他筋疲力尽。与此同时，大雁带着担忧的神情绕着飞机打转，阿卡则站在一个浮筒上，就像小哨兵似的。这一幕让他不禁莞尔一笑。突然，一阵清亮的叫声传来，声音听来十分熟悉。像是一只北极潜鸟！在果拉斯亚维利湖就有一群这样的鸟，他几乎能确定，那悠扬的歌声来自它们。果然，他看到了一小群黑白相间的鸟儿。与这些鸟儿的不期而遇让他重新振奋精神，他决定行动起来。

他收好毯子，享用了一杯水、两块饼干的"早餐"。他别无选择，想要开始下一次飞行的话，他可不能肚子空空的。他想到了母亲关于早餐的嘱咐，然后想到了营地里的热巧克力，不知道比约恩和父亲是否已经睡醒了。或许他们正因为我而坐立不安！托马又犹豫了。父亲教过他如何使用对讲机，但要是他现在和父亲通话，那就完了，他的计划会被完全打乱，大雁最终会被关进动物园。

为了停止自我折磨，他点开 GPS，按下"设定新目的地"。他已经研究过太多遍路线，因此记住了几个沿海村庄的名字。他选择了罗尔维克，因为它在博德的南边。由于油量不够，他并不指望能到达那里，但至少，他不用再只依靠指南针毫无目的地飞行。他需要寻求帮助，但同时要避免被逮住，因为，毫无疑问，父亲正在翻天覆地地找他。

翻天覆地……自打被惊醒以来，他第二次发现，自己竟然在微笑。要是父亲能看到他昨天是如何降落的就好了……他一定会为自己的学生感到无比自豪！有关路路、夏德和其他哥们儿的念头则被他逐出脑海，因为他们会让他想到母亲，而那样的话，一切就更糟了，他会只想蜷在她的怀里，闻她的味道，就好像小时候那样。

克里斯蒂安和比约恩一夜没有合眼。他们喝了有一升的劣质咖啡，此刻正在警察局的院子里打转。一位警官在那儿幽幽地监视着他们。这时候，门砰的一下被推开。

由一个穿着制服的男人带领着，葆拉风风火火地进来了。她没费神打招呼，而是直接冲向克里斯蒂安。她已经冷静下来，并且准备了一堆问题要问，但看到前夫双手插兜，和那个大蠢蛋比约恩一起逛来逛去，她就气得血往头上涌。

"你是怎么回事！你是有病吧！你跟我保证过的！所以这些事对你来说都完全不作数？你的诺言，你的家人，还有什么？你怎么能就这么让他走了？"

在她的怒火面前，其他人都小心翼翼地让出位置，退回拥挤的办公室。

"其实我本来就知道的……我太笨了，太好心了，太……我本应该相信我的直觉的，我告诉自己，这是为了托马，为了你……他在哪里？嗯？我的儿子在哪里？"

克里斯蒂安没有为自己辩解，而是出于本能地将她抱住，抱得尽可能地用力。葆拉的痛苦深深震动了他的心，甚至将他原本的痛苦驱散。奇怪的是，她的愤怒并没有让他觉得不快。必须要有这一通铺天盖地又不知所云的斥责，他才能找到面对她和安慰她的力量。她靠着他的毛衣啜泣，他则轻声说道：

"没事，会好的，不要担心，一切都会好好的，我们会找到他，我向你保证……"

终于，他感到她放松下来，在这短短的一会儿里，他们彼此传递了某种东西，是一种确信，还是一种希望，他们说不出来，但突然间，痛苦不再无法忍受，他们会在一起，一起面对，一起找到儿子，惊慌失措只会让事情变得更糟。他们有信心，他们给彼此信心，起初是沉默的慰藉，然后是笨拙的言语：

"你知道的，他很机灵。看着吧，他会给我们打电话的。"

"你确定？"

"百分之一万确定。"

"是的，你说得对，但我太害怕了。"

"我也很怕，但我坚信他在某个地方好好待着，他很好，我给你打包票。"

"我相信你。"

"旅行者"带领着大雁，轻松自如地起飞，似乎已习惯成自然。要不是燃料指针正在毫不留情地往回走，托马会觉得非常快乐，至少会保持乐观。天空阴沉沉的，但微风习习，温度也尚能忍受。为了抵挡寒冷的侵袭，他小心翼翼地用毯子将自己裹了起来，然后把外套的下摆掖好。由于地势的原因，他已经攀升到四千五百英尺的高度，也就是差不多一千四百米，他从来没有飞得如此高。在他脚下，风景流淌而过，大自然美得无拘无束，也美得几乎惊心动魄。冰川和幽深的松林交替出现，从空中看去，就像是一片投射着蓝色影子的林木大潮，被一条血管般的沥青公路切割开。如果运气不好，飞机在这里着陆，他大约会被挂在某棵高高的树上。每当这一类的想法出现在脑海里，他就赶快将它驱逐，然后望向更远处。在远方的一片郁郁葱葱中有一条缝隙，那是一条银丝带般的宽阔河流——要是情况不妙，我也能试试在那儿降落，他心想，希望能够驱赶厄运。底下又是一座有着铁灰色光泽的冰川，一座座长满青草的连绵山坡，还有成片的小房子，这景象突然在他的心中唤起了几分思乡之情。然而，除了从屋顶升起的一缕青烟外，这里杳无人迹——现在还太早了，他想。他看了看仪表盘，惊恐地发现油量又下降了——这怎么可能？他之前几乎可以肯定剩下的油足够飞五十千米的，这下……

他转向阿卡。黑雁忠于自己的位置，在机翼前缘稳稳地飞着，同时观察着他；看起来，它似乎感受到了托马的恐惧，而在它圆圆的眼睛中，托马能读到决心和信心。于是，他一手抓紧操纵杆，一手伸向窗外，抚摸小东西的羽毛，心中满是欢喜和感动，因为它就在他的身边。

油量几乎见底。

他开始下降，高度降得非常低，几乎擦过山脊，沿着平缓的斜坡向前飞，为大地上的景致而心醉神迷——岩石、岩石、灌木丛、岩石、山谷、荆棘、苔藓、苔藓——他突然在视野尽头捕捉到一片反光，他转过头，然后辨认出一片沙滩，沙滩边上是晶莹的水面。那是一片湖？或者那就是海？他不知道，但他不在乎。来吧，我们能搞定的！他简直想大喊，但他不敢，发动机随时有可能熄火。虽然看起来很愚蠢，但他屏气凝神，想让自己更轻一些——坚持住，加油！他在心中默默祈求。这一次，他没有一丝余地，也不能耍什么花招，必须要飞出那条完美的曲线，沿着假想的轨道，逆风保持姿态，然后降落……

男孩将飞机停在离海岸很近的地方，以免浸湿双腿，他甚至不能确定剩下的油量是否还够多坚持一百米。这一刻他明白了，每一个动作都要深思熟虑，每一个选择都会承担后果，他的心头涌上一股自豪之情：他成功了……即使险些就要遭遇灭顶之灾，但他还是成功了！

一个小时之后，托马喝了水，吃了谷物棒——他已经饿得无法再精打细算地吃东西了，然后，他研究起挪威地图。他觉得应该能找到自己的定位，最多不超过十几二十公里的误差。海岸线不再遥远，他可以沿着海岸飞，再在靠近南边的地方降落，这样就能带大雁远离那个该死的约什么鬼森。但眼下，汽油成为了他要面对的首要问题。如果被困在这里，那旅程计划得再好也是徒劳；然而，此刻他囊中空空，不知道要如何解决加油的问题。去偷点汽油？那他首先还得有个油泵，在这个前不着村后不着店的地方压根就找不到；就算给他遇上一个加油站，把油桶加满了，他又能怎样？他不是魔术师胡迪尼！如果他以盗窃罪被捕，那父亲非把他杀了不可，或者更糟，父亲有可能再也不愿意见他！他也可以以物换物，但他能换的只有大雁；他想象了一下，要是把尼莫或者碧昂卡拿去换汽油，工作人员脸上会是什么表情……不管怎么样，这不可能，他和大雁分离太痛苦了；更不用说，他压根蹦不出几句挪威语！

必须找到别的办法。

"你好，你在干什么？这身衣服是怎么回事？"

托马吓得叫出声来。一个女孩在他背后悄无声息地突然出现。她并没有因为托马的反应感到尴尬，而是爆发出一阵大笑。她大约是比托马大一点儿，一头金发，脸上长着雀斑，一副酷酷的戏谑神色。她穿着一件青灰蓝滑雪衫、一条黄色裤子，还有一双和她纤细的身材不成比例的大皮鞋。

"你……你好！我是法国。"

他的挪威语估计听起来不怎么样，因为她又开始眨着眼睛咯咯直笑。接着，她指指自己。

"我叫艾琳。"

然后，她指向托马，显出讯问的神情。

"法国。法国！"

托马没明白她的意思，给她指了指地图，然后是"旅行者"；但当她注意到大雁，托马的举动一下子被完全忽略了。她惊愕地重复道：

"这是你的大雁？"

"谢谢，谢谢……"

他什么也没听懂，那就干脆多谢几句。她兴奋地摇了摇头，然后俯身看向阿卡，小家伙正直直地站着，试图把来人吓走。托马紧紧抓住她的衣袖，又努力尝试了一次：

"法国。"

接着，他带她走向飞机，给她看油桶。

"汽油。要去法国。我需要汽油，你明白吗？我要一直飞到法国！我在哪里能找到汽油？在哪里？98号超级无铅汽油！"

"这是你的？"

他摇了摇头，在斗篷里翻找，拿出之前草草记下的挪威语笔记，但没有一个词合适。

"你说英语吗？英语？"

"哦！英语。一点！你说吗？"

她点了点头，脸上绽放出微笑，一下子连小雀斑都焕发出了光彩。他们可以交流了，托马备受鼓舞，做出将汽油注入油箱的动作：

"汽油？"

"是的！汽油……汽油！"

"是的！汽油！一滴都不剩了。但对不起，我没有钱！"

他双手合十，恳求着对方。

女孩指了指油桶，让他跟着走。他急忙抓起两个空桶跟了上去，大雁则跟在他后面。见到这幅场景，她舞动起手指，假装在吹奏长笛，在沙滩上蹦蹦跳跳，然后放声大笑。她的轻松愉快让托马有些不安，他想向她解释，这趟旅行有多么重要，但在他的心底，有一个小小的声音在对他说，就听从命运的安排吧。在翻过了一堆岩石后，她用手指向他们的前方，在那儿，他发现了第一个显示有人类文明的迹象！他一下子因为激动而难以自抑。那不过是一座小小的浮桥，上面拴着一条船。在更远处，有几座架在湖面上的红色板房，在不远处，有几艘小船和几张渔网。要不是有条狗正扯着狗绳哀怨地叫着，一切似乎都静止不动。在这清晨时分，到处空无一人。托马克制住上前敲门的冲动；他多么想吃一顿热腾腾的早餐，多么想好好休整一下，但要是有人问起来，风险可就太大了。至少，眼前的女孩不会给他招惹来什么麻烦。

"这是你的船？"

"是的！"

她随手抓起一个塑料桶，三下五除二地爬到小船上，翻找了一会儿，然后自豪地抽出一根管子。接着，她拧开油箱，将管子末端插进去，对着管子吸了一口气。看到有液体喷涌而出，托马忍不住喜上眉梢。女孩迅速将管子的另一头插进油桶，浓稠难闻的汽油便向桶里流去。花了几分钟，一桶油才加满。女孩连比带划地告诉托马，油桶很重，他一会儿得来回走上几趟才行。

"太棒了！谢谢！我回去再拿油桶来加油？"

"是的！你叫什么名字？"

"尼尔斯……尼尔斯·豪格尔森。"

她笑眯眯地做出行礼的样子，自我介绍道：

"艾琳。"

"艾琳，你真好。"

他们运回汽油，然后又重复了几趟，直到"旅行者"的油箱基本加满。托马猜想，她应该将自己船里的油都给抽空了。他不敢问这会给她带来多大的麻烦，他的英语不够好，而且他不想耽搁太久，生怕碰上个大人。运气实在是好得不可思议，他甚至难以相信，他和他的小伙伴们又可以出发了。

"请问……你能不能给我你的……"

他犹豫了一下，指了指她刚才用来吸汽油的管子。在接下来的旅行中，他很有可能还用得上。看到女孩用古怪的眼神打量着他，他明白，她刚以为他会说别的东西，接过橡胶管子的时候，他的脸变得通红。

他们面朝湖泊，沉默了片刻。方才的十足干劲被一阵突如其来的乡愁所取代。过了一分钟，女孩终于开口。

"你还好吧？"

"是的。谢谢。你太棒了……谢谢，谢谢，谢谢！替我的大雁谢谢你。"

艾琳脸上的小雀斑再一次绽放出光彩，她带着狡黠的神色打量着托马。

"加油，尼尔斯·豪格尔森！"

他小心翼翼地在水里前进，免得弄湿衣服。大雁已经游在他前头，叽叽喳喳叫得正欢，它们知道新一轮飞行就要开始。他跟跄地爬上位置坐好，心里明白，自己正被注视着。他很想问她的电话号码，但又不敢开口，并为此懊悔不已，但现在已为时太晚，踩着水回去一趟也太蠢了，并且，她一定觉得他只是个毛头小子。

"旅行者"轻松启动。托马转向西边，将操纵杆一推到底，全速前进，然后起飞，大雁在机翼两边随之飞行。在底下，女孩拿出手机，拍下了他的起飞过程。他挥着手，快乐得难以言喻；从天上看下去，她是那么小！多亏了她的帮助，他们才能继续飞行！他决定在空中转上一圈表示感谢：

"再见，艾琳！"

她也招起了手，手机始终对着天上的人儿和鸟儿。他想象着那幅场景，十九只小白额雁和他的宝贝小黑雁排着队列，在天空中翱翔而过，如今，他真正明白了父亲那时说的意思，有些画面会永永远远地铭刻在回忆之中。空中的气流，阿卡注视的目光，无比坚定地在空中挥动翅膀的大雁，与此同时，一道阳光穿破暗淡的云层，这一切让他感到异乎寻常的心潮澎湃。

当湖岸的小小身影完全消失在视野里，他继续自己的旅途，朝正西方飞行。

在警察局的大厅里，早餐已经为来客供应上了。如果不是比约恩坚持要他们吃一些麦片来维持体力，克里斯蒂安和葆拉喝几口咖啡就已足够。随着时间一点点过去，他们心头的焦虑变得几乎难以承受。

一大早，葆拉就联系上了一名法国大使馆的工作人员，得知报案之后她"仅仅"需要等待"相关部门"的处理。听到那家伙说话的语气，她气得想要大吼一通。但在这种情况下，最好还是保持冷静……就好像她能够心平气和得下来似的，她的儿子可是正在天上飞！她不停地被告知，搜寻在进行中；但要怎么搜，这个该死的国家几乎是一片荒野。太多森林，太多山峰，太多嶙峋岩石、峡谷和无人区；她研究挪威地图已经好几个小时了，此刻，她因为害怕和疲惫而不住颤抖，她拒绝去想象，在荒郊野外会有多冷……但求他们赶快行动起来，而不是在这儿拿花言巧语哄骗她，说眼前的缓慢进度都是正常的！

当她周围已经没人可以吵架了，葆拉开始在大厅里来回踱步，然后再到院子里走。她甚至试着走出门，在街上胡乱游荡，但最后还是回去了，生怕错过儿子的归来……或许他会在几分钟后出现，届时她抬起头，托马就会在那里，顶着乱糟糟的头发，满脸气鼓鼓的样子，然后会扑进她的怀里……

她第三次坐在地上，身体蜷成一团，五脏六腑都痛得揪在一起。孩子的失踪仿佛让她的肚子里空出一个洞，她奋力挣扎，想要坚持住，不要就这样晕厥过去。有时候，她的心中会燃起一丝希望，会突然坚信他还活着，还在带着那些该死的大雁坚持到底。因为，虽然身上有着青少年的散漫，托马却是如此地倔强，如此地理想主义，她知道，她能感觉到……

克里斯蒂安的电话响起，在那一瞬间，她希望能在他憔悴不堪的面容上读到奇迹的光芒。但没有……他皱起眉头，显得困惑不解，语无伦次地说着：

"YouTube？现在不是时候，迪安娜，我儿子不见了，我得挂电话了，我要留出线路给……"

葆拉继续回到自己的遐想中，在她的脑海中，有一个完好无损的托马。上帝啊……请保佑他没有受伤，她祈祷着；尽管她并不是信徒，但今天，她也愿意为上帝，为圣母马利亚，为所有的圣人建一座教堂。她沉浸在内心的哀求中，好一会儿才意识到，那厢似乎突然变得火花四溅、激动无比。

"什么？什么视频？"

她的前夫用眼神寻找着她，他睁大双眼，张大嘴巴，像个被吊在虚空中的提线木偶。

"您确定是托马吗？……是的，他带着大雁一起离开了。他原本……他参与了这次旅行，但他昨天不见了。快把链接发给我!"

他招手示意葆拉过来，但她已经三两步蹦了过来，撞在他身上。经历了漫长的一夜，克里斯蒂安能闻到自己身上因恐惧而冒出的汗水气味，还有劣质咖啡的味道，但她从未如此想要依偎在他的怀里。她沉浸在汹涌而复杂的情绪里难以自拔，但仍然感觉到比约恩正向他们走来。

"他受伤了吗?"

"我不觉得。看!"

比约恩帮他们翻译了视频的名字，这条名为"我遇见了尼尔斯·豪格尔森"的 YouTube 链接已有一万两千的点击量，视频的发布者是某个叫莉莉·德雷的人，这个名字大约是要致敬女歌手拉娜·德雷。在画面中，飞机盘旋了一圈，边上围着二十只大雁组成的特别队列；但葆拉几乎没有注意到大雁，她的全部注意力都集中在坐在驾驶座上裹着僧侣袍子的熟悉身影。是他，是托马，是她的儿子，是这个傻瓜，这个不听话却又棒极了的小混蛋，他看起来是那样自信，他挥了挥手，然后飞向远处，化作画面中的一个小黑点。

比约恩惊愕不已，欣喜若狂地结结巴巴说道：

"它们好像都在……"

葆拉狠狠瞪了他一眼，他把剩下的话咽了回去。

"他怎么……他在哪里？谁拍的视频？"

"等等……"

克里斯蒂安赶紧重新联系那个叫迪安娜的女孩，打开了扬声器。

"我们看了视频，是托马，是的！您知道这视频是哪来的吗？"

"她一个小时前发布的视频。我请一个朋友帮忙定位地点了。我一下子就看出来了，这是奥德赛之旅。发生了什么？"

"我们碰上了行政手续上的大麻烦，公园想要把小白额雁带走。争吵的时候我儿子就在飞机边上。我想，他一定是害怕了，就带着雁群一起逃走了。是昨天发生的事，之后，他没跟我们联系。他母亲来了，就在我边上，我们俩都快急死了。"

"这事儿太疯狂了！他几岁？"

"十四岁，但年龄大小对解决眼下的问题起不了什么作用……"

"恰恰相反！听着，我会尽全力帮您，我有一些或许能帮上忙的关系。现在，我会马上去机场，我要报道您的行动。"

"您真的觉得现在是时候吗?"

"正是时候。抱歉要打乱你的计划了,克里斯蒂安,但在现在的情况下,是的,声势够大,说不定会对你有帮助。"

"好吧,请按您的想法来。"

他挂掉电话,将葆拉拥入怀中。他感到自己如释重负,一下子浑身都被抽空了。

"他还活着……"

"他还活着!"

两个人紧紧拥抱,比约恩也上前抱住了他们俩,就好像一只笨拙的大熊。过了片刻,葆拉挣脱他们,突然又变得十分急切。

"再给我看看。"

在他们翻来覆去地看着儿子的画面时,负责值班的警官通知了他的上级。但蹿到他们眼前的不是警察局的长官,而是那个被刚刚看到的视频重新提起神来的约翰森。他眼睛里闪着不怀好意的光芒,用一口无懈可击的法语对他们说话。这一次,他不再花心思用英语翻译来为难他们了,他的胜利已经毫无悬念,他赢了这一局。

"我想我认识这个湖。我会给搜寻队提供所有必要信息好找到您的儿子;同时,您也别指望把大雁带回去了。一切都结束了,我已经收到了指令,我要把它们全部扑杀!不能再冒一次险了……"

他露出满意的微笑,结束了自己的发言。眼前人的不近人情让克里斯蒂安惊愕不已,他想找句狠话来反驳,但小矮子官员已经转身离开了。

"等等，约翰森!"

他想要冲上去追他，却被警官拦住了。警官站在门前，含混不清地说了句什么，听起来应该是拒绝。

比约恩抬起手，示意他冷静。

"拘留期结束之前，他们是不会让你出去的。"

"你开玩笑吧? 那托马呢?"

"在他们看来，二者之间毫无关系; 但你们去不去都不会有影响，不知道这么说能不能安慰到你们。葆拉同样不能出去。搜救人员不希望被打扰，特别是焦虑得歇斯底里的家长。"

"所以你有什么建议?"

"等待。那个通知你这事的女孩是谁?"

"一名记者。"

"得指望她像自己说的那样有办法，因为在托马回来之前，我不知道我们怎样才能离开这里。"

"找到他要多久?"

"我不知道，十二······二十四个小时?"

葆拉被迎头一击。比约恩一定是弄错了······

"要这么久吗? 但那人刚才说他认识那个地方!"

"这个国家很大，内陆地区可以说是荒无人烟。如果托马真的想要躲开约翰森和他的人，那我们完全有理由相信他能做到，因此是的，这可能需要一些时间······"

她咬紧牙关，被一阵恐慌压得喘不过气来。她想要不管不顾地冲出去，但这个白痴比约恩是对的。除了等待和祈祷，他们没有别的办法。

湖边环绕着一大片冷杉林，这片树林是如此广阔，站在地上根本无法辨清它的轮廓。然而，在高处，可以清清楚楚地看到它狭长的形状，就像一个巨大的橄榄球，向两座植被茂密的山坡中间的山谷滚去。

托马决定降落，尽管现在还不到下午四点钟。不是因为燃料不足，他的油箱里还有一大半油，而是出于谨慎。他可不想一会儿被迫降落在一片草地，或是一座满是硕大裂痕的冰川上。他今天飞过了两座这样的冰川，其中一座像是一条庞大的冰舌头，上面折射着奇异的蓝色反光；他想象起父亲看到这般奇景的快乐，原本，带着雁群飞行的应该是他，他曾那样期盼这趟奥德赛之旅！托马被负罪感淹没，几乎想要呕吐，尤其在想到他将引起的一连串后果时。母亲现在一定已经知道了，因为他，她会跟父亲拼命——他们现在肯定急疯了！然而，他还是没有下决心打开无线对讲机；不管怎样，他在这儿应该也搜不到无线电频率了。想到这一点，他有些恐慌，他想要不停换台，生怕感到更加孤独！

托马蹲在湖岸边，大雁在边上欢快地拍打着翅膀，他想，必须要快些下定决心飞到海边，但他首先得给自己找些吃的。他的水桶快要见底了；他将斗篷边缘围成滤嘴的形状放在瓶口，小心翼翼地将水桶装满。他曾读到过，在缺少食物的时候，必须大量饮水。你读到的可是一本救生手册！

他吞下最后几块饼干，把碎屑都给舔光，但这下更糟了，他似乎给大脑传递了饥饿信号，打开了狼吞虎咽的闸门；于是，他嚼完了所有的口香糖，一颗都不剩，又灌下一升冰水来把胃填满。接着，为了让自己不再胡思乱想，他决定起身探索一下周边地区。上路之前，他抓上一个空油桶——它会带给我好运。直觉引领着他向右走——早上遇到的女孩便从右边来的；那里应当有一座小屋子、一间小旅馆，或是任何什么都好，他到时候只需说，爸爸妈妈在旁边的什么地方扎营……就凭你这一群大雁，人家可真是会百分百相信你！没关系，不重要，现在他必须要找点吃的，再找点汽油，不然明天就飞不了了。

他沿着河岸走了二十多分钟。有时候，一堆乱石或是一片枯树林会把他和大雁逼得走进荆棘丛，在里面苦苦穿梭挣扎。小白额雁看起来对这趟远足还算开心，但在草木丛里跋涉得越久，他便越感到绝望，觉得无法寻到一丝人类活动的痕迹。一只老鹰在他们头顶盘旋了片刻，让他想起父亲农场上空的黑鸢，于是，又是一股思念之情涌上心头……尽管并没有过去太久，但他似乎觉得，从卡马尔格出发以来，自己已历经沧海桑田。他开始感觉到飞行的疲劳，眼睛也感到刺痛，他想要钻进被子里，一直睡到第二天早上，忘记饥饿，忘记自己此刻完全不知身在何方……

这里那里横生的柳枝阻碍着他们顺利前行，还有两次，他们在满是蚯蚓的泥沼里迷了路。大雁满心欢喜，叽叽喳喳叫嚷得很是兴奋。男孩强迫自己耐着性子慢慢走，但随着时间一点点过去，他忍不住要自怨自艾，后悔方才没有飞到更远一些的地方；这里完全是荒无人烟，他选了最坏的方向，除了虫子和见鬼的荆棘丛，其他什么也没有！

一个小时之后，他实在是厌烦透了，发出了返回的信号。他感到又累又饿、心灰意冷，突然开始怀疑一切。这就是独自一人的感觉，他一边想一边闭上眼睛，不让眼泪流下来；结果险些被萨图宁绊倒。这个胆小鬼一有危险总想找个地方躲起来，于是一直粘在他的腿边……但这突然让他如梦初醒。它们都在这里，它们是他继续下去的理由！阿卡永远那样忠心耿耿，没有什么能将它击退；杰克和碧昂卡这对小情侣还是那样情意浓浓；尼莫是个小头头，几天来不放过任何一个可以挑战水手权威的机会；忍者总是一副混不吝的不羁模样；宝可梦和大懒虫普利多尔总是落在队尾，比起跟上他，它们更操心找吃的；还有所有其他的小鸟，那些好斗的和那些喜静的；二十个理由，每一个都独一无二，与众不同，对他百分百信赖！

我没法放弃它们，爸爸，你要理解我。

这是他到时候要说的第一句话。而妈妈那边，他可就完蛋了，他的辩解妈妈一句都不会听进去。算了。他情愿受一个月的惩罚，或是六个月，多久都行，他绝对不会抛弃它们！

当他看到在湖面漂浮的"旅行者"，感到精神一振。他加快了脚步，迫不及待地想要重新找回哪怕一点儿舒适。

"快，咱们把营地搭起来！第一个到达的奖励一大块香肠鲱鱼披萨！"

一切变得黑暗冰冷，突然降临的夜晚几乎让他措手不及。他原本很喜欢这里夜晚奇特的微光，这光芒一路上心照不宣地陪伴着他一起逃亡。但如今，他已经往南走得太远，渐渐远离了北极圈的夜。尽管此刻的夜晚繁星点点，美得如梦如幻，但他又一次感到了焦虑。在黑暗里，每一个声音听起来都是那样阴森可怖——小动物跳进水里的声响，松叶的细小噼啪声，还有风吹过的声音。尽管心里明白，大雁不会任由捕食者接近，但他始终放不下心来，不敢合上眼皮，总觉得随时会陷入四周潜伏着的重重危机之中。而且，饥饿也让他无法安心睡觉。如今他已经没有任何东西可吃了，于是后悔起之前的狼吞虎咽。至少给自己留一条口香糖也好啊！最后，他吐出嘴里已经被嚼得完全没有味道的小球，包在纸巾里——口香糖要五年的时间才能分解，他突然记起来，这是他们在学校里学的，口香糖分解要五年，烟头要两年，而一个可怜的塑料袋则要等上四百年！

他的肚子咕噜叫了起来。依偎在他身边的阿卡惊讶地睁开一只小圆眼睛。

"别担心。我就是饿了。我也想像你一样吃草，但我真的没有办法！"

它向前拱拱喙，感受他的呼吸，接着抖抖羽毛，舒服地蜷在他身边。托马好生羡慕它的一身绒毛。他越来越冷，或者是越来越饿，不管是怎样，他现在浑身颤抖，连牙齿都在打颤。他试图清空大脑。父亲曾告诉他，在过去，水手常常依靠星星航行。他想知道现在几点了，他之前为了省电关了手机。但知道时间也不会让这个夜晚缩短，还不如再生火试试——反正冷成这样他永远也没法睡着！他连滚带爬地从毯子里钻出来，抖抖身子跺跺脚，希望能让血液循环起来。睡梦中的大雁被他的声音吵到，嘟嘟嚷嚷地发出小小的抗议声。没有一只起身跟他走。

在不到五十米的地方，有一片灌木丛，此刻的月光够亮，可以容他去冒险一试。就算不巧出现一只狼獾，大雁也会及时警告他的。走运的是，好几天都没有下雨了，不过一会儿，他就攒了一堆干树枝。他稍稍感到振奋，在三块大石头之间搭起一个圆锥形帐篷形状的木柴堆，为了提高成功率，他还撕下飞机操作手册的介绍部分，捏成小球扔了进去。毕竟，这基本就是一堆废话，而且无论怎样，他已经知道从这里出去的要领了。火一下子生了起来。熊熊火焰吞噬了他那堆单薄的木柴，于是他急忙再去找些木头。在回来的路上，他捧着一大捆枯树枝，踢到了一堆交错丛生的荆棘，其中有几根和他的胳膊一样粗。有了这堆木柴，他应该能够安生几个小时了！

他将最粗的几根树枝叠在上面，好让火燃得尽可能久。准备好可以烧一整夜的火以后，他裹上毯子，好好感受着渐渐涌来的柔和暖意。此刻，他心中的情绪过于汹涌复杂，直教他筋疲力尽，不出片刻，在火焰的噼啪声里，他便陷入了梦乡。

黎明时分，他被寒意惊醒。眼前的一切都被厚重的雾气笼罩。他在灰烬里翻找，希望找到一点还能燃烧的木炭，但木柴已经全部燃尽成灰，上面还结起了点点露珠，再这样坚持下去就太傻了。

胃里的咕噜声把他拉回了现实。大雁已经四散在湖岸边，在淤泥里寻找它们的早餐。他的肚子空空如也，饿得五脏六腑都要扭曲了。人可以坚持多久不吃东西？实在不行，他可以烤一串虫子吃，但一想到小虫子在他的舌尖蠕动，他就感到恶心。他还没有饿到那个地步。差不多了，但还没有到那个地步⋯⋯

"啊呗啊呗啊呗！"

大雁困惑地看着他。

"来吧，我们再出去一趟。我跟你们一样，我也需要卡路里！"

见它们并没有要动身跟着他的样子，他双手叉腰，继续坚持着。

"喂，我得跟你们说清楚，我落到这般境地多少跟你们有点关系，所以咱们得保持团结一致！阿卡，快点！"

它总是领头的那一个，水手、杰克、火星，甚至是最近成为硬汉的尼莫，在队伍里各领风骚，但它们丝毫撼动不了阿卡的地位。他向左边走去，黑雁一声"啊嘎嘎"向雁群发出命令，同时赶忙追上托马。在它的身后，整支队伍小步跑着，急冲冲地跟了上来。

这个早上，托马决定走一条前一天没有看到的路，而不是继续沿着岸边走。在茂密的草丛里，有一条清晰的蜿蜒痕迹。他要自己相信，踏过这些小草的是人，而不是鬼祟穿梭的野兽。他想到了狼獾，马上努力将潜伏在灌木丛中的掠食者的形象赶出脑海。饥饿驱使着他不断向前走。走着走着，他终于暖和了起来。他披着斗篷，走在一只只排成队的大雁前面，呼吸着新鲜的空气，突然倍感振奋，感受到像挪威的天空那样广阔的希望……

他怎么能想得到，他点燃的篝火已经在几小时前被发现，而约翰森的队伍已经在追踪他了！

他没有走太久。离开湖岸大约六百米，在桦树和松树林中间的一片小空地上，他发现了一间木屋。

他在边上停下脚步，大雁对他的举动很是不解，叽喳叫了起来。

"嘘！不要被人发现。"

它们奇迹般地停止吵闹，尽管肾上腺素正在飙升，他还是莞尔一笑。这些小家伙真是了不起，一下子就听懂了！

"在这里等着，我一会儿就回来！"

为了让它们听明白，他蹲了下来，双手按住阿卡的两只翅膀，就好像想要将它牢牢钉在地上似的。

"不要动，明白吗?"他严肃地低声说道。

最好绕开径直通往大门的小路。见他久久没有迈出一步，雁群在他身后开始有些躁动。他犹豫着要不要折返，但他实在太饿，不由自主地向前走去。现在还很早，连六点都没到。要是他走运的话，这或许是间没人住的房子，或者里面的人还在睡懒觉。他的嘴角不自觉地抽动，傻傻地笑了出来。也有可能是那种超级友善的少年，正等着你把他们的汽油都抽走……哈哈哈，做梦去吧，托马！

走近了看，整间小屋由巨大的圆木搭成，看起来像一座堡垒似的。房门由一块庞大的木头做成，就像裹着一层铁甲，更不用说在通往阳台的楼梯脚下，一个木桩上插着一把斧头。快跑，伙计，这里太可怕了！他正准备撤，目光却被屋子后面的棚子一角吸引。棚子的门奇迹般地半开着。要么是门锁坏了，要么是主人并没有关门，不管怎样，这是天赐良机。或者，这是个陷阱，你会一个人落到一个疯子手上！不可能。这不过是胡思乱想，因为他看了太多的万圣节电影……

大雁在他身后急不可耐地向前挤着，托马侧身进入昏暗的房子。他花了几秒钟适应这里的光线，然后扫视棚屋内部。各式工具，一堆靴子，几根鱼竿，一个背包，几把耙子，还有一把巨大的修枝剪刀——不要胡思乱想！一辆雪地摩托，几个塞满瓶瓶罐罐的架子。他捏紧拳头，做了个胜利的手势。

"嘘。"

他无需这么做，自从出了树林，大雁一点声响都没有出过，就好像它们也清楚地感知到了危险。

首先，要搞定汽油。他需要加满整个油箱，如果他算得没错，除去现在剩下的，灌上一桶油应该就够了。他默默祷告着打开雪地摩托的油箱。浓烈的氢碳化合物的味道刺痛他的眼睛，他拿出橡皮管子，把它伸进黑漆漆的小洞里，然后像艾琳那样深吸一口气，差点把油溅到自己身上。油箱是满的。他赶紧将管子的另一头塞进油桶。液体幽幽地汩汩流动。在一片昏暗中，很难看清架子上那些罐子里是什么东西，但他还是想先好好地灌完汽油，生怕因为东张西望把油洒到木地板上。那里有桃子或者苹果、豆子、一罐看起来像是果酱的糊糊、酱菜或是黄瓜，还有鱼？尽管汽油的味道令人作呕，但唾液还是在他的嘴里慢慢分泌，他太饿了，不自觉咽了咽口水。

他逼自己保持冷静，将二十升的油桶灌满。然后，他再一次感到紧张得心怦怦直跳。他没怎么犹豫就向架子走去。最好不要在这里停留太久！他激动地抓起背包——包是空的——然后塞进他觉得最有营养的食物：果酱、桃子、鲱鱼——希望还能吃——又拿了一罐糖醋腌菜来佐餐。

在转身离去之前，他在雪地摩托满是灰尘的后视镜上写了一个尽可能大的"谢谢"。他没有更好的办法来为自己的偷窃行为致歉。

包很沉，但和油桶没法比。托马灵机一动，拿起一根绳子，系在塑料桶的把手上。这样一出门，他就能拖着塑料桶走，就像拖着一个无轮行李箱似的，尽管成果不尽如人意，但至少不会累得胳膊脱臼。

经过木屋的时候，他走得尽可能飞快，重新回到那条隐蔽的小路，没有注意到屋子的一面窗帘微微颤动了一下。

听到可疑的窸窣声音，一位睡眼蒙眬的老人走到窗前。窗外，一支奇怪的队伍在雾气里摇摆前行，一个矮矮的僧侣身影走在前面，后面跟着一群鸟儿，简直是某位圣徒眼前会出现的幻象。他深信自己是眼花了，便揉了揉眼睛，这下，他更清楚地分辨出一簇簇晃动着的小鸟羽毛。

"快醒醒，过来看，快！"

他的妻子嘟哝了一声，费劲地从床上爬了起来。他急得直跺脚，但当她靠在窗户上时，雾气已经湮没了一切，僧侣和鸟儿都看不见了。老人恼怒不已，不得不说服自己刚才是在做梦。

与此同时，托马已经回到了岸边。他赶紧将汽油加上，确保一会儿能够安心出发，然后才坐下来吃早餐。此刻，面前的食物竟然有的选，他不禁感到快乐得快要晕眩：桃子还是果酱？最后，他决定两罐都打开。他一点儿也不在意把手指弄得黏糊糊，给自己做了一个果冻糖浆水果三明治。咬下第一口时，他被甜蜜冲晕了头脑。

"哇哦！你们这些吃烂虫子的小东西，你们简直不知道自己错过了什么！"

他狼吞虎咽地吃着，这食物简直是只应天上有，他完全没有办法放慢速度。吞了半罐桃肉和三分之一瓶果酱之后，他才停下来，吃饱喝足让他幸福得晕乎乎。想到住在小木屋里的人可能会醒来，他逼着自己赶快撤离。是时候考虑下一步计划了。他拿出手机，祈祷着能有一点信号。屏幕上出现了半格信号，这无疑要感谢他刚刚抢劫一番的那家人。GPS 显示海岸离得很近。他可以朝某个小渔港飞去。再给爸爸妈妈发个短信，*要是你不想之后被生吞活剥的话！*

他找到一条可行的路线，突然又开始犹豫。他真的必须得离开这个国家了吗？

"叽呜——普！"

火星双脚踩着地，发出一声警报。散在湖岸觅食的大雁伸长脖子，突然都紧张起来。当阿卡开始发出一连串小狗吠叫般短促响亮的声音时，托马感觉自己浑身一凉。有什么东西在靠近。是捕食者，还是因为被抢劫而气恼的主人？他赶紧合上罐头，抓起毯子，把所有东西都塞进背包里。

大雁向湖面退去，它们躁动不安，变得越来越紧张。可以听到，脚步声从森林边缘传来。男孩隐约分辨出，那个挥舞着的黑影是一根棍子……不，那不是棍子，而是枪！是猎人！

他的小东西们一定也认出了对方是带着枪的敌人，因为它们正一边尖声叫，一边向后逃。没过几秒钟，它们就到达了水面，全速游走，决心要逃离这里……

托马跑在它们后面，被背包和毯子拖慢了脚步。他在泥浆里挣扎着前行，几乎是在湖水里打滚，他跪倒在地，然后又一跃而起，几乎在崩溃的边缘。他筋疲力尽，抽搐一般将包裹奋力扔进飞机，然后试图爬上去，但那身湿透了的斗篷将他向后拽。绝境之中，他生出一股力量，终于连滚带爬地坐到了位置上。尽管手指还在颤抖，但他第一时间启动了引擎；他一直没有回头看，但喊声传来：

"等一等！托马！喂！停下！"

猎人怎么会知道他的名字？叫喊声又让他害怕起来。他全力加速，鼓起勇气看了一眼那群带着武器的人，觉得认出了跟父亲干了一场的那个可怕的小矮子。不！他们不可能会找到他，他已经晕头转向，把一切都搞混了！

在他起飞的时候，大雁已经在天空高高飞翔。跟在果拉斯亚维利湖的那次出逃一样，托马没有思考飞行的轨道，他只是拼尽全力逃离眼前的陷阱，也忘了去关注小东西们的飞行路线。它们现在应该在树林上方，大约正朝向东北方飞行。在他眼里，身后那些人仿佛阴魂不散一般追捕着他，几乎要将他和小白额雁分开了！

他环顾四周，想到会丢掉它们就惊恐不已。天空是那样辽阔！父亲的话在脑中响起。"有时候，鸟群的一个成员会脱离集体，或者，某只雌鸟回转头去追随另外一支队伍……"不可能，起码他的大雁不会这样，而且它们都还只是幼鸟，它们需要他！

恐惧使他心跳加速，连太阳穴都开始跳动。在广阔的天地间，雾气已经慢慢消散，显出一片不可思议的蔚蓝。他看见晨雾留下的几缕白烟，看见几朵云飘在山腰，还有一只孤独的鹰在空中盘旋，寻找着猎物。再远一些，在视线的尽头，有一个移动着的黑点。雁群就在那里，如一支箭一般穿过天空，即使它们听不到，他仍在大喊"啊呗啊呗"，笑着又哭着；他找到它们了！他立马向前加速，阿卡一定是猜到他正在接近，因为突然，那支箭改变了方向，直直地向他刺来。

大雁回来了！队伍分成两列，小白额雁沿着机翼各归各位，在"爸爸"（或是"妈妈"）的两侧飞行。鸟儿发出一阵欢快的叫声庆祝重逢，短促而高亢的音符此起彼伏，它们的快乐也感染了托马，他兴奋地高喊着"啊嘎嘎嘎"，然后爆发出一阵大笑。

正当他兴高采烈的时候，一阵寒潮突然袭来。他忍不住打了个哆嗦，冷得牙齿直打颤。在山后，出现了一座新的湖，有那么一刻，他发抖到简直觉得自己在原地绕圈。寒冷就像是一台压路机向他碾来，螺旋钻头一下下深入，钻进他那困在湿漉漉斗篷里的骨头。他必须要紧急降落，否则迟早会在空中浑身散架。如果恰好落在那些追捕者的手里怎么办？不，别胡思乱想了，伙计，已经不在同一个地方了，那些僵尸抓不到你！但尽管逻辑缜密，一想到被那个持枪团伙追捕，他就又颤抖起来。

在波光粼粼的水面中央，出现了一个小岛，就像是首饰盒中的一颗宝石。问题解决了！没有人能到这里来烦他，再散不了的阴魂都不能！

降落时，一阵风让他偏离了轨迹，而当他重新拉起操纵杆，轻巧地回到方才的位置时，托马才意识到，他如今的操作已是那样娴熟。在这两天里，因为总在绝境，他变得镇定自若。父亲会为他感到骄傲的。

浮筒稳稳地落在水面上，几乎没有再弹起一下。他降落在月牙形状的湖湾，朝向小岛唯一的那片沙滩滑行而去。

他将湿漉漉的裤子和袍子铺开，用T恤擦了把身体，然后把衣服晾起来，穿上了卫衣。他不想让小东西们感到困惑，便裹了一条救生毯，用绳子绕着额头绑了一圈，让剩余部分垂下来，看起来就像是斗篷一样。要不是有那件僧侣袍，以及他们为了让自己区别于猎人而做的种种努力，今天早上，大雁或许就要上当了……他多么想要给父亲打电话，把一切都告诉他！但他没有，他只是蜷着身子，坐在被阳光照得暖洋洋的石头上。

"啊嘎嘎，啊嘎嘎，啊嘎嘎。"一只小东西靠近他，因为他的新行头而显出困惑的样子，托马轻轻发出声音。

对方咕咕叫着回应他，他感到了些许宽慰。

捕猎者的攻击给了他重重一击。他必须要认真考虑接下来的计划，不能再像无头苍蝇似的这里那里走走停停。一定要计划好出逃路线，制订一个可靠的计划。假定那些僵尸真的在追他，那他必须要逃得越远越好。这一次，他和鸟儿都是撞了大运，但明天呢？大雁可能会受伤，或者会更糟……

他将目光投向远方。湖面上耀眼的反光让他不自觉地眨了眨眼。他完全没有预料到自己会如此，但呐喊声已冲出喉咙。托马不知道自己是在咆哮还是呜咽。他大叫一声，张开双臂，拥抱四周的浩瀚自然。他喊到力竭，然后大口深呼吸，将这一刻铭刻在心中，铭刻这片天地，或是铭刻他的孤独……

一个令他不安的想法打断了他的沉思。自踏进湖里后，他还没有检查过手机的状况。幸运的是，他的衣服足够厚，手机幸免于难，并且似乎没有受到落水的影响。自打出逃以来，他还没有拍摄过任何东西。一直没心思拍。但这里就不一样了。他不假思索地打开了摄像功能，对焦在沙滩上嬉戏的大雁。有几只正昏昏欲睡，将鸟喙藏在翅膀里。他将画面拉近，原地转了一圈，想要记录下方才的动人美景。他拍着转着，天空、大地、湖水、小岛、翻转在镜头里的他的脸庞、天空、大地、湖水、小岛……

"禽流感的检测结果是阴性。检察官已经签署了终结调查程序的命令，我们会停止对你们的监控。你们自由了。"

宪兵用带有鼻音的英语含糊不清地说话，不禁让人想到唐老鸭。但是，他表达得已经足够清楚，三人组突然从麻木中惊醒，不觉站起身来。

"就这样？我们被晾在这里干等了这么久，而这位先生的儿子……"

比约恩意识到，现在不是找茬的时候，只好耸了耸肩，厌恶地说道：

"走吧。"

院子里，一位扎着满头脏辫的金发女孩向他们冲来，挥舞着手臂想要吸引他们的注意。克里斯蒂安花了一会儿才认出迪安娜，他在博物馆走廊遇见的那位环保主义记者，时间才过去了四个月！她倒是没有太大的变化，只是发型更乱，神情更愤怒。

"我已经要求见你们一个小时了，但完全没有办法！他们告诉我你们会出来的。"

她犹豫片刻，克里斯蒂安趁机做了介绍。

"这是葆拉，托马的母亲。比约恩，我的同事。迪安娜是一位积极参加社会事务的记者，正是她帮助了我……"

"你好。"

"你好。咱们现在没什么时间了，得先去把东西装上面包车。比约恩，你一起来吗？"

"当然。"

葆拉脸上的不信任显而易见。看到她离开，克里斯蒂安松了口气，尽管她潜藏着的攻击性似乎并没有让眼前的女孩感到难堪。要是换作在别的情形下，他会想要道个歉；但此刻，他却激动地问她：

"您是怎么找到我们的？"

迪安娜挥着手机。

"用它。这没什么难的……现在有什么新消息？"

"我儿子这边，还是杳无音信。约翰森，就是公园的主管，在继续追捕大雁！"

"我大概明白了。请把手机给我一下。"

"不好意思，您说什么？"

"请给我您的手机，快一点儿。"

见她如此胆大妄为，克里斯蒂安不知道是该笑还是该气，但女孩千里迢迢赶来帮助他们，而且，他几乎两晚没睡了，没什么力气争吵。于是，他递上手机，看着她疯狂地敲着键盘。

"您能给我解释一下吗？"

"当您的儿子下一次打开手机，您就能定位他。看到了吗？上一次的信息显示，他在离卑尔根不远的地方。"

"您在开玩笑吧?"

"没有。"

"但这太不可思议了!您是怎么做到的?"

"用了一个朋友的软件。我会负责拖慢那个约翰森的进度。"

"哦是吗?除了写稿,您还会巫术?"

"我自有办法。如果我没有理解错的话,现在事态紧急……"

"最紧急的是要找到托马。"

"当然了,这个软件会帮上大忙的。同时,我会努力拯救那些大雁。我告诉过您,我喜欢您的计划,是吧?"

"告诉过好多遍。而我甚至没有在出发前通知你。我本应该……"

"没关系。现在既然我来这儿了,我希望能够参与其中。"

"迪安娜·蒙热隆,您这人可真是奇怪……"

"说到奇怪,您也不差,克里斯蒂安·勒塔莱克!"

车喇叭在他背后响起。比约恩和葆拉做出催促的手势。

"我得赶快走了。您准备怎么打发约翰森?"

"他们让我在那儿苦等着的时候,我也没闲着。总机那儿的一个小伙子告诉了我一些情况。我想,他一定是烦透了一小时才赚一百块。据我了解,我们的'朋友'希望一切都能在挪威境内解决……此刻,他应该在去直升机的路上,你们出来的时候我正要去那儿。"

"那您也快走吧。我不知道是否能拦住那个蠢货,但谁知道呢,要是施上几个咒语……"

她哈哈大笑。克里斯蒂安步伐轻快地走开，方才的疲倦似乎一扫而空。

"对了，我忘了说！禽流感的测试结果是阴性！"

"太棒了！"

葆拉坐在前座。克里斯蒂安悄悄来到她的身边，注意到她正撇着嘴。他太了解她了，斥责的话很快就会冲口而出，因此他要抢先一步。

"迪安娜帮我装了一个软件，只要托马一连上网络，这个软件就能帮我们定位。"

"你确定？"

"今天早上，清晨的时候，他在卑尔根的南边，所以我们现在马上过去。"

"哦……太好了！"

这一回，前妻终于对他没什么要指责的了。比约恩偷偷向他挤了挤眼睛，吹起了口哨。在这两天两夜里，随着情绪的大起大落，他们之间的关系也是时好时坏。如今，他们要出发了，一切都会好起来的。

从城区出来，克里斯蒂安似乎如释重负，得以轻松呼吸。他的同伴看起来也同样轻松了不少。尽管还是心急如焚，但他们不再茫然绝望。托马还活着！还活着！并且就在卑尔根……他感到靠在他手臂上的葆拉放松下来。伴随着车辆的晃动，她闭上了双眼。开了十几公里后，他以为她早已睡着，但突然，她用酸溜溜的声音轻声问道：

"那个女孩是谁?"

克里斯蒂安忍住笑,装作若无其事的样子。

"我告诉过你了,是一位记者。"

"你跟她很熟吗?"

"算不上吧,怎么了?"

"好吧,那为什么她还跑这么大老远过来?"

"为了帮忙。"

"帮谁的忙? 她在哪家报社工作?"

"我不知道,我跟她几乎不认识,但她是一个环保主义者,真正的环保主义者。她对我们的计划很感兴趣。"

"她还挺漂亮的……虽然头发乱得很。"

他心不在焉地耸了耸肩。自打托马从他身边消失以来,他第一次不再试图压抑脑海里的千般疑问。儿子一定是得到了帮助,但是谁帮了他? 他又是从哪里弄来的汽油? 他往南飞了这么远,肯定补给过食物了,但他哪来的钱? 这个话题太敏感,他此刻没法向同伴提及,但他仍然很难将出逃的飞行员与自己沉迷网络游戏的儿子联系在一起。

当葆拉突然在他身旁惊跳起来,他还在傻乎乎地想,自己刚才的思考是否被她听到了。

"你的手机振了!"

托马的名字出现在屏幕上。她大叫一声。

"比约恩,停下,他打电话了!"

克里斯蒂安柔声纠正了她。

"不是，他刚刚发了一条信息。"

点开信息时，他的手指不住地颤抖。

"别担心，一切顺利。我会回比约恩的公园去。"

葆拉一把夺过手机，抽搐般按着重拨键。她断断续续、魂不守舍地说着：

"去你那儿，比约恩？去法国？他在说什么？快接电话，小傻瓜，马上接电话！"

"冷静点，他要是能接的话……"

他们屏气凝神，等待着奇迹发生，但是，铃声戛然而止，电话被切换到了语音信箱："托马，托马大天才！你知道吗？你现在在我手机上了，嗨！"

听到这个随意得一塌糊涂的留言，葆拉的怒火又一次被点燃。

"告诉我这不是真的……告诉我他不会一路飞去那个见鬼的小屋……他才十四岁，该死的！都是你的错，都是你的责任！他不能那样做！"

她怒不可遏，又泪流满面，不住地哽咽着，但在看到屏幕上闪动的小点时，她突然停住了，脸上闪耀起狂热的希望之光。

"看！"

手机上出现了一张地图，一个小黑点在地图上闪烁着。

"他在那里！就在那里！快点，赶快给他定位！"

比约恩把车停在路边。打开地图后，他没花半秒钟就找到了男孩的位置，然后，他沮丧地看了克里斯蒂安一眼。葆拉一定是捕捉到了他的神情，所以才朝着他们愤怒地叱喝。

"怎么了？别吓我了。有问题吗？"

见到两个人缄默不语，她都快要疯了！她想要摇晃他们，让他们把藏着的话全都吐出来，他们此刻的冷静只会让她更加怒不可遏。

"克里斯蒂安，快回答我!"

他摇摇头，叹了一口气，看起来正在酝酿着说出一个让人不快的真相。

"托马要穿越北海。"

葆拉打了个嗝。一定是她没听明白，或者是克里斯蒂安搞错了。一定是这样。她睁大双眼，盯了他片刻。突然之间，她希望时间倒流，希望他把这些话吞回去，永远不要说出口。

"你在说笑话吗？北海？告诉我这是个玩笑。"

"不要紧张。他能……他会成功的。"

"不好意思？你说'不要紧张'！你在耍我吗？他怎么就'会成功的'？现在说的不是一个鸭子游的破池塘，这是几十亿立方米的大海！北海，是北海！我要杀了他！如果他能完完整整地回来，我要扇他两巴掌……哦，见鬼，我在说什么！不行了，我要疯了……你呢，你……"

她崩溃大哭，但当克里斯蒂安将她拥入怀中，她没有做任何反抗。争吵又有什么用？在这一片混乱的情绪和翻滚的恐惧中，她清楚地知道，愤怒毫无用处，相反只会带来厄运。我要保持希望，上帝啊，托马已经学会了驾驶飞机，他没有疯，这只是一趟旅行，一趟有些长的旅行……她在她的白痴前夫的衣服上擦了擦鼻涕，然后勇敢地抬起了头。

"咱们过去。"

"好。"

"再把手机给我，我还是要试着给他打电话。要是他看到我的电话号码，可能就不接了。"

"葆拉……"

"'葆拉'什么？你有别的主意？因为这事可得我做主……"

这一次，连一声等候音都没响。她检查了信号。不是她这头的问题。

"打不通。"

克里斯蒂安温柔地回答她：

"这是正常的。他应该重新上路了，而且如果他飞过了海岸线……"

他说什么都不会吐露出心中的担忧。只要偏离航线几公里，托马就很有可能会坠入海中。在这种情况下，即使能够成功地在海浪中降落，他也不敢想象，飞机能抵挡多久大海的汹涌波涛。一个小时？或者更短？

在最后一秒，迪安娜成功地将自己挤进了挪威人的直升机，因为她声称，自己背后有使馆的无条件全力支持。事实上，她只是和一位秘书通了电话，但自然公园的主管有别的事要忙，没空核实她的话。她只需指出，托马还是未成年人，在他父母不在的情况下，他们的行动还需要第三者在场，而她将是他们的担保人。话要说得越重越好！在吓唬人这一点上，女记者可以说是驾轻就熟，毕竟她百分之九十九的工作都是要靠厚着脸皮才能完成……

应该说，她出现的时机很好。马格努斯·约翰森收集到了很多报告，正急着要开始追捕行动。自早上起，报告就没停过：少年和他的大雁被目击了二十多次。通过交叉组合这些信息，挪威人描摹出了他的路线，然后将飞机定位在几公里的范围里。如果她没理解错的话，他们试图在他离开海岸之前拦截他。换句话说，这表明，那个男孩马上就要干一件大蠢事了。在某一瞬间，她的内心动摇了。真的要阻止他被捕，然后任由他一个人犯傻吗？迪安娜内心十分痛苦，因为托马的命运掌握在她的手上。但从另一个角度来说，这个约翰森是如此固执，他和托马的对峙可能会演化成非常糟糕的情况。并且，她已经承诺过了。最好还是坚持原来的计划……

机舱内的气氛变得沉重。飞行员——根据肩章判断，他是一名指挥官——偶尔会嘟囔几个术语，其余时候一言不发。除了他以外，还有四个人，都紧紧地被安全带绑在座位上：看起来像是刚吞了一个柠檬的主管，两个穿着突击队制服、面无表情的家伙，还有迪安娜。他们帮她戴上了耳机，好减轻一点飞机旋翼的噪音。直到飞到一定高度，她才真正意识到，那个独自驾驶着滑稽的飞机的男孩会经历什么。见鬼了！还没等出事故我就会直接死掉！

"你们不会把他吓着吧？他只不过是个小孩……"

她努力扮演好临时监护人的角色，但她的确感到十分担心，或许，她表现得太过明显了。挪威人语气不善地回答道：

"小姐，这个您口中的小孩在我们眼皮底下逃走的时候，可不像受了什么惊吓。另外，我们追捕的也不是他。我们要把大雁带回来。"

"如果我听说的最新消息没错，禽流感病毒已经被排除了，不是吗？"

"您的消息很灵通。但这不能改变这些鸟是非法入境的事实。"

迪安娜不动声色地点了点头，似乎对这个话题不感兴趣，一门心思地观赏起风景来。这个疯子不觉得自己在重演《现代启示录》①，而是坚信自己站在正义的一方。她偷偷看了眼时间，暗自估算抓捕时间。据她的计算，他们应该离目的地不远了，并且，约翰森已经表现得非常焦躁，他身子倾向驾驶员，用一连串的问

---

① 以越战为背景的电影，讲述美军上尉威拉德奉命带领小分队除掉离队的科茨上校，一路历经恐怖和杀戮的故事。

题轰炸对方，得到了一堆否定的回答，然后变得更加紧张。看到蜿蜒的海岸线出现在眼前，她感到片刻的恐慌。时候到了。如果开始得过早，她的小把戏可能会搞砸，重要的是不能留给他们思考的机会。

她默数到五——这是她最喜欢的数字——然后发出一声响亮的呻吟，如布偶一般瘫倒在座位上。她是演得有些过了，但直升机里这么吵，这样也是必要的……

"您还好吗？"

她没有回答，而是大口喘气，两眼发直，尽力装出突发窒息的样子。

"见鬼，她呼吸不过来了！蒙热隆小姐，您哪里不舒服？"

透过半闭的眼皮，她辨认出指挥官焦急的脸庞，她立刻开始一阵强烈的痉挛，好让紧张的气氛继续升温。她沉浸在此刻的角色里，感到身体越来越不舒服，突然真的感到窒息了。众人松开她的腰带，帮助她勉强平躺在长椅上，有人捏了捏她的手腕，应该是想测她的脉搏。她努力屏住呼吸，眼皮不住颤抖着。

在她周围，大家激烈地争论着，即使听不懂他们的语言，她也能猜到，约翰森正在和飞行员吵架。太棒了！他们如今要二选一：要么返回直升机场，让一个不省人事的老百姓及时得到救助，要么继续追捕一个孩子和二十只完全健康的大雁。主管如果再固执己见，很有可能会冒上巨大的风险，这也大约是为何他此刻正怒不可遏。

直到亲耳听到发往总部的无线电信息，迪安娜才意识到，这一盘她赢了。直升机来了个急转弯，她差点跌到地上；幸好，身旁的几个军官如同医护一般细心体贴，及时扶住了她。至于约翰森，他气得脸色苍白，用英语疯狂咒骂：一连串关于她的卵巢的脏话，那些"法国佬"的坑骗伎俩，以及其他咬牙切齿的"好话"。她必须要拼命咬牙，才能避免笑出声来。演这场痛苦喜剧可真够累的，但一天还远远没有结束！

在飞行的最后一个小时，云层一点点地变得厚重，男孩沉浸在目送海岸线远去的震惊之中，并没有注意到云层的缓慢变化。他飞过一艘撒了一圈渔网的船，在船的上方，海鸥组成一片旋转的乌云。在他的面前，不再有任何坚硬的实体，只有天空和海水的灰蓝色充盈在天地间、弥漫在视野里。为了给自己打气，他回想起第一次从高处跳下的经历，那是从七米的高空往下跳。那一次，因为和朋友之间一个愚蠢的赌约，他从跳台上一跃而下。在笔直坠落的一秒钟里，托马被纯粹的恐惧吞噬，觉得自己即将死去。水拍击着他，把他吞没，把他压垮，然后又将他吐出水面，于是，他活了下来。接下来是一贯的嬉笑打闹、自吹自擂，他很容易就把方才的恐惧隐藏在内心，但他一直保留着那恐惧的印记。今天，当他操纵方向杆时，它又在他心中回响。那不是一种在瞬间爆发的恐惧，而是逐渐扩散，始终弥漫，它会一直延伸到视线尽头，聚焦在油表上，或者，当一阵恶风袭来，突然让他偏离航向，迫使他矫正航线时，这恐惧又会变得强烈。不管看向何方，都是一样的景象：棕色的大海无边无际，与天空中的狂风暴雨连成一片，乌云从四面八方涌来，随时将吞噬他们——大雁和寄身在这可笑机器上的大男孩。他想找寻海岸线的踪影，即使只是一块光秃秃的岩石也行，但什么也没有，并且，飞机的油量在下降……这是不可避免的事情。GPS可靠吗？要是他弄错了路线怎么办？如果他一直找不到丹麦，之后……之后会发生什么？

　　紧急情况下，他可以在海面降落，他在心里盘算着，毕竟浮筒就是要在这时候派上用场的。哦，是吗？海浪这么大，你要怎么办？在最坏情况下，你可能只是花更多时间死掉！他大约得要下降一些才能估量出海浪的高度，但那样的话，会浪费掉许多汽油，而且他可能会更加抓狂。

　　大雁应当是察觉到了他的焦虑，因为它们开始发出闷闷的叫声，然后突然散开，四处飞窜。可以看出，它们也极度紧张。可怜的小阿卡实在太疲倦，只能随它们乱飞。它用尽最后一点气力，顽强地拍打着翅膀。

　　"加油，阿卡！加油……"

　　他的声音在风中飘散，就像一只小雏鸟的叫声那般微弱。他将操纵杆握得太紧，以至于都感觉不到自己的双手了，尽管他在僧侣袍底下还裹了一层救生毯，但寒冷依然钻心剜骨。他们现在在一片蓝色的絮状云朵中飞翔，此刻是暂时的平静，不会持续太久。阴沉的乌云从北边席卷而来，而那正是GPS指示的方向。他闭上双眼，从内心深处汲取仅剩的勇气。他会抵达那里。他必须抵达那里。战役总是这样，他正处在溃不成军、触底反弹的那一刻；而且，无论如何，他们已经飞出了太远，不可能再回头！

　　天空似乎听到了他的声音，因为一道巨大的光线穿透云层，照亮海面；这景象是如此美丽，又如此可怕，他的眼泪不自觉地涌出，刺痛了眼睛。他想要大哭，想要将压力全部驱逐出身体，但他不确定是否还能停下来。不要在此时崩溃，托马，你必须拯救世界！

大雁又排成队列，向暴风雨中央一片更加明亮的裂隙飞去。它们突然看起来坚定无比，仿佛在混乱之中找到了求生之路。

"走吧！"

他大喊一声，既是要鼓舞大雁，也是为了给自己打气。它们还那么小，却在这里被一个扮作家长的蠢货瞎指挥！尽管他很担心，但如果它们能够穿越这片暴风雨，那便还有一丝希望，即使这希望非常渺茫。父亲重复过好多遍，候鸟讨厌紊乱的气流，但除了这一线生机，他们已无路可走！

男孩推动操纵杆，就像飞蛾扑火一般决绝地向前冲。他超过了排队飞行的小白额雁，它们正焦躁地大声喊叫。它们是在抗议，因为它们害怕！而它们是对的，对于年轻的鸟儿来说，这里高度太高，乌云太密，风暴太激烈；只是，此刻回头已经太晚了，如果不直面风暴，他们就完蛋了！托马像推动操纵杆一样奋力推开脑中溺水的画面，用因疲惫而变得沙哑的声音大声呐喊。

"加油！我们不放弃，我们会抵达那里！不要让我失望！"

他是那样害怕，甚至都忘了此刻的冰冷温度。恐惧比刻骨的寒冷还要可怕千倍，但这种痛苦同时又让他愤怒，让他更加一往无前。你现在只能破釜沉舟，稍一犹豫，就会死掉！

在三千英尺之上的高空，承托着他的空气似乎变成了一张稀薄的纱网，被狂风从四面八方穿透、猛击和摇晃。周围的一切被疯狂翻搅，他必须紧紧抓住操纵杆才不会栽倒。有时，托马确信飞机马上就要分崩离析，而自己就要被甩出机舱，但一阵风吹来，又将他托得更高，推他继续飞行。然后，不知怎么地，他成功驾驶飞机向乌云中那片晴朗的裂隙驶去，就好像穿进了一条墨水渲染的隧道。在尽头，一片蔚蓝只剩下细细的一线晴空。他继续朝这个方向前进，心里明白，稍一犹豫，自己就会坠入深渊，沉入大海。一想到坠机，他就怕得要命。他一定没法活下来！这里太冷了，不出两秒，他就会被海浪淹没！

他被恐惧侵袭，寻觅着阿卡的踪影。它正逐渐失去领队的位置。尽管可怜的小黑雁死命挣扎，想要跟上队伍，却不可避免地被落在后头。它慌乱地看了托马一眼，然后惶恐地大叫一声。

"阿卡！"

他只犹豫了半秒。他不能等它，那简直是疯了！托马不再多作思考，只依直觉反应，只求能够活下去。推杆、加速、避免被困在风暴层中。他希望像一枚全速发射的炮弹一样刺穿它，但他已然被它吞噬。突然，那蓝色的一线晴空消失了。雷声轰隆响起，让他措手不及，差点一头栽下去。他头顶的天空似乎刚刚一分为二。一秒钟后，倾盆大雨落在"旅行者"上。雨点声震耳欲聋，疯狂击打着机翼。飞机被阵阵狂风席卷，在空中颠簸旋转。此刻的能见度不超过五米，男孩只能凭感觉飞行，专注于控制操作台。他时不时地透过雨帘辨出某只小白额雁的纤细轮廓，猜测那是它翅膀的尖端，或是鸟喙的亮粉色光泽。知道勇敢的雁群正在这一片混乱中与他并肩战斗，他的心中又充满了力量。有时，他觉得自己被卷进了一个巨大无比的洗衣机里，有时则觉得是被扔进了山间急流，被冰冷的水流浸得湿透。拍打着他的不再是水滴，而是千万次锋利的刀割，划破他那僵硬握着操纵杆的双手。然后是铁皮和钢丝绳震耳欲聋的拍打摇晃声，比暴风雨的咆哮还要响亮可怕。托马浑身发冷，头晕目眩，完全不知自己身在何处，不知自己在往哪里落去，也不知如何驾驭风势；再说，此刻，风已经不复存在，朝他排山倒海般涌来的是天空的狂暴气息，把他带向魔鬼——当你只是龙卷风中的一粒尘土，找寻方向又有什么意义呢！他想要闭上眼睛，无所畏惧地死去，但他的心还在跳动，因为他怕，因为他想活下去。如果就此放手，那就太可怕了，他不想死，不想那么快……妈妈！他心想，然后，画面消失了，取而代之的是父亲的脸；他不想死，现在不行，不想因为坠机淹死或摔死……

下一秒钟，一切都消失了。巨大的骚动之后，是绝对的平静。龙卷风停下了，他已经飞到了别处，从冰冷的连串炮弹中被解救出来，并且完好无损、毫发无伤。飞机从风暴层中冲出，此刻，这里的天空一片沉寂。暴风雨在更低处继续释放，整个天空似乎都在屏息凝视。

大雁一只一只地轮流出现，用最后一丝力气摆脱刚才的混乱场面。男孩屏住呼吸，激动地数着数目。它们全都跟上了……不，不是全部。阿卡不见了！

他想要大喊它的名字，但情绪过于汹涌，哽咽的声音听来只是一声可怜的呻吟。这都是他的错，他本就预感到了，它没有气力跟上大部队。他本该等它的，但那样的话……那样的话你就一命呜呼了，所以你选择了牺牲它！

在他的脚下，乌云已经散去，那里如今是绵绵云海，小黑雁大约便是迷失在这片厚厚的云层中。这个想法太残忍了，他感到一阵恶心。他想象着被抛弃的小黑雁，强压住一声痛苦的呜咽。它要挣扎多久才能找到"旅行者"的机翼，找到庇护？它也在呼唤着他吗？尽管强作镇定，身体的虚弱和内心的悲伤使他的四肢不住颤抖。

在他周围，大雁轻声叫着，表达着从地狱脱身后的轻松。他也很想高兴一番，却只不过抑制住了眼泪。他们获得了一丝喘息的机会，但暴风雨必然让他们偏离了航线，他不知道该飞向哪里；然而，已不再有足够的汽油让他碰运气……

飘忽不定的飞行身影引起了托马的注意。小鸟从云团中突然出现，歪歪扭扭地朝他们飞来。突然，他认出了它那漆黑的脖子，那是他心爱的大雁，它眼见着就要筋疲力尽了；于是，他伸出手臂，声嘶力竭地大喊：

"阿卡！"

它一定是听见了他的声音，因为它不再左右乱飞，而是奋力向他们冲来。它是那样费劲地拍打翅膀，仿佛空气是一团浓稠的沥青。它就要没力气了，男孩心想。

他已经往回转了半圈，好来到小鸟摇摆不定的航线上接应，当它终于到达他的上方，他伸手拉它的飞羽，让它落在膝盖上。他一把拉开斗篷的拉链，将他的宝贝拥进怀里，然后裹上袍子。

只见它独独将小脑袋伸出来，疲惫地合上双眼。

托马的心思全在这温热的小东西上，他用指尖轻轻抚摸着它。寒意越来越凛冽，他的牙齿不受控制地打颤，但他太高兴了，不在乎自己有多冷。阿卡还活着，它还活着！

"我们太牛了，你不觉得吗？问题是，我们现在真的需要运气！要是你的话，会往哪儿飞？

一阵纷杂的窸窣声音突然从四面八方传来。男孩困惑不解地抬起头，不出片刻，他眼前出现了不可思议的一幕，一股灰色的波浪占领了天空，让他看得入了神。数以百计的灰雁在列队飞翔，四处可见它们的团团羽毛，它们伸着强壮的脖子，流线型的身体在空中朝同一个方向飞去，身经百战的成年大雁飞在前面，后面跟着羽毛色泽暗淡一些的幼雁。几秒钟之间，飞机被无数鸟儿包围起来，沉浸在一片欢快的喧闹声中！

还没反应过来，托马就感到一阵喜悦，恐惧也随之驱散。它们是候鸟！跟着它们飞翔，一定能够抵达陆地，因为大雁知道路线……他们得救了，只要汽油足够。

"亲爱的，别担心，我们可以的。"

阿卡依偎在他的怀里，附和地叫了一声。"爸爸"（或者"妈妈"）的气味让它安心，所有的痛苦都不复存在。

比约恩开着旧面包车以挪威公路的最高限速飞快行驶，克里斯蒂安和葆拉则越发焦虑地盯着屏幕，渴望显示儿子抵达海岸的信号出现。等待的时间越来越漫长，经过一个小时无休无止的折磨，年轻女人再也无法忍受听到身边人重复一切都会好起来的。她双手无意识地绞动，全心全意地向老天爷祈求着。要是托马能够安然无恙地回来，我发誓不会再拿什么前途的事来烦他。他一定能摆脱困境的。我给他几耳光就行了。一耳光算什么？没什么。比起他都让我经历了些什么，简直就是开玩笑！我要把他的宝贝游戏机摔在他身上！不……嗯，是的。就稍微摔一下。求求你了，我的上帝，主啊，即使我不相信你，也请帮助他吧。我会戒掉金汤力和脏话，我再也不会因为他做的那些蠢事发脾气了，即使是他乱七八糟的房间——我的上帝啊，我愿意面对一万条臭烘烘的内裤和袜子，我都不在乎，只要他能回来！

"会好的。"

克里斯蒂安看着她安慰道，但他的关心总是能成功激怒她。她咬着牙说话：

"当然了！为什么我要担心呢？我的儿子正开着一架莫名其妙的机器飞在北海上空，而且他一定是不知道飞哪里去了，但一切都会好的！你这是在开玩笑？"

她正要林林总总地罗列自己愤怒的原因，但喷涌而出的泪水让她不能言语。他想将她拥入怀里，但她一下子挣脱开来。她需要的不是安慰，而是儿子好好地回到她身边！

比约恩突然语气急迫地喊她：

"葆拉，快看！"

"别烦我，不要告诉我你也想掺和进来！"

"他在那儿！"

挪威人无需再多说什么。在滑落的手机上，一个小点闪烁着，就像是一颗跳动的心脏。我亲爱的儿子，我的宝贝，你还活着……冲击是这样剧烈，她一时间只会傻傻地重复：

"他跨越北海了，他跨越了……"

"见鬼！"

克里斯蒂安欣喜若狂地高举拳头，然后一把搂住前妻，吻了一下她的嘴唇，发出胜利的呐喊。葆拉想笑又想哭。短暂的拥抱让她不由自主地感受到一丝熟悉的悸动，她努力想把这种感受驱赶走。但在她此刻汹涌的情绪中，唯一重要的是那种难以置信的解脱感，那是一种难以形容的感觉，她能够不再窒息，能够重新开始呼吸，能够继续活下去。两个男人同样无比激动，他们欢天喜地，大笑大吼。如果有人此时遇见他们，一定会觉得他们已经疯了，但事实正相反，一切都回到了正轨——地球终于能够重新开始运转，而他们也是一样，托马安然无恙！

比约恩首先恢复了理智。他们正在接近某座城市，现在可不是被警察拦下的时候。克里斯蒂安依然沉浸在喜悦中，他拿起手机，想要确认飞机已经重回航线。他为这孩子感到多么骄傲，他简直不敢相信！儿子一定经历了种种可怕的天气，他现在是当之无愧的真正飞行员了！

"我们给他打个电话？可以跟他找个地方碰头……"

方才的怒气已经烟消云散，此刻葆拉的脸上满是哀求的神色。

"不行。如果到目前为止他都搞定了，那他一定想要继续下去，最好是给他发个信息。比约恩，你全速向前，好吗？一直朝着比利时开。除了加油，我们其他时候都不停车了。我一会儿就来换你。要是他决定停下来，他会通知我们的；否则的话，我们会在公园跟他见面。但我希望我们能比他到得早。既然最糟糕的时刻已经过去了，我……我相信他真的会成功！"

她的前夫说得对，他们很快就会再见面。葆拉感到，他的轻松自在驱散了自己最后的些许焦虑。她终于也放松下来，全心全意地沉浸在此刻涌来的幸福之中。克里斯蒂安一定懂她所想，因为他正朝她温柔地微笑。他挥舞着手机，兴致勃勃地问道：

"我们要对他说什么？"

"说我们爱他，并且我们会等他。告诉他别在路上耽搁太久。还有……"

"好的。还有一切的一切。"

接近丹麦海岸时，云层变得稀薄，透出一片深色的海角。远处，一大群海鸥随着上升的气流旋转飞翔。时不时地，几只鸟儿发出尖锐的叫声，向大海猛冲过去。托马心跳加速，几乎不敢相信这如梦似幻的景致，但他面前的轮廓越来越清晰，越来越真实，直到与起伏的海浪分离，成为一条绵延的沙丘。

"丹麦！哇哦，我们成功了！"

领头的几只大雁被他的兴奋惊扰，睁大眼睛打量着他。显然，它们一定早在他之前就嗅到了陆地的气息！

男孩飞离直奔南方的长长候鸟队伍，他转了个弯，向海岸飞去。为了让小白额雁不要继续跟着灰雁飞，他按着车喇叭，发出大雁熟悉的声音。在一片叽喳声中，"啊嘎嘎嘎"的叫声几乎听不见。幸运的是，没有一只小白额雁不听话。他想到了父亲，想到要是他知道大雁习得的"印刻"胜过了天性，会有多么喜悦。

风越来越大，他必须要紧紧握住操纵杆。他心中一闪念，想着海岸边的那些沙丘是否便是位于大海交汇处的斯卡恩。但此刻已看不见大海与陆地的分界线，只有被晦暗的天色染成褐色的层层海浪。在飞机的下面，大海渐渐远去，取而代之的是一片金色的沙滩，托马不由大喜，举起拳头庆祝。他们已经跨越了海水和陆地的边界！他从未想过，自己能够如此轻松、如此快乐。风继续一阵阵朝他袭来，于是，他缓缓下降，稳定在一千五百英尺的高度，那里的气流干扰少一些。他的脑海中浮现出一些碎片信息——"在城市之外，最低的飞行高度是五百英尺；在城市内，则根据建筑物的高度，从一千五百英尺到五千英尺……"但现在，这些数据还有什么意义吗？

在几分钟里，他只是好好地呼吸，仍然不敢相信自己已经摆脱险境。峡湾已经消失，现在眼前是一片镶嵌着灌木丛的草地，还有随处生长的石楠花，很快，视野里便出现了围着一座教堂而建的几座房屋，一座孤零零的磨坊，还有勾勒出复杂图形的网状道路。从上往下看，就好像是几片随意散落的巨大树叶的叶脉，微型汽车在其间慢悠悠地穿行。

他两次偶遇了同一个人，那人正手扶帽檐、抬头望天。他挥动手臂，托马又好奇又紧张地回应了他。在三天可怕的孤独之后，与人类文明重逢让他感到震惊。他开始意识到世界不可思议的多样性，这世界能建造出一座座巨大的城市，人们在这里拥挤聚集、奔波终日，而在城市之外，还有大片没有人类踏足的荒野，那是狼獾、熊和驼鹿的王国，在那里，时间展现出新的维度，大自然依其残酷无情的独特法律行使着无上的权力。他并非深思熟虑才有了此般想法，当他端详着陆地上人类活动的痕迹，这个念头突如其来，击中了他。

他飞离了见到的第一片城区，对他而言，那里太过庞大。从天空俯瞰，混凝土筑成的防波堤就像随时准备咬住海港的下巴。最好是绕开城市化程度过高的地区，因为他毛头小子的模样很可能会引起警方的注意。即使能在年龄上说谎，他也永远无法真的被当成成年男子。理想的情况是遇到另一个艾琳，还有远离尘世的几间小屋。

油表显示油量在一点点减少，但在与死神擦肩而过后，他不再因此而太过焦虑了。在最糟的情况下，他也能在海岸边降落。

长长的沙滩划出一条清晰的边界，大海在一边轻抚着它。海水的色泽是那样斑斓，从黑色到浅水区的翡翠绿，各种颜色在这里交错相映。南边，一艘货轮在海上驶过，留下巨大的水花拖尾。还有三艘渔船正要驶向远海。因为太过疲劳，他整个人都有些麻木，他感觉不到寒冷，甚至忘记了自己的处境仍岌岌可危。阿卡在他的膝上动了动，惊醒了此时有些呆滞的托马。在他的左边，一排巨大的风车高耸入天。于是他驾驶飞机小心翼翼地飞开。父亲的话在脑海中回响："如果遇上气流，不要使劲打转向，只要随时保持警惕，稍微松开控制，你的飞机就会自己稳定下来，这样便不会白费力气……"

在油量接近临界点时，一个小小的渔港突然出现。太及时了！但这个巧合并没有让他过于吃惊，因为冥冥之中，仿佛有一股力量在指引着他。他在沿海的村庄上方小心地盘旋着，他并不青睐巨大的主码头。那里停靠着十几艘小船，却没有一艘挂了帆，这个地方看起来太简陋，吸引不了人群。快要绕完一圈时，他发现了一处小堤坝，几个人正在那里钓鱼，这是个适合的地方。垂钓者们手握鱼竿，身穿风衣，抬起头望着这个令人难以置信的飞行纵队：一架看起来像个鸡笼似的飞机，两旁各飞着一群大雁，就像是两面小旗，或是风筝的两条丝带。

小白额雁明白了他在做什么，叽叽喳喳叫了起来，迫不及待地想回到地面。每一只鸟儿都筋疲力尽，然而，在这四个多小时的飞行中，它们没有过半点迟疑。阿卡依偎在斗篷里，踮着脚尖叫着——它也在给我鼓劲，男孩心头一热。

"你知道吗，宝贝，要是没有你，我们还陷在泥潭里打转，是你给我们带来了好运。"

海上的横风朝他猛吹，就快要把他拍扁在水面了。他使劲将飞机拉回正轨，意识到自己已经筋疲力尽，一丝力气都没有了。他浑身颤抖，但直到听到自己牙齿打颤时，他才感觉到，寒冷真的已经深入骨髓。栽在现在这一步也太蠢了！降落到水面的一刻比想象中来得更加突然。"旅行者"开始歪七扭八地向港口滑行。与平静的湖面相比，大海迎面而来的强大阻力让托马感到惊讶，他必须要与将他推向远方的水流对抗。靠近码头时，他深吸一口气，希望能驱散此刻体内剧烈的晕眩感。一切都完全放松了，他的紧张、他的肌肉，甚至是他的意志都松懈了，就仿佛结束了这生死攸关的一战之后，连最小的能量粒子也离他而去……

大雁跟着飞机游泳，它们奋力追赶，以免被抛在后面。又一次，它们的勇气鼓舞了他。他无意识却娴熟地调整已经偏移的航线。石堤大约在一百米外的地方。在一艘即将出发的渔船甲板上，两个穿着工作服的家伙迷茫地看着他们从眼前经过。再远一些，堤岸上的一排垂钓者似乎也感到了同样的困惑。有些人放下鱼竿，随他一齐往前走。一个金发高个子男人对他喊了一声，但男孩无法理解他是在问好还是提问。他礼貌地轻轻挥手，以免冒犯对方。他心里一直纠结着年龄的问题，却忘记了身上的袍子让他显得有多奇怪。

随着飞机缓慢地前进，或许是因为太过疲劳，他觉得自己的眼前似乎出现了某种海市蜃楼。在标记着港口入口的码头尽头，在几所斑驳的蓝色破屋子的对面，立着一个老式汽油泵。这正是母亲口中的"天降吉兆"！这次，他不用四处找加油站，也不用拖着满满一罐油走了！至于钱倒不是问题，因为他手上有可以拿来交换的东西，能换来一满罐油，说不定还能换点食物，佐着剩下的罐头一起吃……

托马越想越感到振奋，三两下将"旅行者"的绳子系在靠着堤岸的破旧铁梯子上，接着，犹豫片刻之后，他将阿卡安顿在座位上。小黑雁看起来总是有些昏昏欲睡，最好让它好好休息一会儿。小白额雁已经围在浮筒边上，虽然有几只还在激动地叽喳叫着，但大部分鸟儿已经把头埋在翅膀下，准备打个盹。

他把一只脚跷在堤岸上，试图拉伸一下，强忍着不发出哀嚎。他的肌肉太过僵硬，拉伸时感觉像是被放进绞肉机里受刑。就在此时，一个头戴挪威国家石油公司标志帽子的大个头男人从一间小破屋里走出来，那里既是加油站又是杂货店。他打量着打扮成僧侣模样的少年，轻轻吹了声口哨。

“你好！”

“你好！我需要汽油，但我没钱。”

那家伙摇摇头，用他的语言咕哝了句什么。托马怕自己还没来得及解释就被扔出去，急忙挥舞手机说道：

“这是一个苹果手机。很新。没用过。我拿它跟你换汽油和吃的……”

加油站员工没回答他，而是扭过头来，被阿卡吸引住了。小黑雁蜷缩在驾驶座上，它抖抖身子，捋捋羽毛，看起来像是在找什么。最后，它一挥翅膀，回到正在浮筒边叽叽喳喳个不停的雁群当中。

“是你的大雁？”

托马打了个寒颤，向杂货店走近一步。

“是的。手机质量很好！质量！几乎没用过……没用过。”

“你是个小法国佬，不是吗？”

“是的，我想说，是的！您说法语？”

“讲一点儿。这是你的吗？”

男人手臂一挥，指指飞机和大雁。男孩仅仅点了点头。他一点也不想扯一堆半真半假的蹩脚谎话。

"是的。我爸爸在不远处等我……"

"它们被'征服'了吗?"

"被驯服了,是的。嗯,不,也不全是。"

看到大个子作势靠近,他急忙阻拦。

"不行!它们会害怕的。害怕!不可以。"

"好吧。"

那家伙耸了耸肩膀。他注意到男孩伸出的手,拿起手机,狐疑地掂量了一下。

"这是你的?"

"是的!看!"

他迅速解锁手机,翻开相册滚动照片。

"好的。你跟我来。"

堤岸那儿的垂钓者聚在不远处,似乎在观望着后续。托马举起手,做出停止的手势,希望阻止他们接近大雁。

进入杂货店时,热气扑面而来,他踉跄了一下,被漂白水和烟头的臭味呛到了喉咙。货架塞得满满当当,混乱中似乎隐藏着某种逻辑。工具、牛奶、绳索、肥皂,甚至饼干、苏打水和薯片都挤在一起,边上还放着机油和电池。陈列柜里摆着一板板巧克力,看得他立马口水直流。

"我能拿那个吗?三块?"

他指着巧克力,眼中闪烁着渴望的光芒。加油站员工点点头,给他塞了六块。

"你要去哪里?"

"不远的地方。我在附近找一个池塘……"

"池塘?"

"水塘? 水,湖……"

"哦……你过来看看。"

男人拖着步子,走向一张粘在广告板上的地图。他指着一个蓝点,蓝点离海岸上的一个点不远。

"这里,港口。那里,你的池塘。"

"港口"大概是这里的村名;无论如何,两个点之间只有咫尺之遥!

"明白了! 那我可以拿到……汽油吗?"

"可以。"

"我能先发个短信吗? 发一个短信给我的……朋友。"

丹麦人看起来很惊讶,几乎有些怀疑,但最终还是把手机递给了他。

在对方改变主意之前,男孩飞快地打字:"用手机换了汽油。没法联系了。我这里好极了。明天在比约恩的公园见。"

"我把信息清空。我把手机清空!"

对方点点头,但男孩在删信息时仍寸步不离地守在他面前。

"好了!"

他多希望丹麦人在最后一刻会不好意思拿走他的家当。想什么呢! 对方正急匆匆地把手机放进口袋里,这是见面以来第一次见他露出笑容! 唯一的安慰是,他的个人信息和所有照片都保存在了云端；因此，这一趟"只是"让他丢了个几乎全新的苹果手机，并且确定会被母亲痛骂一顿。

在离飞机二十米开外的地方，围观者的队伍变得壮大，大约聚起了五十多个人，其中有个年轻人还在拍视频。托马希望这些爱凑热闹的人里没一个想到要通知警察。奇迹般的是人群一直与飞机保持着距离，大雁看起来也并没怎么受这群两足动物的困扰，有可能是因为它们实在太累了，顾不上这些了……

加油站员工取出长长的软管，开始加油，托马则躺在码头上，他迫不及待地吞了两块巧克力，幸福得眯起双眼。

根据他的计算，他们距离地图上标注的池塘应该不会超过十分钟的航程。这样的话，他们将能够休息、吃饭并且睡上几个小时。明天，他就回到法国了。有了这张地图，他应该能够做到；在最坏的情况下，他也能飞低一些，看看高速公路上的路牌。母亲的脸浮现在他的脑海，她一定会皱着眉头，满脸怒色。他嘴里塞满了巧克力，心满意足地傻笑着。明天，他肯定会被惊天动地地大骂一通，但想到这一点时，他竟荒谬地觉得超级开心。

明天……

托马被鸽鸟的叫声惊醒，从蕨草铺成的床上坐起来。他以为看见了一个巨大的月亮低低地挂在天上，然后才意识到，那是初升的太阳。在薄雾的笼罩下，这颗白日之星看起来是那样美丽，又那样神秘。这一天有个好兆头。三个月了，他很快就要学会破译最明显的那些天象。

他的太阳穴一阵刺痛。青蛙吵了大半夜，让他无法入睡，寒冷也让他不能安眠。昨夜，地上的木头太湿，生不了火。无奈之下，他给自己铺了这个植物床垫，避免直接躺在潮湿的地上。就这样，他蜷缩在救生毯里，听着嘶哑的蛙鸣，瑟瑟发抖了几个小时。

他太蠢了，竟然忘了给水壶装水！他喝了池塘里的水，但谨慎起见，只喝了一点，并没能真的解渴。要是落到拉肚子的下场就太傻了！只能等回到法国再说了，不可能回到港口去讨水。最好不要有点运气就得寸进尺……

与他相反，大雁已经从旅行的疲惫中恢复过来。它们一醒来，就散在岸边，寻觅丰饶的水草和它们喜欢的那种小蚯蚓。池塘就是一方小乐园。看到他起身，阿卡和萨图宁便过来索要爱抚，紧随其后的是玛依、小小鸟和普利多尔，它们嫉妒伙伴得到"爸爸"（或是"妈妈"）的关注。于是，他依次讨好它们，很快，整个雁群都拥了过来。有的叽喳叫着，有的嘟着嘴巴，有的拍打着翅膀，还有的挤开同伴，想要第一个冲到他身边。

"嘿，冷静一下，我们还没到呢！今天晚上你们就会舒舒服服地到达一个五星级酒店！我们会再见到比约恩和爸爸！还记得他们吗？"

大雁的热情更加高涨，他最终只好躺下，任由小东西们在身上蹦蹦跳跳。它们现在变得好重，他都快记不得曾经的那些绒毛小球摸起来是什么感觉了。

这是你最后一天在路上了……尽管他很虚弱，但思乡之情是那样强烈，他沉浸其中，几乎要头晕目眩。因为地上太冷，他又站了起来。他叠好被子，抓了把沙子在脸颊、额头和手上擦了擦，然后再仔细地冲洗干净。这个早上，他的每个动作都充满了仪式感。洗漱完毕，他便打开鲱鱼罐头，拌进剩下的酸黄瓜里开始吃。果酱和水果在前一天晚上已经被他吃光了。鱼太咸，小黄瓜太酸，但他还是逼着自己吃干净。他需要精力充沛地出发。

再过几个小时，他就会与父母重聚。此刻，这件事对他来说几近不可思议。他大约会付出惨痛的代价，尤其是在母亲那边。她肯定会没收他的游戏手柄——不过你奋力求生的时候可没用上它！当然还有他的游戏。《堡垒之夜》，格鲁尔，一切都结束了！她甚至可能会给他报辅导班。不过他都不在乎。这么做是多么值得。而且，他们不会禁止他回卡马尔格了。他会与他的大雁再见面。毕竟，是他救了它们，不是吗？

轮流开了一整夜的车后，比约恩、克里斯蒂安和葆拉即将到达目的地。他们太累也太紧张，几乎产生了幻觉，觉得在一个模模糊糊的平行世界里前进。收到托马用手机换汽油的信息后，克里斯蒂安试着给他打电话，但没有人接，于是他开始想东想西，就此提出了几十种假设。奇怪的是，这些思考有助于他打发时间。他之前没猜错，儿子希望能够自己完成旅程……为了追踪飞机所走的路线，他创建了一个网络话题，只要有关于"与大雁一同飞翔的神奇男孩"的视频被发布，他就会收到通知。这是托马如今在网上的代号，另一个是"新尼尔斯·豪格尔森"。自从莉莉·德雷的视频发布以来，"旅行者"已经被拍到了十多次。

前几天极端不安的心情变成了如今的迫不及待。说到底，他是应该专注于托马的到来，因为，除此之外，未来看起来并不怎么光明。克里斯蒂安决定等上一两天再给博物馆打电话，但他绞尽脑汁，还是不知道该如何忏悔。梅纳尔痛恨特立独行的人，尤其是在可能会惹出大丑闻的情况下，而且，他的欺瞒行为太过明目张胆，对方不可能善罢甘休。除了自己的前途，让他担心的还有小白额雁的未来。鸟类学家想让自己相信，他们会放过鸟儿，但他害怕会出现最坏的情况。

明天……你明天就会知道结果了。此刻，最重要的是托马。

在他的身边，葆拉正发着呆睡不着。她无法入睡，不只是因为担心儿子，还因为她的生活正在分崩离析。晚上，朱利安和她没能好好沟通，而是用几近恶毒的短信大肆争吵。他想给她打个电话，但她拒绝了，借口车里没有私密空间。尽管她并不后悔说了那些话，但这场沉默中的来回争辩还是让她高度紧张、筋疲力尽。事实是，在这噩梦般的三天里，她连一秒钟都没有想到朱利安。她抱怨男友的冷漠，并且对他感到非常愤怒，自己的儿子正在一万英尺的高空盘旋，她却还得顾着他。一万英尺，或者是三千英尺，如果她相信克里斯蒂安的话。不过这不重要，而且，就算是十米，也已经太高了……

对抽烟的渴望突然像电流般穿过她的全身，尽管在怀上托马时，她便已经戒了烟。她推了推克里斯蒂安，后者正专心看着路，不由被吓了一小跳。

"你还记得他在产房的样子吗？"

共同生活过的好处，便是即使只是三言两语，也知道对方在想什么。他点点头，想到儿子的出生，心中感动满溢。

"跟个小印第安人似的。浑身黄得像个木瓜，额头上青筋爆出，活像个小战士。你说我记不记得！我当时都想给他改个印第安名字，叫他纳瓜维卡。"

"真的！该死，我都忘了！"

"当然了，因为你当时根本就没把我说的当回事！"

"想象一下那个可怜的孩子在学校该怎么办。'纳瓜维卡·勒塔莱克，坐下！'"

"确实是大灾难！"

他们疯狂大笑，想象着在那种情况下，托马会是什么模样，用他的话来说，他会"把份儿都丢光"。酣睡中的比约恩被吵醒，在后排动了动，咕哝了一句"我错过了什么"，见状，他们更是笑得收都收不住。他们的伙伴伸伸懒腰，打了个大大的哈欠。

"哇哦，我们到了吗，还是我还在做梦？现在几点了？"

"刚过十二点。我在想……"

他还没来得及继续，挪威人就大喊一声：

"天哪！他在这儿！"

他手指向天空，满脸惊愕。

"托马？"

在一片蔚蓝的映衬下，单薄脆弱的飞机仿佛悬浮在空中，大雁分成两队，飞在机翼两侧，它们的脖子像箭一般向前绷直，如此优雅，又是惊人地充满力量。

就像是一支队伍，葆拉惊讶地心想。她说不出话来。她的儿子就在她头顶上飞翔，像他穿梭其中的空气一样自由，在这般美景之前，她的眼泪随时要夺眶而出。给她最大冲击的还不是见到儿子，而是这种强烈的见证神迹的感觉。在那一刹那，她觉得自己皈依了宗教，她甚至不再害怕——几乎不再……托马冒了这么多的风险，或许就是为了这一刻的到来，为了这些美妙而强壮的大雁！克里斯蒂安并没有辜负她的信任，他从头到尾陪伴着一场伟大的行动，而行动和对鸟儿的热爱一样，都不可或缺。

"自由，我写下你的名字"，她情不自禁地想要吟出艾吕雅的诗句——正是如此，她心想，大雁随着飞机翱翔，在天空中刻下珍贵而难以捕捉的印记，那是人类始终梦寐以求却求而不得的东西，伊卡洛斯之梦在他们眼前化为真实……

克里斯蒂安停下车。他大口呼吸着空气，一时说不出话来。除了在果拉斯亚维利湖出逃的那次，他从来没有见过男孩飞行。此刻，即使从地面上，也能看出托马是那么自信笃定，毫不犹豫地沿着航线驾驶着飞机……他意识到，如果一切都按计划进行，此刻坐在驾驶座的会是他自己。他几乎也能感受到冷风在阵阵袭来，感受到儿子在高空俯瞰大地时的沉醉心情……想到托马能够真切地体会到这些感觉，他心头的喜悦掺杂了一丝奇异的感觉，甚至有了些许痛苦。

"走，咱们去迎接他。"

在一位养路工人困惑的目光下，面包车飞速驶过公园的入口。飞机还在空中盘旋，他们已经抵达了池塘。

克里斯蒂安第一个来到湖岸，正好赶上飞机的降落。托马飞得轻松得意，甚至有些在炫技。学生已经远远超过了师父，他想道，心中既惊讶，又充满敬佩。随后到达的葆拉在他身上靠了一会儿，她情绪激动、难以自已。托马正在挣扎着解开安全带，还没有抬头看见他们。在棕色的帽檐下，他的脸苍白得可怜。终于，他走出机舱，滑入池塘。湖水渗进他的靴子，但他无动于衷，继续前进。他大幅摆着手臂，走得踉踉跄跄，步伐看起来十分笨拙。终于，他看见了他们，尽管一下子喜笑颜开，但似乎还是显得有些力不从心。

克里斯蒂安不自觉地注意到，大雁看起来非常健康。但就在这一刻，他意识到，是因为太过疲惫无力，托马才如此步履蹒跚，他急忙冲上前去，却见到儿子失去平衡，跪着向岸边摔去。

克里斯蒂安张开双臂，在儿子的头撞到地上之前把他抱了起来。托马晕了过去，但嘴角还挂着微笑。

"你感觉怎么样？"

男孩已经半睡半醒了好一会儿，声音一响，便驱散了原本惬意的昏沉。他微微睁开眼睛，又被灯光刺得迷了眼。他隐约辨认出一个俯身靠向他的身影，然后认出了父亲的轮廓，还有正无比温柔地抚摸着他的额头的那只手，那是熟悉的柔软。妈妈……爸爸妈妈，在一起？他试图坐起身来，同时，他的记忆慢慢恢复，回忆的碎片拼凑在一起——比约恩的小屋，波光粼粼的水面上方的盘旋，以及飞机周围大雁欢快的叫声。他到了……

"我在哪里？"

"医院。"

"医院？我受伤了？"

"没有，儿子，你只是脱水了，并且险些失温。医生希望你能留观一段时间，不过你的身体没有问题。"

葆拉接上话头，她的声音不住地颤抖着。

"你睡了二十个小时。我害怕极了……"

"对不起，妈妈，但我不能抛下我的大雁。它们在哪儿？阿卡怎么样了？"

"大雁很好。比约恩和你爸爸把它们安置在公园里。"

"太棒了！那奥德赛之旅可以继续喽？求你了，妈妈，你能让我陪它们一直到越冬地吗？"

就像每次要向他宣布一个坏消息时那样，葆拉的睫毛簌簌抖动，避开了他的目光。这可不是好兆头……托马转头看向父亲，寻找一个肯定的答案。至少他明白这场旅行的重要性。克里斯蒂安起身站在窗前，忧伤而呆滞地看着前方。男孩突然因为恐惧而嗫嚅，他低声含糊地问道：

"有什么问题吗？有小白额雁受伤了？"

"我很抱歉，儿子。行动到此为止了。"

"等等，什么？什么到此为止？这我就听不懂了！"

突然之间，他想要再次陷入睡眠，而不是醒来得知这一切。到此为止。这个词就像重重一拳，给了他迎面一击。

"奥德赛之旅。"

"你在骗我吗？这是什么烂笑话？那大雁呢？你要把它们带去哪里？"

"它们哪儿都不去。"

"什么意思？它们就在这儿和比约恩待一起？那明年，它们要怎么找到迁徙的路线？"

"它们不迁徙了。它们翅膀上的飞羽会被剪掉……"

"你开玩笑吧？是因为我没给你们打电话，是吗？我承认我应该打的，但我当时确信你会说服我回去，但我不想回去……是因为这个，你想惩罚我？"

"不是，当然不是了。这和你一点关系都没有。这是因为法律。持有野生鸟类是违法的。"

"没错，所以你不能让他们那么做！我穿越了整个挪威，好让它们自由，不然的话，我们当初为什么要出发？为什么要让我相信……"

他不说话了，因为没话好说，也因为他讨厌自己这样抱怨连连。父亲继续滔滔不绝地说一些蹩脚的理由。

"这是我的错，我搞砸了……但它们不会痛，我向你保证。如果不这么干，它们就得被关在笼子里，那会更糟……不是吗？"

"比剪掉它们的翅膀还要糟糕？"

儿子震惊得闭上眼，愤怒地摇着头，就像这样便能驱走这确凿的噩耗。

看着他苍白的脸，克里斯蒂安明白，自己毫无办法减轻他的痛苦，因为这项处罚完全出于行政上的原因。消息就是在这天早上传来的。博物馆下了明确指令。因为梅纳尔拒绝与他通电话，这个指令甚至不是由馆长亲自传达的，而是来自一位不知姓甚名谁的小职员。"大雁必须在被转运到飞禽公园前剪去飞羽。"说到底，是谁传达的信息都无所谓，无论是远程复仇的约翰森，是命他遵守规矩的梅纳尔，还是某个过于殷勤的公务员，都无所谓。因为这样那样的原因，他的小白额雁被认定是违法的，至少，只要还能飞，它们就是违法的。

"你还记得那些原仓鼠吗？我知道你已经猜到了那是个骗局，好吧，其实早在那之前，我就开始耍花招了。因为行政经费上乌七八糟的理由，没有人会支持我的行动。当我明白这一点后，便强行推动这个项目，我伪造了他们的许可。"

在克里斯蒂安将整场行动的细枝末节都一一道来时，儿子始终执拗地闭着双眼。我让他感到恶心，这便是我弄虚作假得到的下场！终于，他下定决心，语气消沉地说道：

"我很抱歉把你拖下水。我太过执着于拯救大雁，没有考虑后果……我作假了，儿子，但我那么做是因为我真的相信，那样能改变些什么。好吧，是我曾经相信……"

托马一跃而起，狠狠地瞪了他一眼。

"所以你就撂挑子不干了？你的解决方案就是这个？在我们受了这么多苦之后？在我们经历了寒冷的夜晚、北海、暴风雨和所有的恐惧之后！你知道吗，大雁一直都跟随着我！你说候鸟从来不在暴风雨中飞行，然而，它们奋不顾身地冲了进去，冲进了黑得吓人的乌云中，你知道为什么吗？因为它们信任我！你呢，你不在，你不知道！这件事多么不可思议，但你什么都不在乎！"

"对不起。"

男孩转身面向墙壁，愤怒得难以自持。尝试和他讲道理是没用的，并且，又能怎样讲呢？若是在他的年纪，克里斯蒂安也会有一模一样的反应。并且就在昨天，他在争辩时也说了如出一辙的话……

葆拉悄悄向他示意，用唇语说"明天"。他心情沉重地决定离开房间。他甚至没有机会告诉儿子，他有多么为他骄傲；与之相反，他把一切都搞砸了。

外面天高气爽——适合飞行的完美天气，他苦涩地想道。他感到自己的人生已经崩塌，他已一无所有……托马永远都不会原谅他。这真是太讽刺了！他竭尽全力让孩子爱上了大雁，教他认真对待自己的工作，而现如今，他却自食其果，品尝着谎言的代价。早知今日……

"我和医生聊过了。你明天就可以出院了；是个好消息，对吧？"

"随便吧，我不在乎！我想要继续行动，必须这么做！我就像它们的爸爸，或是它们的妈妈，尤其是因为另一位家长……该死的，你知道吗，妈妈，爸爸抛弃了它们，就像抛弃了我们一样！"

"别这么说，托马，他没有'抛弃'我们，我们分开了，并且生活在相隔九百公里的地方，这完全不是一回事。天知道当我得知你失踪的消息时，我有多么生气，但在这噩梦似的三天里，我看到他发了疯一样地找你！他怕极了会失去你！"

"那大雁呢？他怎么能把它们的翅膀剪断！"

"这简直让他的心都要碎了！在我认识他的时候，他就已经开始计划这个行动了！相信我，他已经尽其所能地奋战到底了！"

"你在瞎说！"

"听着，儿子，你爸爸或许有一堆缺点，但我跟你保证，他已经做了所有能做的，而这也正是他失败的原因。我了解他……"

她为克里斯蒂安说的好话毫无用处，男孩太生父亲的气，完全听不进去，他愤怒地打断她。

"我不能就这样丢下它们！不可能，我永远不会抛弃它们！"

"我知道……"

他们沉默良久，久到葆拉以为儿子又睡着了。就在这时，一个仍在呜咽的声音低低从床上传来。

"妈妈，让我一个人待会儿，好吗？"

"好吧，但我晚上会回来的，行吗？

"随你。"

走廊上空无一人，克里斯蒂安必须去一趟飞禽公园的小屋子。葆拉待在原地，心中一片迷茫。他已经开始给大雁剪飞羽了吗？她多么希望时间能暂停几个小时，求他再好好想想……她的耳边有一个小小的声音，告诉她他们不能这样放弃，然后回到循规蹈矩的日常，就好像没有什么事来扰乱过他们的生活一样。他的生活还是你的？你希望自己带着儿子回到巴黎，和朱利安重聚，也和紧急文件和无尽的压力重聚吗？这就是你曾经梦想的生活吗？

她必须要正视眼前的一切。诚实地面对。尤其是因为，托马已经经受了太多。自从与克里斯蒂安分开后，从她没有停下来冷静思考，而是四处奔波，用工作麻痹自己，再找一个伴侣来填补缺口……她做这做那，却从没有直面他们的分离带来的痛苦。

她沉浸在思考里，不知不觉又开始踱步，结果迎面撞上了那位满头扎着小辫的迪安娜小姐。女记者永远都是一副咄咄逼人、随时开战的模样。葆拉本想微微向她点头示意就走，女孩却直截了当地冲她发问。

"您好……我们在警察局的停车场上碰过面，您记得吗？"

"是的，当然了……是这样，我现在不太有时间。"

对方却不想轻易放手，对她的话充耳不闻，自顾自地继续说：

"他怎么样了？"

"不太好……"

她的手机振动了，她借机避开对方的话头。是朱利安。她将电话转入语音信箱，心中带着一丝歉意。

"您觉得我可以采访他吗？"

"我儿子？肯定不行……他在休息。"

女记者不在意她语气的生硬，而是给了她一个理解的微笑，然后开始在一个贴满花里胡哨的环保标语的大挎包里翻找。

"我这里有些东西，或许会让他开心。"

葆拉有点后悔自己摆了脸色；但怎么能随便相信一个陌生人呢？迪安娜终于翻出一张报纸，喜气洋洋地挥给她：

"看！看这个！"

一张被大雁环绕着的飞机照片下，一行大字映入眼帘："在医院里的飞行男孩！"

"我们有整整两个版面！我觉得，这只是个开始！"

看着葆拉惊愕的神色，她更加咄咄逼人。

"不管您相信不相信，您的儿子已经变成了明星。而且，文章还没有提到视频的事。那些视频的点击量已经超过十万，而且还在不断增加！这一定会引起轰动的！"

"您确定？"

"当然，咱们已经一炮打响了！"

"而且，您觉得……觉得这可以影响到事情的走向？"

"事情？"

"好吧，你得承认，不是所有人都为这场冒险拍手叫好的。"

"您的……托马的父亲担心他的职位会受影响？"

"不是。好吧也是，但主要问题不是这个。您会帮助我们吗？"

"是的。只要有关奥德赛之旅，我一定毫不犹豫。顺便，我想告诉您我在挪威完成的小小行动。"

"听着，我得马上去找克里斯蒂安，但我们一会儿可以再在这里碰头，然后商量个计划。您觉得呢？"

"没问题。我在咖啡厅等您。"

两位老友守在围栏前，观察着小白额雁群。他们一到，大雁就冲了过来，现在，它们正焦躁地叽喳叫着——就好像在寻找母亲一样，鸟类学家苦涩地想道。他即将要做的事是那样荒谬，但越是等待，便会越困难。他叹了口气，因为自己的懦弱而恼火。剪羽是养鸡户才做的野蛮行为，或是那些不择手段地捕杀野鸟的猎人干的事情！那些该死的官僚！托马是对的，他没这个胆量，即使"干净利落地"完成这项工作，他也做不到。

比约恩几乎一早上都一言不发。当他终于开口时，原本的天真乐观似乎已经荡然无存，此刻的他已被悲伤打入谷底。

"我们还是可以重新开始……"

"重新开始这摊烂泥？那我就不参与了。我已经造成了足够多的伤害。"

"你现在是这么说……"

"比约恩！再告诉我一遍，在约翰森那儿搞砸的那次，你花了多长时间才振作起来？"

"好吧，我明白了，但我那时候太蠢了，而且我不像你一样经验丰富。你不能陷在这样的失败里爬不出来。"

"老伙计，谢谢你安慰我，但现在你也已经无计可施了。这不仅仅与小白额雁有关……"

挪威人忧郁地点了点头。又是一阵沉默后，他用下巴朝大雁示意。

"好了。你希望我来操作吗？"

"不了，我是唯一的负责人，应该由我来干这件混蛋事。"

他紧紧捏着剪刀，下定决心，推开围栏的门。进退维谷，他的脑海被这个词占满。眼前的选择貌似简单：要么给小白额雁剪羽，搞砸和托马的关系，要么丢掉工作。而在任何一种情况下，大雁的未来都是一片黑暗，因为要是他什么都不做，它们也会被判处死刑。你面临的是一个无解的方程式！

可怜的小鸟一定是感觉到了他的紧张。它们的兴奋变成焦虑，有的甚至开始发出呜咽的声音。他注意到一只正挑衅般地伸长脖子的公雁。水手，可怜的小家伙，我很抱歉！他的手出汗了，在牛仔裤上擦了擦手，摇着头想把萦绕心头的画面赶走。心里的负罪感让他简直想要作呕。

"啊呗啊呗啊呗！"

他假意轻柔地唤着大雁，小小的队伍靠了过来，在熟悉的咕咕声中平静下来，甚至水手也伸出了小嘴巴，在他身上蹭来蹭去。克里斯蒂安开始不住颤抖，他不得不停下来才能好好呼吸。伤害一只鸟儿，就是否认他迄今为止相信和所做的一切。为了逼自己开始行动，他愤怒地对比约恩低语：

"这次行动简直是一塌糊涂……你想听我说一件事吗，伙计？我的人生就是一场惨败！在搞砸了我的婚姻之后，我刚刚又毁掉了我的职业生涯。我就是个一无是处的蠢货。一个差点害死自己儿子的蠢货……"

他的朋友立马表示抗议：

"错！你的儿子很好。是你搞砸了。奥德赛之旅进展得很顺利，大雁跟着飞机飞行——好吧，主要是跟着托马飞，但无论怎样，就是跟上了。要是没有这些文件上的破事，我们是可以成功的！"

"那所以呢？"

"所以你给我振作起来，尤其是不要再自怨自艾了。一天到晚自责来自责去对你有什么好处？什么都没有，除了会把你的能量都消磨掉！"

"那这个呢？"

克里斯蒂安一脸厌恶地指指剪刀。比约恩愤怒地点了下头。

"赶快完事，然后咱们去一醉方休。明天咱们会想个更好的办法。"

"不要！"

葆拉及时出现，正好听到他们的最后一句话。

"等等！过了今天晚上再给它们剪羽，求求你了……"

听到前妻为大雁求情，他再也受不了了，他已经不再在乎……他转向她，一点也没想掩饰脸上的泪水。

"为了让我再多受一点折磨？不，我不能那样，但我要对你说对不起……"

"对不起？"

"我搞砸了一切，我们的婚姻，我的工作，我的生活。你把托马托付给我，因为我的错，他差点没命。你一直都是对的，我是一个该死的自私鬼，我什么都没有料到！"

"别说了……"

"不行！我需要被狠狠教训一通，否则还不如马上去死……喏，你看到这玩意了吗？"

他递给她一个小小的金属片。葆拉呆呆地接了过来，她被克里斯蒂安的语不成句吓到了。这一点都不像她爱过的那个男人。她打了个寒颤。这就是男人变颓废的方式吗？只需要将他们的梦想毁掉？就算克里斯蒂安犯过许多错，那也没关系，她讨厌看到他被击垮，放弃那些疯狂的项目和昂扬的斗志，隐居在那座该死的农场里。他需要相信他做的事情！

"这是化油器的一部分，没有它的话，'旅行者'就启动不了。我希望你能保管好它，以防托马又要遭遇一场特拉法尔加海战……所有的荒唐事到此为止！你要把他带回巴黎，尽你所能地安慰他，然后，他要好好地回学校上课。"

"好吧，但是现在，把剪刀给我……"

她硬是掰开他的手指，抓住他捏在拳头里的工具。

"你不需要今天就做，你现在已经没法思考了。我们先等托马出院，让他再看一眼他的小宝贝们完好无损的样子。这件事也没那么急，不是吗？

"你真的觉得明天他能更好地应对这件事？"

"可能不会，但如果他看到它们的时候，它们已经被剪羽了，那一定会更加糟糕。"

"他已经恨我了，你听到他说的话了！"

"你已经什么都搞不清楚了，克里斯蒂安，去休息会儿吧，求求你……"

"为什么你对我这么宽容？"

"因为……"

她沉默了，突然感到有些羞怯。因为我依然爱你。话就在嘴边，但她显然不会说出口，因为她的骄傲，也因为他会觉得这是出于怜悯。他们之间已经有了太多误会。

我还爱着他……想到这一点，她想笑，又想哭。哭，是因为他们曾经毁掉一切，说了那么多伤害彼此的话，因为她为了与朱利安建立新生活付出了那么多努力。而笑，是因为她过去对这显而易见的事是那样视而不见，因为回到克里斯蒂安身边是那样快乐，因为她每次看着他时还是那样心动。当然了，现在还不是做决定的时候，等回巴黎后，她会冷静地思考未来。现在，她要回到医院，在那里找到迪安娜，她们要一起想出一个方案，帮助大家走出困境。

克里斯蒂安醒了过来，昨晚他喝了太多啤酒，今天脑袋昏昏沉沉——十瓶？十五瓶？还是多少？他实在是搞不清楚了，他已经不习惯喝酒了，他只记得自己大嚷大骂，说将来要卖掉农场，换掉工作。然后，记忆一片空白。不过至少，多亏这么一闹，他得以沉沉地睡了好几个小时。

他用冷水冲澡，然后用力擦干。他全身又沉又僵，脑袋一阵阵地嗡嗡作响。但想到接下来等待他的是什么，那还不如就这样浑浑噩噩。他不知道自己更害怕的是什么：与托马见面，还是给鸟儿剪羽。他套上前一天的衣服，看了眼走廊上的时钟。已经十点了……

客厅里，比约恩正忙着处理他的文件，但克里斯蒂安了解他的朋友，他是在假装忙碌，好让自己保持镇定。他抬抬下巴，指了指还剩一半的摩卡壶。咖啡煮得太浓，在他的舌头上留下一股沥青的味道。

"你看起来一团糟。"

"谢谢。"

显然，挪威人昨晚比他睡得好，谁让他已经有过历练了，有过这样坠入泥沼的经验。而且他也不用去做那件混蛋事……

"他们什么时候到？"

"我猜是中午之前。

"咱们中午吃什么？"

"没准备什么特别的。你知道那孩子，一旦赌起气来……"

"见鬼了，外面不是你前妻吗？

克里斯蒂安一跃而起，来到窗前。葆拉正靠在面包车上，在阳光下半闭着眼睛。他花了一点时间才注意到不对头的地方。

"你把飞机挪走了吗？"

"没有，飞机绑在浮桥上呢。你不是已经让引擎无法发动了吗？"

"我有一种感觉，葆拉能够回答这个问题。"

他的酒一下子醒了，急忙冲了出去，此刻简直希望能看到男孩在角落里赌气。儿子的缺席只会让他的预感变得更加强烈，那是一种完全疯狂、彻底不合逻辑的想法。葆拉用目光迎接着他，她满脸的漫不经心一点都没有要他安心的意思。他们不会有这个胆量……他被愤怒席卷，然后被彻底压垮，当中还交杂着内疚和后悔。

"别告诉我你把他放跑了！大雁呢？他也给带走了吗？"

"是的。"

她毫不退让地盯着他，因失眠而满脸倦色。

"等等，让我搞清楚……当初是你想把我给生剥活吞，今天又是你放走儿子？北海对你来说还不够吗？"

"烂招。完全不是一回事。"

"但见鬼了，他现在在哪里？我的儿子在哪里？"

看到她的脸涨得通红，克里斯蒂安明白自己太过分了，但还没来得及道歉，他便听到欢快的咯咯笑声。

一时间，他的世界里仿佛只有她的笑声，他不知所措，想着到底发生了什么，让他周围的一切都失控了。

"你能给我解释一下吗?"

"只要你同意。"

"还没听到你要说什么就同意?"

"你不会冒什么大风险，因为我是有正当理由。"

"这样看来……而且我也别无选择，是吗?"

"没有。并且我们也不能耽搁太久，如果你同意我们的计划，那我们就得去约好的地方和托马见面。"

"你什么时候安排的这一切?"

"昨天，和迪安娜一起。"

"迪安娜? 那个记者? 她也参与进来了?"

"我们在医院碰见了……"

"但你什么都没跟我讲……显然，我从一开始就被踢出局了!"

"昨天讲什么你都不会想听的……而且，我们到了很晚才将细节确定下来。好吧，试着相信我一次。"

"我相信你，葆拉，我只是对你的转变感到非常惊讶。"

"听着，我最近想了很多，我有很多事想和你说，但现在，我们必须要出发了。"

"我们去哪儿?"

"和儿子会合。我帮你说了好多话都没用，他不愿意冒这个险，选择开飞机先走。"

"而你就由着他那么做了……"

"是的，因为在我看来，他已经证明了他有权让我们接受他的观点。"

"当然了，不像他的父亲，他没有把事情搞得一塌糊涂。"

"克里斯蒂安，别这样了……这也是为什么我选择背着你行动。你的负罪感太重，你现在看什么都是扭曲的。"

"好吧，我们现在要干什么？"

"要是你答应继续奥德赛之旅，我们半个小时以后就应该开过圆形广场，在国道上行驶了。"

"接着呢？"

"接着，托马会被安抚好，咱们一起回到这里，好好准备去冬眠地的航程。迪安娜会负责通知尽可能多的人：纸媒、电视台、网友、环保博主。大家会在社交网络上造出浩大声势。"

"如果我拒绝呢？"

"那样的话，托马会继续飞往卡马尔格。就像你向我指出过的那样，在北海之后，剩下的事都是小儿科了！"

"并且，你们俩就这么自行决定了？你们想过官方的反应吗？大雁可是没获得任何许可。"

"暂时没获得……迪安娜坚信，媒体的大肆宣传足以改变目前的状况。届时，没有人会敢牺牲掉这些小白额雁。只要我们将整个故事都给讲出来！"

"你们真的相信能让博物馆让步？以什么名义呢？"

"以大众的名义。也以民众支持率的名义。他们的形象会遭到威胁，他们的声誉会岌岌可危。这是拯救大雁的唯一方法，同样，也是让你的行动重获信誉的唯一途径。"

"我明白了……"

事实上，克里斯蒂安仍处在震惊之中。他找不到这套逻辑的漏洞，并且，他感觉到希望正在重燃，这让他不由得有些惊恐。如果可以不去做那该死的剪羽活计，他什么都愿意尝试，但他不想赌上所爱之人的安危。再也不要……千头万绪涌上心头，他的声音有些变调，他试图说点别的，让自己再缓几秒钟。

"姑且承认这个计划可行……但你不是也应该回去上班了吗?"

"我正处于'工作倦怠期'，请了十五天的假，好冷静地思考一下。"

"你在开玩笑，还是我在做梦?"

"你在做梦。"

两个人哈哈大笑，快乐得不可思议，仿佛当他们选择了这条冒险之路，便恢复了往日的和谐。葆拉是对的。唯一可行的解决方案必然是最疯狂的。克里斯蒂安握住她的手，尘封已久的本能反应被唤醒，他温柔地在她的手上留下一个吻。

"谢谢你。走吧，咱们去和儿子碰头。"

"我们很少能展示如此非比寻常的画面，而此情此景尤为特别，因为它关乎人类最古老的梦想之一。在一个星期的时间里，踏着《尼尔斯骑鹅旅行记》的足迹，我们的记者将追随克里斯蒂安和托马·勒塔莱克两父子不可思议的征途。各位或许已经看过这位男孩在挪威和丹麦上空与鸟儿一同飞行的画面……这场被命名为奥德赛之旅的计划源自克里斯蒂安·勒塔莱克一个疯狂而雄心勃勃的想法。这位充满热忱的鸟类学家希望为一个濒危物种重新创建一条可行的迁徙路线，让这些鸟儿找到一个新的野外栖息地。他们带领着二十只小白额雁从北极圈的拉普兰地区出发，如今正准备自北向南穿越法国，一直到达圣罗芒的湿地。我们祝两位好运，希望他们能顺利完成这场无与伦比的科学探索和人类冒险，他们的行动已引起了广泛的反响……"

金发主持人的脸消失在屏幕上，取而代之的是航拍画面。在飞机的机翼下，是一片星罗棋布的田野，还有座座陡峭入海的白色悬崖。大雁挥着翅膀，双眼盯着一个身披长袍的年轻男孩，他的脸孔隐在棕色的帽檐里。

看到报道时，克里斯蒂安和葆拉松了一口气。无人机拍下的画面棒极了，色调醒目，背景协调。迪安娜先给他们发来一位巴黎大摄影师的绝妙作品，又转来了这篇新闻报道。昨晚，已有国内电视台播报了这一事件，但在比约恩家，大家忙于各种准备工作，各家媒体的采访请求也接踵而来，没人有时间看电视。挪威人甚至暂时向游客关闭了公园，以免鸟儿受到太多打扰。而博物馆那边，无论是官方或是非官方渠道，都还没有任何反应；梅纳尔应该在观望事态发展，好采取某种"坚定"立场。

"从灰鼻角出发是个聪明的主意。"

"迪安娜是个聪明的姑娘。她不仅掌握充分的资料，还懂得找到一个好的切入点。更别说她锲而不舍的精神了。"

"你挺喜欢她的，不是吗？"

这个问题貌似提得漫不经心、无关紧要，但克里斯蒂安不是傻子。他注视着前妻，眼神半是戏谑半是挑逗。葆拉低下头，几乎要将脸埋进咖啡杯里，嘟囔着抗议了几句，然后恢复了镇定。

"我们不能耽搁时间。如果想和托马同时到达，我们还有一大堆事情要做……明天，我们一大早就要起床。"

"没错，我为剩下的旅行准备了一个惊喜。"

"克里斯蒂安……"

她叫了声他的名字，轻轻拖长尾音，就像往常一样。他们对彼此还没有许下任何承诺，没有拥抱，没有触碰——此刻还没有……然而，他们之间涌动着某个沉默的诺言，某种暧昧的情愫，还有那份重燃的欲望，但这一切还如此脆弱，两个人都不想操之过急。一个星期以来，他们一直在与对方的感情周旋，即使在表面上，他们目前唯一的共同目标是推进媒体宣传、拯救这场行动。

通往卡马尔格的旅程将被分为四站，这主要是为了避免大雁过于疲惫，但同时也是为了让大众更加了解迁徙这一自然现象。得益于一些有力的支持，迪安娜获得了许可，托马可以在沿途一些最美的景点上空飞行。每一次中途休整时，他们将会借机介绍奥德赛之旅，自然，不能提到他们所遇到的阻挠和资质上的问题。为了更好地解释儿子独立完成的穿越挪威和丹麦的飞行，克里斯蒂安将陈述康拉德·劳伦兹的"印刻"理论，并将介绍被雁群视作家长的托马，如若没有他，这趟旅程就不可能实现。同样也多亏了迪安娜，男孩获得了驾驶飞机的豁免权，条件是他在年底前通过考试……

"来吧，我想给你看点东西。穿上大衣，会很冷的。"

克里斯蒂安等待葆拉准备就绪，牵起她的手，将她带出门去。在这一瞬间，两个人都感受到了穿过体内的神奇电流。

飞机正停在沼泽边的草地上。这架飞机比托马那架稍大一些，是一架带轮的双座飞机，上面罩着一张蓝色的帆布。

葆拉一下子脸色刷白，猛烈地摇头。

"不可能！我不会上去的，你给我听着！想都别想！咱们说好要开面包车跟着的！"

"比约恩和迪安娜会开车。咱们俩呢，就飞着过去。"

"不可能，我告诉你了。"

"俗话说，话不要说太满……"

怎么可能抵挡一个如此凝视着你的男人？她的脑海中浮现出一段回忆。那是他们刚在一起的时候。克里斯蒂安去新西兰前，她送他到机场。那时，她还不知道他们的关系会如何发展，但一个月的分离让她伤心，于是，她在他耳边低语"我会随你去海角天涯"。并且，她不想他看见自己脸红，便将脸埋进他的外套，沉浸在他身上檀香和皮革混合的味道里。奇怪的是，正是因为回忆起这如此遥远又如此强烈的情感，此刻的她鼓起勇气，跨进那个可笑的小笼子，坐到了后座上。克里斯蒂安帮她戴上耳机。她一边扣上充当安全带的绳索，一边半开玩笑地警告说：

"除了告诉我一切顺利，你可什么都不要跟我解释。我一点都不想知道气孔在哪里，飞行高度是多少，或者其他的技术细节，我什么都不想知道！你好好开飞机就行，不要冒任何危险！我想，托马知道这事吧？"

"当然了。他高兴坏了，你想想……"

"你还说呢！他要是知道我被捆在这玩意儿里，一定得把我取笑个够！"

"这东西叫超轻型飞机，它……"

"停！什么都不要讲！如果我得一直听你讲，那就更糟了！

"好的，老板。我们先转一圈，让你熟悉一下，明天，我们全家就一起飞去诺曼底。穿上斗篷就行。你会玩得很开心的！"

年轻女人忍住没有回嘴。害怕使她稍稍有些恶心。引擎发动，那声音与割草机相差无几，而这并没有让她感到放心一些。一听到引擎的声音，她便选择闭上眼睛。她没有办法睁眼看着大地一点点远去。他们沿着与沼泽地平行的路线向前行驶，速度越来越快，她能感觉到跑道的颠簸，然后，当飞机起飞并开始攀升，她感到自己胃的中间似乎空了小小一块。她努力平稳呼吸，痛苦地感知着空气阻力和嗡嗡作响的引擎的推力，整个人濒临崩溃。突然一阵凉风吹来，她必须要咬紧牙关，才不会冷得直打寒颤。她在脑海中默默数秒，等待着机器稳定下来的那一刻。

"睁开眼睛吧！"

克里斯蒂安一定是转身看过她了——好像他没别的事可做似的，但他的好心情让人安心。葆拉眨了眨眼，小心翼翼地朝四周望去。起初，她只看到天空，然后在她的右边，她看到了远处波涛汹涌的大海，以及一片火红的小树林。她渐渐鼓起些许勇气，斗胆往飞机的下方看去。那里有一条形态极为雅致的道路，蜿蜒穿过精巧勾勒的片片田野，有看上去只有丁点儿大的奶牛，有一座形状规则的村庄，几所房子紧凑地围在一座教堂边上。

"看那是谁来看我们了！"

她发出一声惊讶的尖叫。在她的右侧，儿子的飞机正直直向他们飞来，边上是他的小白额雁。

"你们早就全都计划好了！"

"你想呢，他可不会愿意错过这一幕！"

原本的害怕已让位于满心的雀跃欢喜。葆拉突然感到某种冥冥之中的天意；这里便是属于她的位置，在克里斯蒂安和托马的身边！在天上或是在地上，在卡马尔格或是在其他地方，在哪儿都没关系，他们已经浪费了太多时间……但此刻，她位于拉德芳斯①的办公室又出现在她的脑海中。她真的准备好抛下一

---

① La Défense，法国巴黎的中心商务区。

切了吗？工作带来的兴奋和疲惫、压力和激动，她都要抛下了吗？可面对着周围妙不可言的美景，那一切忽然都变得不值一提。

托马已经到了离他们大约三十米远的地方，他的脸上洋溢着笑容，整个人容光焕发，那无比幸福的神色让她的心微微揪了一下。他打了个手势，询问是否一切都好。她用力点点头，张开双臂，模仿飞行的样子。

飞在机翼两侧的大雁让这幅画面更臻化境，它们美得惊人、活力四射。它们身处自然，适得其所！这场景简直像是有人故意安排的，好构建出一条完美的航线。儿子向伸着黑色长脖子的阿卡探出手去，抚摸它的翅膀。白颊黑雁发出欢快的叫声，但丝毫没有因此而偏离航道。

"太不可思议了！你看到了吗？"

"然后呢？这还不能缓解你的头晕吗？"

"能！"

她激动得几乎快要窒息，却无法用言语来表达自己的感受，只知道此刻的她充满了感激。她多么希望能够好好留住这一刻，永远将它铭刻在心中。我也在属于我的位置上，就好像鸟儿飞在天上一样……

优美地转了一个弯之后，托马带领着大雁向大海飞去。看到克里斯蒂安和葆拉一起坐在飞机里，他深受触动，激动不已。他的父母会重归于好，他深信这一点，但这件事太过重大，他一下子难以消化。我的爸爸妈妈又相爱了……

一声尖锐的鸣叫声响起。两只北方塘鹅直直地向海浪俯冲，它们的身影纤长得如同刀片。父亲告诉过他，这些出色的潜水员在水下吞咽食物，甚至能潜到十五米的深度，并且一口气重新回到水面。看到它们张着空空的嘴再次出现在眼前，过去的渔民以为是某种奇观异象。又一次，他被当下一刻的充盈感深深触动。在远处，海鸥在粼粼波光之上盘旋。男孩知道，有一天他将不得不告别这一切，告别风与水的景色，告别这种让他获益良多的孤独，而他已经开始想念。

一眼望去，万里无云，唯有九月中旬的清朗空气和蔚蓝天空闪着剔透的光亮。在小白额雁振翅疾飞了数千公里后，男孩以每小时五十五公里的速度带着它们慢悠悠地飞了一段时间，然后在接近潟湖的时候决定熄火。他们将慢慢滑翔着降落。昨天晚上，他们和迪安娜一起商量，选择了圣罗芒的沙滩作为最后一站，因为那里与克里斯蒂安的农场相距不远，也因为那是一片荒野，通常人迹罕至。他的父母、比约恩和迪安娜因为要提前做准备工作，已经先他一步出发了。

　　万籁俱寂，连时间都仿佛凝固在当下，而飞机的机翼在空气中滑过的声音更加凸显了周围的静谧。大雁似乎也深知这一刻的重要，尽管不甚习惯这种几乎没有真实感的安静，它们还是一声不出。

　　看着地中海在视线尽头闪着细碎的光芒，托马突然产生了一种回家的感觉。虽然他只在农场生活了几个星期，这片在沙滩和大海之间的土地对他来说却奇异地显得如此熟悉。他是在这里学会了飞行，在这里见证了雏雁的破壳，看到了它们黏糊糊的小身体和不成比例的大脑袋，还有滑稽地噘起来的小嘴巴……

　　阿卡向他探过头来，敏锐地看了他一眼。它是否也感受到了他的情绪波动？这只小黑雁总是能猜中他的心思！托马心中有些不自在。迪安娜建议他做好准备，他会被当作英雄迎接，但他并不确定自己喜欢这样，更不知道如何去应对。自然，他带领大雁避免了被剪羽的命运，他为此非常骄傲，而且如释重负。直到几天前，他还专心于行程，没有担心过大肆宣传引起的效应。之前，他或许还为此感到挺兴奋的，但自从打开收件箱，他就被这番阵仗给吓坏了。也有值得高兴的事儿：他得到了一个几乎全新的苹果手机，是比约恩送他的礼物，为了庆祝他重返人类社会！但他大概收到了五百条短信，还有几千条加好友的申请，这种事在事不关己的时候总是显得无比酷炫，但如果真的发生在现实生活里，还是挺让人焦虑的。他大约花了十分钟才切换到别的软件；无论如何，他也做不到回复每一个人。甚至和路路之间，一切也都改变了：他们通了两次电话，两次都毫无收获。他们之间不再是那样一拍即合。当他问路路游戏分数时，也感觉非常别扭。当然，他不过是为了找个可以聊的话题，因为其实他现在压根一点儿也不在乎什么约尔星球。而他的老朋友则忘记了从前对他说话时那副挑衅的语气，就像是在对长辈说话，虚伪地讨好着。不过，说到底，即使男孩因此感到很是伤心，他也并不觉得有什么可后悔的。

在圣罗芒的沙丘脚下，人群一早便开始蜂拥而至，都想要占个最好的位置。整个村庄的人都来了，他们带着野餐垫、野餐篮、太阳伞，那些最有远见的人还带上了帆布座椅。当地的孩子们带来了在学校制作的标语牌，布置在岸边。将近十点时，记者们带着各式装备出现了。一位来自法国电视三台的摄影师痛苦地在沙滩上踱步，每一脚都要陷到沙子里，他正四处收集着具有"当地色彩"的简短访谈。随着时间一点点过去，他的皮肤晒得通红。有些人不胜其烦地要把他撵走，而另一些人则即使无话可说也对着镜头东拉西扯，记者已经不知道如何将他们打断了。自然也有些好的"对象"，这些人曾遇到过克里斯蒂安或是他的孩子，作为知道来龙去脉的人，他们总是显得格外含蓄，像挤牙膏似的吐露些许内情。比雄已经发表过自己的看法，他神气活现地到处串场，跟这人提个建议，要求那人往后退一点，以便留出过道。似乎他这么多年的寂寞终于在这一片喧嚣中得到了弥补，又或许，他的行为只是出于无处释放的热情！这个大嘴巴是克里斯蒂安最早的支持者，他在自己的世界里发号施令，指挥着中央咖啡馆的常客和所有反对"空降"市长的力量。市长的任命决定已经宣布，但他似乎准备缓一段时间再来，以免惹恼这个驴脾气老头。有传言说，老头将会在下一届当选。沼泽地上的工程已经被下令暂停，并且鉴于媒体的大肆报道，应当不太可能继续进行。而自从事件发生以来，他也不再掩藏自己的野心，并每每在需要的时候主动夸大他与鸟类学家的友谊。"我立刻就能感觉到他这人的本质，嗨，是个古怪的家伙，但做起事来绝不会叽叽歪歪！我和他互相帮忙，互相支持，当他让我帮他拯救那个什么老鼠的时候，老天啊，我可是半点都没犹豫！所以，虽然总能从他身上找出毛病，但他一点都不是那种装腔作势的城里人，我告诉你们，像他这样跟我们当地人一样的实诚人，压根儿就找不到了！至于他的那些大雁，它们脑袋上还顶着绒毛的时候我就看过它们飞了！"

在马上要到中午十二点时，克里斯蒂安挽着葆拉出现了，后面跟着比约恩和迪安娜。他们的到来引起了一阵骚动，兴奋之情席卷整个沙滩。男孩一定也快到了。法国电视三台的那个家伙被一个二台的哥们儿赶超，后者牢牢守在入口通道的边上。他甚至没问个好，就兴奋地问道：

"勒塔莱克先生，您知道您的儿子降落的准确地点吗？我们想获得拍摄的最佳角度。"

"这将取决于风，但您站在标语牌的边上等就行了。"

克里斯蒂安试图掩饰他的紧张。看着黑压压的人群，他在内心估量着他们引发的声势有多大。托马将如何面对自己的一夜成名？前一天晚上，他们共同决定，让他自己一个人完成最后的旅程。因为这样一来，届时的画面只会更加精彩，而且这也是孩子应得的。毕竟，尽管奥德赛之旅前后涉及面甚广，但是是托马完美演绎了这部壮美史诗。然而现在，他在想，他们是否太过轻率地做了决定。

比雄一声尖叫，所有人都定在原地。

"是他！那小伙子来了！"

视线的远方，有个黑点越来越大，飞机的帆布在空中舞动，而雁群也随之展翅。他们什么也听不见，发动机没有发出一点声响，在一片寂静中，托马和雁群的来临几乎显得超乎自然，看着如此美妙的景象，底下的人群不禁热泪盈眶，深深陶醉在这如梦似幻的一刻里。

从飞机往下看去，男孩发现了一条摆了一百多米长的欢迎标语，每一个字都用鲜亮的彩色写在一块标语牌上。

"欢迎托马！"

正是眼前的场景让他下定决心，是这句标语和密密麻麻的人群。至少有两百人聚集在沙丘脚下。他的父母大约也在其中，但他辨认不出来。不可能在这里降落，他还没有准备好。并且，还有大雁，即使它们还离海岸很远……这太疯狂了！

他从无数仰起的面孔上方飞过，他们的手臂像野草一样疯狂地挥舞着。他听到阵阵呼喊声："太棒了，托马！"然而，他已飞过沙丘，重新踩下油门。

他将降落在沼泽上，那是一切开始的地方。

在一片混乱中，克里斯蒂安和葆拉趁大家不注意，偷偷从人群中溜了出来。刚刚离开众人视线，他们就开始奔跑。农场在一千米以外的地方，在沼泽地的另一头。刚一确定别人听不到她的声音，葆拉便停下来，释放出满腔怒火。

"见鬼了！他这是怎么了！还有你，你是觉得好玩吗？你们俩是不是偷偷说好了？迪安娜会气疯的……"

"我们事先什么都没有说过，讨论方案的时候你跟我一样在现场。但我想我懂他……这个孩子在野外和大雁一起生活了好几个星期，又飞行了半个多月。我们本该料到，如此浮夸的欢迎场面会让他难以承受。你能想象从天上向下看时的那种震惊吗？而且，不管怎么说，我觉得刚才那个场景也够炫的，那个大转弯！"

"但是庆祝活动怎么办？还有准备好的演讲？"

"还会有别的机会！你不觉得，也的确是应该由我们一家人去经历那一刻吗？没有别人，只有我们仨。"

"我们仨，还有二十只长着羽毛的小东西！好吧，我加入！但只是因为我想要见证他的胜利！"

"没错，他只是还需要一点时间……"

克里斯蒂安又跑了起来，葆拉跟在他身后。

"来吧！他应该已经在等我们了。"

这天晚上，勒塔莱克一家来到村里的咖啡馆。谣言说，这里现在被命名为"比雄总部"。和他们一起到来的还有挪威人和那个蓬头散发的古怪女记者，后者负责媒体的协调。她已向众人解释过为何飞机最后要在沼泽而不是沙滩上降落。大家理解了小主角的"害羞"，并且明白了大雁必须要远离人群的关注。几个小时后，众人多少都表现出通情达理的风度，赞同了她的观点。环保、政治、媒体、抱怨、吹嘘，她的演讲里应有尽有。记者也承诺，今晚克里斯蒂安会发表演讲，只要大家能够尊重这个家庭的低调；总之，可以尽情欢庆，但不要过分打扰。

男孩脱下了他一直穿着的那件斗篷。蜕下这第二层皮肤，他觉得自己几近赤身裸体，暴露在所有人好奇的目光下。然而他明白，这是关键所在，是整局棋的最后一步，克里斯蒂安要么一败涂地，要么大获全胜。父亲的职业生涯和大雁的生命全都在此一役！正是因为这一点，他心甘情愿地参加了这场集聚媒体和好奇观众的活动。于是，当人群分为两半，为他让出一条通往摆着香槟和可乐的桌子时，他逼迫自己挤出一个微笑。周围掌声雷动，大家纷纷喊着"好样的"，还能听到几声"托马万岁"。大约有八十名特邀嘉宾挤在大厅里。他们还没来得及碰杯，咖啡馆的胖老板贝伯尔便猛挥手臂，要求全场安静下来。电视屏幕上正在播放带领雁群飞行的飞机的照片。晚八点新闻以他们的卡马尔格收尾！吵闹声在"嘘"和"闭嘴"中渐渐平息，只见主持人激情洋溢地说道：

"今早，年轻的托马·勒塔莱克结束了一场了不起的旅途，带领着一群小白额雁降落在圣罗芒的小村庄里。下面是来自我们的特派记者菲利普·珀蒂的报道。"

在一片喝彩声中，大家观赏了今天早些时候拍摄的画面。在电视上，可以看到标语牌、引发了又一阵欢呼声的几张熟悉脸孔，还有滑翔而来的托马。

克里斯蒂安却无法融入这喜气洋洋的场面。他担心的事情正在发生，他是从主持人逐渐严肃起来的语调中猜测到的。

"……尽管这是项惊人的成就，然而，这一野化动物的试验事实上备受争议。我们今晚的嘉宾，自然历史博物馆的馆长正是站在持怀疑态度的一方。梅纳尔先生，您怎么看待这个行动……可以说，这是一场美妙的冒险，不是吗？"

鸟类学家沮丧地咒骂了一句。

"迪安娜，这是什么鬼？他们为什么会邀请他？你不是跟我保证过媒体会站在我们这边的吗？"

"等等……"

梅纳尔托着下巴，假装思忖片刻。

"一场冒险，您愿意这么说也行……实际上，这应该算是一场动物行为训练，而不是真正的科学试验。您想想，那些大雁都认人类作父母了，还怎么可能将它们野化放归？"

"爸爸，那个老混蛋是谁？他就是你的领导吗？"

克里斯蒂安点点头，担心得喉咙发紧。显然，梅纳尔并没有接受他耍的这些花招。馆长继续发言，语气貌似和蔼，但话中的敌意毫不遮掩。

"因此，我怀疑这些鸟甚至永远无法回到北极圈筑巢……因此，这或许是项可以炫耀的成就，但从科学角度来看，我们尚不能像勒塔莱克先生一样，将这次行动视作'辅助迁徙'，更不能称之为野化。我用一句话来结束我的发言：如果真的想要拯救一个物种，那必须要带领上百只大雁重新飞一趟。"

比雄惊得目瞪口呆，他命令贝伯尔降低音量，满脸涨红地质问鸟类学家：

"这些蠢话是什么东西？这个人模狗样的混蛋说的是真的吗？只要你的大雁没有再飞回去，这一切都是白费？"

克里斯蒂安摇摇头，思索着要如何回答。

"在某种程度上，是的……如果它们回不去北极圈的话；但是，这是一个长期项目，第一部分已经完美收官！这一点，他倒是半点都不提！"

"那他为什么要拆你台呢？你认识他吗？"

"就是他拒绝批准我的计划。梅纳尔对我有怨念，而且因为他现在没法再对我造成损害，便试图抹黑奥德赛之旅。不过，他在一点上是对的。如果大雁能回到挪威，我已经打算带领一队更加庞大的雁群重新出发了，这次要用上四五架飞机！"

"先不说别的，现在的这群大雁应该什么时候迁徙？"

"三月底……最迟。"

"既然如此，咱们就等着吧。"

尽管表达了支持，比雄还是显而易见地一脸沮丧。其他人装作没有看见，渐渐继续开始谈话，似乎想要化解失望的心情。迪安娜是唯一一个看起来没有被这段插曲影响心情的人。她举起酒杯，脸上挂着灿烂的微笑。

"比赛就是要有来有往。但第一局是你赢了，克里斯蒂安。你和托马赢了，不要忘掉这一点！"

薄雾缭绕在果拉斯亚维利湖的湖面上，湖边白桦林的白色树干也笼罩在一片朦胧之中。太阳已经在一个小时前升起，但冰冷的雾气似乎将日光全都吞噬了，只剩下一层灰蒙蒙的水汽。放眼望去，水和天融为一体。

　　男孩站在一个小土丘上，目光坚定地注视着南方，尽管寒冷刺骨，他还是坚持没有回到帐篷里。他听到母亲在火堆旁边哼歌边干活，心里不禁对她有些埋怨。自去年夏天以来，她整个人都变了。女强人的西装和压力一起被抛到身后，她现在成天穿着条牛仔裤逛来逛去，只在上镜的时候化妆，还老和父亲眉来眼去，一副陷入爱河的模样。而父亲呢，也是如出一辙。都到他们这个年龄了，真是有点过分！唯一没有变化的就是比约恩这个家伙；托马很喜欢他来农场，说些老掉牙的烂梗，似乎一切都非常正常。他倒不是怀念从前的生活，新学校还是挺酷的，他只是希望大家不要老把他当成个怪人。毕竟从巴黎来就已经挺另类了……

　　他和母亲搬到农场已经六个月了。学习和照顾大雁构成了托马每天的生活。只要成绩能维持中等水平，他就可以自主选择，做自己想做的事情，他和父母已经一言为定。父亲最终下了定论，卡马尔格可以被当作完全合格的越冬地，托马继续和小白额雁一同飞行，好维持他们之间的纽带，即使雁群已经几乎不再需要他了——他现在已经获得了飞行执照，考试过程易如反掌！雁群已经成双结对地行动，阿卡再也不离开宝可梦半步，后者是只温顺和气的小胖雁，平日里像个漫不经心的老头似的听凭指挥。只有看到小黑雁和男孩过于亲昵而开始吃醋的时候，宝可梦敏感多疑的公雁本性才会显露出来。根据克里斯蒂安的说法，这个迹象表明，后天印刻并未完全消除大雁的先天本能。阿卡是唯一一只始终与它的"父亲"（或是"母亲"）保持紧密联系的大雁，并且总是坚定不移地追随着飞机。除了最后一次……

一想起早上看到一片空旷田野的场景，男孩就痛苦地咽了口唾液。在农场，在村子里，每个人都在庆祝小白额雁的迁徙，他也不得不在他人面前装出一脸喜色。要是幸运的话，奥德赛之旅将继续下去……幸好，在接下来的日子里，他没太多时间去胡思乱想。他们出发前往比约恩家，在那里与迪安娜碰头，组装了运载超轻型飞机的第二辆拖车，然后再次出发，前往挪威的湖泊。那便是大雁未来的筑巢地，如果一切顺利的话。

如果一切顺利的话……如果大雁无法在海上找到路怎么办？或者，要是它们遇见了另一群小白额雁，并跟着它们去往另外的地方怎么办？托马心里不住地设想着种种潜在的危险：逆风、猎人、恶劣天气……他还在想，领头的会是哪一只大雁——阿卡、火星，或是水手？

热咖啡和烤面包的香味飘了过来，唤醒他的饥饿感。他恼火地咬着牙。他讨厌这种等待！他没办法加入几个老家伙，假装对他们的讨论很感兴趣——什么津贴补助，或是严肃的环境问题，爸爸嘴里不外乎就是这些，不然就是跟妈妈悄悄咬耳朵……他们来到湖边马上就要一个星期了——"奥德赛核心五人组"，迪安娜开玩笑说。女记者成了他的朋友。平时，托马喜欢和她聊天，但此刻，他再也受不了了；他们简直好像是来野营的，但大雁的全部未来都取决于这次该死的迁徙！他心底里知道自己太偏激了，但他没有办法，似乎只有他一个人真的在担心……"心神不宁"，正如他母亲所说。心神不宁，日夜难安，他就像沉浸在一场白日噩梦里！

有人从他身后走来，是男人的脚步，一步一步重重地向他靠近。是父亲，每次来的都是他。他双眼牢牢盯着湖面，压抑着自己的怒火。

"它们可能已经决定在别的地方筑巢了……别担心，儿子，我相信它们没事的。"

他没有回答，于是克里斯蒂安揉了揉他的头发，回到了帐篷。一如既往，他什么也不懂！托马并不需要什么安抚，因为如果他放弃守候，而它们真的不回来了……蠢货，他心想，那样的话，你的那套理论就是个笑话！

他满脑子都是阿卡的样子。那优雅的乌黑脖子，笑眯眯的眼睛，还有那张小嘴巴，当他假装打瞌睡时总是过来胡乱啄他。

他站起身来，一股不可抗拒的力量正推动着他。远处山脉上空的气流在颤抖，显露出一群正在慢慢变大的黑点。他呼吸急促，向下冲去岸边。是它们，是他那群从南方飞来的大雁，还没有看清楚之前，他就知道是它们。他泪流满面，而心中又涌起无限的喜悦。

"阿卡！阿卡！阿卡！我在这里！"

整齐的 V 形队伍有了片刻的摇摆，然后换了个方向，直直地向湖泊飞来，飞向湖岸，而男孩就站立在那里。

这张由迪安娜拍摄的照片会在几天后出现在《巴黎竞赛画报》的封面上，里面有长达二十页的独家报道。在画面上，可以看到一个披着斗篷的少年的身影。大雁正全速向果拉斯亚维利湖冲去，而他的双臂向天空张开，仿佛在以赤忱心胸迎接着大雁之箭。

在不到三十年的时间里，超过四亿两千万只鸟儿从欧洲的天空中消失，而在法国这样的国家，每年增加的建筑物面积则达到了八万公顷……情况迫在眉睫，一些专家认为，如今留给人类对此作出行动的时间只剩下两年。此刻，我们需要重温这句印第安谚语："土地不是我们从祖先那里继承来的，而是向我们的子孙借来的。"

NICOLAS VANIER
Donne-moi des ailes

Copyright © XO Éditions 2019.
All rights reserved.

图字：09 - 2022 - 0040 号

图书在版编目(CIP)数据

给我翅膀/(法)尼古拉·瓦尼耶著；吕如羽译
. —上海：上海译文出版社，2023. 4
　ISBN 978 - 7 - 5327 - 9222 - 1

　I. ①给… Ⅱ. ①尼…②吕… Ⅲ. ①长篇小说—法
国—现代 Ⅳ. ①I565. 45

　中国国家版本馆 CIP 数据核字(2023)第 034567 号

给我翅膀	NICOLAS VANIER	出版统筹　赵武平
Donne-moi des ailes	［法］尼古拉·瓦尼耶　著	责任编辑　张　鑫
	吕如羽　译	装帧设计　张擎天

上海译文出版社有限公司出版、发行
网址：www. yiwen. com. cn
201101　上海市闵行区号景路 159 弄 B 座
启东市人民印刷有限公司印刷

开本 890×1240　1/32　印张 9.75　插页 2　字数 152,000
2023 年 4 月第 1 版　2023 年 4 月第 1 次印刷

ISBN 978 - 7 - 5327 - 9222 - 1/I · 5741
定价：62. 00 元